아무도 말하지 않는 것들

김이설은 1975년 충남 예산 출생으로 명지전문대학 문예창작과를 졸업했다. 2006년 서울신문 신춘문예에 「열세 살」이 당선되어 등단했으며, 소설 『나쁜 피』(2009)를 펴냈다.

김이설 소설집
아무도 말하지 않는 것들

초판 1쇄 발행 2010년 3월 11일
초판 4쇄 발행 2018년 8월 3일

지은이 김이설
펴낸이 이광호
펴낸곳 ㈜문학과지성사
등록번호 제1993-000098호
주소 04034 서울 마포구 잔다리로7길 18(서교동 377-20)
전화 02)338-7224
팩스 02)323-4180(편집), 02)338-7221(영업)
전자우편 moonji@moonji.com
홈페이지 www.moonji.com

ⓒ 김이설, 2010. Printed in Seoul, Korea
ISBN 978-89-320-2033-4 03810

이 책의 판권은 지은이와 ㈜문학과지성사에 있습니다.
양측의 서면 동의 없는 무단 전재 및 복제를 금합니다.

아무도 말하지 않는 것들

김이설 소설집

문학과지성사
2010

차례

열세 살 7
엄마들 35
순애보 67
환상통 97
오늘처럼 고요히 125
손 163
막 189
하루 219

해설 전전반측, 반전의 윤리_김나영 256
작가의 말 281

열세 살

줄은 언제나 길었다

 나는 줄의 끄트머리에 섰다. 아저씨 하나가 나를 밀치고 내 앞으로 들어섰다. 내가 먼저 왔어요. 나는 엄마와의 약속을 어긴 지 오래였다. 아저씨는 못 들은 척 앞만 보고 있었다. 나는 아저씨 어깨에 휘감겨 있는 담요를 잡아당기며 일부러 또박또박 발음했다. 내가 먼저 왔다고요. 아저씨가 뒤로 물러서면서 내 머리를 쿡 쥐어박았다. 씨발, 아침부터! 나는 고개도 돌리지 않고 외쳤다. 쿡쿡거리는 웃음소리가 들렸다. 콩나물국에 김치, 무말랭이. 식판을 들고 어디에 앉을까 두리번거리다가 담요 아저씨를 따라갔다. 그리고 아저씨 옆에 앉았다.

"어른한테 욕하면 안 된다."

"욕먹을 짓을 했잖아요. 새치기나 하지 말든지."

아저씨는 국물을 마시면서 나를 흘깃댔다. 후루룩, 나는 아저씨를 따라 소리 내서 국물을 마셨다. 아저씨한테 찌든 술냄새가 났다. 여기 사람들에게 익숙한 냄새였다. 사람들은 벤치나 분수 턱, 맨바닥에 앉아 똑같이 생긴 식판에 담긴 똑같은 아침을 먹었다. 도로는 막혀 있고, 역으로 들어가는 사람들이 점점 많아졌다. 반납한 식판들이 쌓이기 시작하면 녹색 앞치마를 두른 사람들 중에 하나가 나에게만 흰 우유를 쥐여주고 갈 것이다. 멀리 예수천국 아줌마가 걸어가는 것이 보였다.

침묵을 가르친 건 엄마였다

엄마는 화장실 세면대에 물을 받아 내 머리를 감겨주면서 말했다. 무슨 일이 있어도 아무 말도 하지 마라. 누가 무엇을 물어봐도, 절대 말해서는 안 돼. 아무 소리도 내면 안 된다.

엄마가 나를 시계탑 앞에 세웠다.

"여기서 기다려. 열두 시가 되면 엄마는 돌아올 거야."

나는 마치 신데렐라가 된 것 같았다. 알겠지? 내 입을 엄마 손으로 막고 있었으므로, 나는 그저 고개를 끄덕일 수밖에 없었다. 엄마는 매일 똑같은 말을 했다. 그러면 나는 늘 처음

듣는 것처럼 두 눈을 동그랗게 뜨고 끄덕였다. 엄마가 내 손목을 잡고 성큼성큼 앞으로 걸어갔다. 대형 광고판 앞, 엄마는 주위를 휘둘러보며 찢어진 모서리를 들췄다. 숨겨놓았던 담요를 꺼내 들자 광고판이 펄럭거렸다. 고개를 들어 보니 눈이 부시도록 환한 불빛 앞에 꽃무늬 원피스를 입은 여자가 하얗게 웃고 있었다. 혹시 신발을 잃어버리면 왕자가 나타날까? 나는 담요를 힘껏 쥐었다.

온종일 무수한 사람들이 드나들었던 개찰구는 텅 비어 있었다. 막차가 가고 나면 쇠창살이 내려졌다. 창살이 내려온 기둥 옆으로 현금지급기가 있고, 그 뒤가 바로 우리의 자리였다. 여기 사람들은 함부로 우리 자리를 넘보지 않았다. 그것도 모르고 먼저 누워 있는 사람이 있으면 엄마는 발길질을 했다. 자리 때문에 실랑이는 종종 벌어졌지만 언제든지 엄마가 이겼다. 몸싸움이라도 하게 되면 웃통을 훌렁 벗었기 때문이었다. 엄마가 소리를 지르며 달려들 때마다 큰 가슴이 출렁거렸다. 하지만 사람들이 겁을 먹고 주춤주춤 뒤로 물러나는 건 검고 단단한 젖꼭지 때문이었다. 험한 욕설이나, 독을 뿜어내는 엄마의 눈빛보다 검은 젖꼭지가 더욱 위압적이었다. 나는 엄마가 싸우는 걸 좋아하지 않았다. 엄마가 덜렁거리는 가슴을 보여 구경거리가 되어서가 아니라, 그렇게 싸운 날은 엄마가 술을 마셨기 때문이었다. 술 마신 다음 날은 아무 데도 가지 않았다. 웅크린 엄마 옆에서 나도 하루 종일 쪼그리고 앉아 있어야 했다. 엄마가 내 옆에 있다는 것은 아무 말도 해서는 안 된다는 의미였고, 내가 싫은 것은 바로 그것이었다.

새벽이 되면 엄마는 사라졌다. 내 주머니에는 늘 천 원짜리 두 장이 들어 있었다. 점심 값이었다. 아침은 녹색 앞치마들의 배식으로, 점심은 역 앞의 포장마차에서 떡볶이를 사 먹는 것으로, 저녁은 엄마가 들고 오는 걸로 해결했다. 그러나 돈은 늘 부족했다. 과자나 음료수를 먹어야 했고, 머리끈이나 스타킹도 사고 싶었다. 하지만 나는 엄마에게 더 달라고 하지 않았다. 학교를 다니지 않아도 그런 것은 알고 있었다.

엄마가 새벽마다 어디에 가는지 나는 알지 못했다. 그래서 잠자리에 누우면 엄마의 손을 꽉 잡았다. 그리고 생각했다. 절대 잠들지 않을 거야. 엄마가 내 손을 놓고 사라지는 걸 반드시 보겠어. 꼭 같이 가겠다고 말해야지. 하지만 눈을 뜨면 나 혼자였다. 엄마는 정확히 열두 시가 되면 시계탑 아래에 서 있었다. 나는 하루 종일 역 주변의 백화점과 붉은 조명의 언니네 동네를 배회하거나 누더기를 걸친 삼촌들과 시시덕거렸다. 그리고 시간에 맞춰 시계탑으로 갔다. 언제나 얼굴과 손, 머릿속마저 더께가 더덕더덕 내려앉아 있었고, 발바닥은 아렸다. 엄마는 화장실로 데려가 나를 씻기고서야 저녁을 주었다. 그리고 우리의 자리에서 잠이 들었다. 나의 하루는 매일매일 똑같았다.

엄마를 속이는 것이 있다면, 그것은 침묵에 관한 것이었다.

나는 엄마 앞에서 고개를 끄덕이며 한 약속을 그날 이후로 지키지 않았다. 엄마만 사라지면 나는 제멋대로 떠들었고, 노래도 부르고, 욕도 했다. 하지만 엄마 앞에서는 작은 소리로 말을 했으며, 엄마가 이모들과 어울려 있을 때면 엄마 옆에 찰싹 붙어 입을 앙다물었다. 착한 벙어리 소녀처럼 숨소리도 내지 않았다.

누가 말해주지 않아도 자연히 알게 되는 것들

약속을 먼저 어긴 건 엄마였다. 그날 밤, 엄마는 돌아오지 않았다. 나는 시계탑 앞에 서 있었다. 그것밖에는 할 수 있는 것이 없었다. 한 시, 두 시, 세 시가 될 때까지 나는 그 자리에 꼿꼿이 서 있었다. 술을 마시거나 화투를 치는 무리들이 있었지만 대부분은 신문이나 담요, 옷가지를 둘둘 말고 바닥에 널브러져 있었다. 그때, 저기 대합실로 들어오는 여자가 있었다. 아랫도리에 아무것도 걸치지 않아 부숭부숭한 터럭을 다 드러낸 여자였다. 불이 켜지면 어둔 구석으로 우르르 몰려가는 바퀴벌레처럼 여자 주위로 삼촌들이 달려들었다. 엄마는 아니었다. 온몸에 힘이 빠졌다. 메스거렸다.

쓰러지는 나를 안은 건 흰얼굴이었다. 시계탑 가까이에 있던 이모 두엇이 내게 다가오다가 주춤거리며 물러섰다. 나는 그만 흰얼굴의 가슴팍에 토해버렸다. 비죽 눈물이 솟았다. 흰얼굴이 나를 번쩍 들어 올렸다. 나는 작은 새처럼 흰얼굴의 품에 안겼다. 흰얼굴은 나를 안고 남자 화장실로 들어갔다.

흰얼굴이 얼굴과 손을 씻겨주었다. 입가심을 하도록 손에 물을 받쳐주었고, 가방에서 꺼낸 깨끗한 수건을 내밀었다. 나는 고개를 숙여 인사를 했다. 흰얼굴이 가만히 내 목덜미를 쓰다듬었다. 나는 움찔 어깨를 움츠렸다. 이제 괜찮니? 고개를 끄덕였다. 걸을 수 있겠니? 나는 또 끄덕였다. 흰얼굴이 슬며시 웃었다. 소문처럼 나쁜 사람으로 보이지 않았다.

흰얼굴은 역에서 자는 사람이 아니었지만 늘상 역에서 어슬렁거렸다. 하지만 누구와 어울리지도 않았다. 이모나 삼촌들은 흰얼굴을 슬금슬금 피했다. 인신매매범이라고도 했고, 여기 사람들의 돈을 훔치는 파렴치한이라고도 했다. 누구는 연쇄살인범이라는 말을 하기도 했고, 기자라는 말도 있었다. 흰얼굴이 들고 다니는 사각의 검은 가방에 대한 이야기도 무수했다. 칼과 도끼가 든 걸 봤다는 사람도 있었고, 돈뭉치가 있다고도 했으며, 누군가는 사진기가 들어 있었다고 우기기도 했지만, 정확한 건 아무도 몰랐다. 어떤 이야기든 흰얼굴을 가까이해서는 안 된다는 결론이었다. 무엇보다도 여기 사람들과 구별되는 하얀 얼굴 때문이었다.

흰얼굴이 젖은 머리칼을 귀 뒤로 넘겨주었다. 손가락이 닿은 볼이 계속 간지러웠지만 나는 웃지 않았다. 시계탑 아래로 다시 가보았지만 엄마는 없었다. 우리 자리엔 이미 다른 삼촌들이 자고 있었다. 흰얼굴이 물었다. 잘 데가 없니? 끄덕. 가자. 나는 흰얼굴을 따라나섰다. 그 시간에 역 밖을 걷는 건 처음이었다. 거리는 술에 취한 사람들, 고래고래 소리를 질러대거나 삿대질을 하는 사람들, 아무 데나 쓰러진 사람들로 가득했다. 온통 고약한 냄새마저도 대합실의 밤과 다를 바가 없었다. 그래도 나는 마치 소풍을 나선 것 같았다. 토했다는 사실도, 엄마가 오지 않았다는 사실도 잊어버리고 있었다. 가끔 흰얼굴의 팔을 끌며 들어오라고 수작을 부리는 아줌마들이 있었다. 그러면 나는 아줌마를 노려보면서 흰얼굴의 팔을 단단히 잡았다. 그때마다 흰얼굴은 나를 내려다보며 웃었다. 나도 따라 웃었다. 어쩐지 우리는 한편이 된 것 같았다. 흰얼굴이 나쁜 사람이 아니라는 확신이 들었다. 나는 점점 더 신이 났다.

휘황찬란한 간판 불빛이 사그라지고 시끄러운 음악 소리도 줄어들었다. 어느새 좁고 어두운 골목을 걷고 있었다. 멀리 고양이 울음소리가 들렸다. 흰얼굴이 작은 문 앞에 섰다. 나는 주춤했다. 흰얼굴이 몸을 접듯이 허리를 구부리고서 안으로 들어갔다. 그리고 나에게 손짓했다. 들어와. 나는 조심스럽게 한 발을 내디뎠다.

문 안으로 들어서니, 골목보다 더 좁고 더 어두운 복도가 길게 드러났다. 하나, 둘, 셋, 넷—열세번째 방문 앞에서 흰얼굴은 멈춰 섰다. 나는 흰얼굴이 열어준 방으로 들어갔다. 아주 좁은 방이었다. 흰얼굴이 불을 껐다. 나는 가만히 누워 다리를 뻗었다. 발끝이 벽에 닿았다. 세상은 누가 말해주지 않아도 자연히 알게 되는 것들이 있기 마련이다. 나는 앞으로 나에게 벌어질 일이 어떤 것인지 알고 있었다. 흰얼굴이 나를 안았다.

숨쉬기가 곤란했다. 손을 내밀어 흰얼굴을 밀쳤지만 꼼짝도 하지 않았다. 거친 숨을 뱉으며 내 위로 쓰러진 흰얼굴의 무게를 감당하기에 내 몸은 너무 작았다. 먼저 약속을 어긴 건 엄마였으므로, 나도 어겨도 된다는 생각이 들었다.

"무거워요."

말을 하고 나니 어쩐지 엄마와 공평해진 것 같았다. 흰얼굴은 놀라며 내 몸에서 떨어졌다.

"말할 줄 아니?"

"네."

흰얼굴이 불을 켰다.

"다시 한 번 말해볼래?"

나는 입을 크게 벌리며 소리 냈다.

"말, 할, 줄, 알, 아, 요."

흰얼굴의 얼굴이 더욱 하얗게 변하는 것 같았다. 어쩌면 푸른 형광빛 때문에 그렇게 보였는지도 모른다. 어둑했던 사물들이 희미하게 제 모습을 드러냈다. 나는 그제야 천천히 방을 둘러보았다. 창문이 없는 방에는 이불과 옷가지, 간단한 식기들이 있었다.

나도 이런 방에서 살았던 적이 있었다. 아빠가 죽은 지 얼마 안 되었을 때였다. 엄마는 자던 나를 깨워 한밤중에 집을 나섰다. 나는 엄마의 걸음을 따라가지 못해 자꾸 넘어졌고 엄마는 자꾸 뒤를 돌아봤다. 그렇게 숨어 들어갔던 방도 푸르무레했다. 엄마는 그때도 나를 혼자 두고 아침마다 사라졌다. 나는 방문을 잠근 방 안에서 하루 종일 엄마를 기다렸다. 옆방에 사는 언니, 오빠, 아줌마, 아저씨 들은 항상 시끄러웠다. 그들은 자지 않으면 싸웠고, 깨어 있는데 싸우지 않을 때라곤 무언가 먹을 때였다. 그들의 소리는 마치 벽이 없는 것처럼 고스란히 들렸으므로 나는 소리를 내지 않는 법을 배워야 했다. 소리 내지 않으며 밥을 먹고, 소리 없이 요강에 오줌과 똥을 누는 법을 익혔다.

"여기서 자고 가도 돼요?"

흰얼굴의 눈동자가 흔들렸다.

"아저씨는 여기서 살아요?"

흰얼굴이 고개를 끄덕였다. 물어볼 것이 많았다. 하지만 흰얼굴은 몸을 돌려 누웠다. 나는 바지를 올려 입고 천장을 보며 바로 누웠다. 내일은 엄마가 올까. 아침이 되면 흰얼굴에게 엄마 대신 이천 원을 달라고 해야 할까. 발끝에 닿는 차갑고 딱딱한 벽이 안락하게 느껴졌다. 나는 달고 깊은 잠을 잤다.

그 뒤로 나는 엄마와의 약속을 지키지 않았다. 한 번 깨진 약속은 더 이상 지킬 이유가 없었다. 다음 날 흰얼굴은 오천 원을 주었고, 엄마는 열두 시에 시계탑 아래에 서 있었다.

자꾸 쳐다보지 마

나는 대합실 천장에 걸려 있는 화면을 보고 있었다. 하루에도 수십 번씩 똑같은 장면이 되풀이되는 대형 텔레비전이었다. 미끈하게 생긴 기차가 논밭을 지나고, 산과 바다를 지나는 사이, 봄여름가을겨울, 사계절이 차례로 변했다. 나도 기차를 타본 적이 있다. 아주 어릴 적, 아빠가 죽기 전, 기차를 타고 서울에 왔다고 했다. 하지만 나는 기억나지 않았다.
"자꾸 쳐다보지 말라니까."
아줌마가 내 옆자리에 앉은 여자애의 고개를 손으로 돌렸다. 나는 그 여자애와 눈이 마주쳤다. 흠칫 놀란 여자애가 아줌마 품으로 고개를 숙였다가, 슬금슬금 다시 고개를 내밀었다. 눈이 또 마주쳤다.
씨발, 뭘 봐.
나는 소리 내지 않고 입 모양으로 말했다. 여자애가 울먹이며 아줌마에게 귓속말을 했다. 아줌마는 여자애와 자리를 바꿔 앉았다. 여자애가 주춤거리며 일어서고, 아줌마가 내 옆에 앉으면서 나를 힐끔 쳐다봤다. 씨발! 나는 소리쳤다. 뭐? 벌떡 일어난 아줌마가 팔을 치켜들었다. 금방이라도 나를 후려칠 기세였다. 코끝을 찌르는 습한 누린내가 났다. 가슴을 후벼 파는 것처럼 지독한 냄새였다. 나는 이죽대며 말했다.

"때려."

아줌마 뒤로 삼촌들이 둥그렇게 둘러싸고 있었다. 의자에 앉아 있던 사람들은 어느새 흩어지고 있었다. 여자애가 소리 내서 울기 시작했고, 벌겋게 달아오른 아줌마는 나를 노려보았다. 나는 여자애에게 했던 말 그대로, 소리 없이, 입 모양으로만 말했다. 씨발, 뭘 봐. 꺼지라니까.

삼촌들 사이에 있던 흰얼굴이 아줌마의 어깨를 툭, 건드렸다. 아줌마는 기겁을 하며 여자애를 끌고 도망쳤다. 삼촌 두엇이 아줌마를 계속 따라가며 욕을 했고, 담요 아저씨가 아줌마의 소매를 잡으며 구걸을 했다. 뒤뚱거리며 도망치는 아줌마의 뒷모습을 보니 기분이 좋아졌다. 게다가 여자애는 아줌마 손을 잡은 채 넘어지고 말았다. 나는 깔깔대며 웃었다. 아이의 스타킹은 검은 얼룩이 묻었거나 구멍이 났을 것이다. 삼촌들이 사라지자 사람들은 다시 의자에 앉기 시작했다. 나는 무릎을 세워 앉아 화면으로 고개를 돌렸다. 흰얼굴이 내 옆에 앉았다.

"왜 그랬어?"

나는 대답하지 않았다. 노을 속으로 기차가 날아가듯이 미끄러지고 있다. 곧이어 흰 눈이 쌓인 산 속으로 들어갈 것이다. 내가 좋아하는 장면이었다. 여자애가 반짝이 스타킹만 신지 않았어도 나는 욕 따위는 하지 않았을 것이다. 내가 좋아하는 스타킹을 신고 있어서, 나에게 필요 없는 것을 가지고 있어서. 그러니까 나는 스타킹을 가져서는 안 된다는 사실에 화가 났던 것이다.

엄마는 나에게 치마를 입히지 않았다. 나는 치마보다도 다리에 쫙 달라붙는 스타킹이 신고 싶었다. 보슬보슬한 천으로 된 스타킹도 좋고, 아가씨들이 신는 살이 비치는 얇은 스타킹도 상관없다. 그중에서도 나는 무늬가 있거나 반짝이가 박힌 스타킹이 제일 좋았다. 나는 스타킹을 갖고 싶었다. 꼭 갖고 싶었다. 하지만 엄마는 엉덩이에 바람이 들어가기 때문에 치마를 입어서는 안 된다고 했다. 치마를 입지 못하는 건 내가 생리를 하는 여자애였기 때문이라는 걸 나는 알고 있었다.

역에서 살기 시작한 첫해 겨울이었다. 팬티와 바지, 심지어 내가 앉은 대합실 의자마다 온통 검붉은 얼룩을 묻히고 다녔다는 것을 엄마에게 말해준 것은 청소아줌마였다. 엄마는 청소아줌마에게 고개를 숙여 고맙다는 인사를 열 번도 더 했다. 청소아줌마가 간 후, 엄마는 대걸레가 꽂혀 있던 양동이에 물을 받아 아랫도리를 씻겨주면서 말했다. 이제 치마를 입어서는 안 돼. 엄마의 얼굴은 내가 만든 얼룩보다 더 검게 그늘져 있었다. 나는 내 몸에서 피가 난다는 사실보다 아랫도리에 얼음처럼 찬물이 닿는 것에 진저리를 쳤다. 엄마는 팬티와 바지를 화장실 쓰레기통에 버렸다. 이제 넌 어린애가 아니니까, 엄마 말을 더 잘 들어야 돼. 나는 고개를 끄덕이며 버려진 팬티를 멀거니 쳐다보았다. 이미 꾸덕꾸덕 굳은 얼룩이 꿈틀거리면서 커지는 것 같았다. 마치 꽃잎을 활짝 펼치는 순간처럼, 그렇게 펄럭이며 나에게 다가오는 것 같아 나는 두 눈을 꾹 감아버렸다.

그래서 나는 항상 무릎이 튀어나온 면바지를 입고 있었다. 원래 색깔이 무엇인지 알 수 없을 정도로 색이 바래 흰색에 가까워지고 있었다. 하지만 역에서 사는 사람들 중에는 내가 제일 깨끗했다. 나와 엄마는 갈아입을 옷이 두어 벌은 더 있었고, 한 계절에 한 번쯤은 목욕탕에 가기도 했다. 게다가 밤마다 엄마가 씻겨주었으므로 냄새가 날 리도 없었다. 그러나 역에 살지 않는 사람들은 한눈에 나를 알아챘다. 그들은 내 옆을 지나갈 때 슬쩍 비켜섰고, 나와 눈이 마주치는 것을 꺼렸다. 혹여 나와 눈이 마주치면 자신의 핸드백을 힘주어 쥐거나, 혹은 주머니에 손을 넣어 지갑부터 확인한다는 걸 나는 알고 있었다. 희한하지, 나는 거울 앞에서 머리부터 발끝까지 찬찬히 나를 훑어보았다. 낡은 옷차림을 제외하면 길에서 보는 내 또래의 아이들과 다를 바가 하나도 없는데. 화장실을 사용한 사람들은 거울 앞에 서 있는 나를 흘깃거리며 지나갔다. 나는 개의치 않고 거울 앞에서 표정 바꾸기 놀이를 했다.

착한 어린이 표정, 나쁜 어린이 표정, 불쌍한 어린이, 우는 어린이, 싸가지 없는 어린이, 섹시한 어린이. 씨발, 자꾸 쳐다보지 말라니까! 나를 훔쳐보던 여자들이 놀란 눈으로 화장실을 나갔다. 하루는 늘 심심해서 따분했지만 흰얼굴이 찾아오는 날은 특별했다. 나는 거울을 보면서 조금 더 어린애 같은 표정을 지었다. 초점을 없애고 입을 약간 벌린 표정. 그리고 쏜살같이 화장실을 나섰다. 흰얼굴이 나를 기다리고 있었다. 이제 얼마 뒤면 나는 반짝이 스타킹을 살 수 있을 것이었다.

괜찮아, 내가 비밀로 해줄게

흰얼굴은 늘 쪽방으로 나를 데리고 갔다. 처음 갔던 날을 제외하고는 매번 다른 사람들이 부스스한 얼굴을 내밀며 방에서 나왔다. 대부분 남녀 둘이었지만 가끔은 남자끼리 나오는 사람들도 있었다. 그들은 말없이 흰얼굴에게 돈을 주고 구부정한 어깨를 더욱 낮게 기울여 사라졌다. 창문이 없어 환기를 할 수 없는 그 방에서는 눅진한 비린내가 가시지 않았다.

흰얼굴은 수건을 적셔 내 아랫도리를 닦아준 다음에 나를 안았다. 나는 흰얼굴의 모든 것이 좋았다. 가끔씩 흥얼거리는 근사한 휘파람 소리, 내 배 위로 쓰러질 때 맡아지는 목덜미의 달콤한 냄새, 콘돔을 끼우는 흰얼굴의 긴 손가락마저도 좋앉다. 무엇보다도 내 이야기를 들어줄 때 볼 수 있는 흰얼굴의 반짝이는 눈동자가 제일 마음에 들었다. 흰얼굴은 나에게 많은 것을 물었다. 엄마와 죽은 아빠에 대해서, 언제부터 역에서 살았는지, 벙어리 흉내를 왜 냈는지, 나의 하루 일과와 내가 역에서 보고 겪고 듣는 모든 이야기를 궁금해했다. 나는 끊임없이 재잘댔다. 그러면 흰얼굴은 검은 가방에서 종이를 꺼내 나의 이야기를 빼곡히 적었다. 소문처럼 칼이나 도끼, 돈뭉치가 들어 있는 건 아니었다. 하지만 나는 그 사실을 아무에게도 말하지 않았다. 흰얼굴은 나에게 특별한 사람이었기 때문이었다. 흰얼굴의 조용한 목소리와 나를 어루만지는 나긋한 손길은 언제나 따스했다. 아빠였으면 좋겠다는 생각을 하며 나는 흰얼굴의 가슴팍으로 기어 들어갔다. 하지만 오천 원은 꼭 받았다.

누구도 흰얼굴처럼 나의 이야기를 들어주는 사람은 없었다. 아래를 닦거나 콘돔을 쓰는 것도 흰얼굴뿐이었다. 욕을 하거나 내 뺨을 때리고서야 나를 안는 삼촌들이 있었다. 내 입을 손으로 막고 덤비는 삼촌들도 있고, 가끔은 지퍼를 내리고 다짜고짜 내 입에 쑤셔 넣는 삼촌들도 있었다. 담요 아저씨는 눈물을 흘리기도 했는데, 나는 바지춤을 올리면서 훌쩍이는 담요 아저씨의 어깨를 토닥토닥 두들겨주는 일이 재미있었다. 괜찮아, 아저씨. 괜찮아, 내가 비밀로 해줄게. 그러면 담요 아저씨는 누런 이를 보이며 헤벌쭉 웃었다. 역에서는 만취해 횡설수설하는 아저씨가 내 앞에서만큼은 아가가 되어 무릎을 꿇고 울었다 웃었다 하는 모양이 우스웠다. 담요 아저씨는 그래서 만 원만 받았다. 흰얼굴은 오천 원, 다른 삼촌들은 담요 아저씨보다 더 줘야 했다. 나는 돈을 먼저 받은 다음에야 삼촌들을 따라갔다. 나는 술이나 빵을 받고 쫓아가는 이모들 같은 바보가 아니었다. 사실, 흰얼굴이 주는 돈만으로 스타킹은 살 수 있었다. 하지만 스타킹을 가지게 되자, 치마도 사고 싶었고, 그러자 구두도 필요했다. 그래서 다른 삼촌들과도 어울려야 했다.

엄마가 사라지고 나면 나는 옷을 갈아입었다. 색 바랜 옷을 벗고, 반짝이 스타킹과 분홍색 주름치마, 그리고 하늘색 블라우스를 입었다. 꽃이 달려 있는 갈색 구두를 신고 걸으면 어린이가 아니라 아가씨가 된 기분이었다. 나는 매일 예쁜 옷으로 갈아입고 대합실 의자에 앉아 있었다. 그러면 흰얼굴이 찾아오거나 삼촌들이 어깨를 매만지곤 했다. 물론 대부분은 가만히 앉아 있는 것으로 하루가 끝났다. 예쁘게 꾸미고 앉아 사람들을 보고 있으면 가지고 싶은 것들이 점점 많아졌다. 머리끈, 화장품, 핸드백, 여름이 오고 있으니 샌들도 사야 했다. 돈은 늘 부족했다. 나는 아빠가 있으면 좋겠다는 생각을 더 자주 했다. 하지만 엄마는 늘 혼자 돌아왔고, 오천 원을 쥐여주는 흰얼굴은 너무 천천히 나를 찾아왔다.

엄마, 엄마

"나 할 이야기가 있어."
"가만히 있어봐, 목에 때 좀 봐라. 도대체 하루 종일 뭘 하고 돌아다닌 거니."
"엄마, 엄마, 나 할 말이 있어."
"조용히 해. 흘리지 말고 먹어."
"엄마, 엄마."
"쉿. 이제 눈을 감아."
결국 나는 아무 말도 못했다. 엄마가 어느새 슬그머니 손을 놓고 몸을 돌렸다. 여름이 가까이 와 있었다. 나는 자꾸 땀이 났다. 온몸이 가려웠다. 엄마, 엄마. 나는 엄마 등에 대고 속삭였다. 엄마, 엄마. 나, 아가를 가졌어. 엄마의 등에서는 벌써 쉰내가 났다.

나는 발을 자꾸 헛디뎠다

벌써 세번째였다. 들키지 말아야 한다. 너무 가깝지 않게, 그러나 너무 멀리 떨어지지 않게 거리를 만들며 엄마를 따라가고 있었다. 지하철을 네 번이나 갈아탔다. 엄마를 놓치지 않기 위해 정신을 바짝 차려야 했다. 내가 생전 와본 적 없는 역에 내린 엄마는 물품보관함에서 짐을 꺼내 화장실로 들어갔다. 나는 기둥 뒤에 숨어서 엄마를 기다렸다. 잠시 뒤, 한 여자가 화장실에서 나왔다.

여자는, 산발을 한 애꾸눈에 접힌 상자를 옆구리에 끼고 한쪽 다리를 심하게 절고 있었다. 여자가 멈춘 곳은 출구로 올라가는 계단 중간이었다. 지상과 지하의 연결로여서 거칠고 후텁한 바람이 소용돌이치는 곳이었다. 계단에는 이미 몇 개의 좌판이 펼쳐져 있었다. 여자는 품에서 바구니를 꺼내 무릎 앞에 놓고, 몸을 동그랗게 구부려 엎드렸다. 그리고 두 손을 머리 위로 치켜들었다. 그새 손과 얼굴에는 먼지가 엉겨 있었고, 손톱도 새카맸다. 사람들이 계단을 내려온다. 그러나 아무도 여자를 쳐다보지 않았다.

나는 기둥 뒤에 숨어 여자를 오래 지켜봤다. 백 원, 십 원, 가끔 천 원짜리 몇 장이 바구니 속으로 떨어졌다. 지폐가 떨어지면 여자는 치켜들었던 손을 느리게 움직여 바구니를 더듬었고, 지폐를 움켜쥔 다음에는 재빠르게 주머니 속에 넣었다. 눈을 꾹 감고 있으면서도 용케 지폐를 알아차렸다. 자세히 보니 지폐를 챙기는 것뿐만 아니라 교묘하게 동전 두서너 개만 바구니에 남아 있게 했다.

출근 시간에 붐비던 역은 한산해졌고, 점심 무렵이 되니 사람들이 다시 많아졌다. 여자는 밥도 먹지 않고 그 자세로 계속 엎드려 있다. 다리가 저리지는 않을까. 나는 서 있기만 해도 다리가 아팠다. 차르륵, 누군가 여자의 바구니에 동전을 떨어뜨렸다. 그 소리가 유난히 명랑하게 들렸다. 여자가 허겁지겁 바구니를 끌어안았다. 마치 하나라도 흘릴까 봐, 혹은 누군가 훔쳐갈까 봐 두려워하는 절박한 몸짓이었다. 그 소리가 신호라도 되듯이 계단 위에서 회색 모자들이 달려 내려왔다. 여자는 아랑곳하지 않고 동전들을 주머니에 넣었다. 고함소리가 들리고, 누군가 여자의 팔을 잡아끌었다. 여자는 꿈쩍없이 마지막 동전까지 긁어모았다. 여자에게 발길질이 쏟아졌다. 동전을 모두 없애고, 바구니까지 품에 넣고서야 여자는 그네들에게 끌려갔다. 채 도망치지 못한 다른 사람들도 여자처럼 잡혀갔다. 순식간의 일이었다. 아무 일도 없었다는 듯이, 어느새 계단은 조용해졌다. 나는 뒤돌아섰다. 엄마에게 하고 싶던 이야기를 해서는 안 된다는 것을 알아버렸다.

역으로 돌아오는 길 내내 화가 났다. 배가 너무 고팠다. 아무나 붙잡고 하얗게 살이 오른 팔뚝을 물어뜯고 싶었다. 눈이 마주치는 사람에게 이를 드러내고 으르렁거리고 싶었다. 하지만 나를 눈여겨보는 사람은 아무도 없었다.

역도 아수라장이었다. 회색 모자들이 삼촌들을 내쫓는 날이었던 것이다. 욕설과 비명, 구령 소리와 사이렌 소리까지 뒤섞인 가운데 여기저기 카메라 앞에서 마이크를 들고 있는 양복쟁이들은 연신 혼잣말을 하고 있었다. 나는 의자 위로 올라갔다. 대합실이 한눈에 보였다. 발길질을 당하거나, 회색 모자와 싸우거나, 끝까지 버티다가 질질 끌려가는 삼촌들과 이모들이 보였다. 멀찍이 구경하는 사람들 속에는 역무원들이 있었고, 기차나 지하철을 타기 위한 승객들, 그리고 저기 흰얼굴도 보였다. 나는 흰얼굴에게 다가갔다. 배가 고프다 못해 아파오기 시작했다.

난 아빠가 필요해

흰얼굴이 무심한 표정으로 나를 내려다보았다. 내 입에는 만두가 가득 들어 있었다. 어쩌면 내 말을 못 알아들었을 수도 있었다.
"아저씨, 난 여기가 싫어."
"누구나 하기 싫은 일도 하면서 살지. 원하는 대로 사는 사람은 없어."
흰얼굴은 젓가락조차 들지 않았다. 나는 혼자서 2인분을 먹었다. 떡볶이도 한 접시를 더 먹고 나니, 마음이 조금 누그러졌다. 나는 그런 대답을 원한 것이 아니었다.
"난 아가를 가졌어."
왁자한 웃음소리가 터졌다. 다른 테이블에 앉아 있던 교복 입은 여자애들이 깔깔거리고 있었다. 나는 교복들을 노려보았다.

"엄마한테는 얘기했니?"

교복들의 가지런한 종아리가 눈부셨다. 나는 배가 불렀는데도 자꾸 화가 났다. 세상에는 내가 가지지 못할 것들이 너무 많다는 것이 억울했다. 교복들이 재깔이며 분식집을 나가자마자, 나는 진지하게 말했다.

"아저씨랑 같이 살면 안 될까? 난 아빠가 필요해."

나는 흰얼굴을 따라갔다. 버스에서도 거리에서도 흰얼굴은 단 한순간도 나를 쳐다보지 않았다. 나는 흰얼굴의 뒷모습만 보며 걸었다. 녹색 지붕의 3층 건물 앞에서 흰얼굴이 멈춰 섰다. '여성의 집'이라고 적혀 있었다.

"싫어, 이런 데는."

"여기라면 너를 받아줄 거야. 아빠는 없지만."

"이런 데는 내 맘대로 할 수 있는 게 하나도 없다고 했어."

"누가?"

"이모들이 하는 얘기를 들어서 다 알아."

"가든지, 말든지. 엄마랑 함께 가도 돼."

엄마? 나는 잠시 머뭇했다. 하루 동안 너무 많은 일이 일어나고 있었다. 해가 지고 있는데도 나는 자꾸 더웠다. 멀미를 하듯이 속이 울렁거렸다.

"갈 거면, 지금 가야 하나?"

"네가 원할 때 가. 가고 싶지 않으면 안 가도 돼."

배가 부른 여자 둘이 건물에서 나왔다. 나는 얼른 흰얼굴

뒤로 숨었다. 여자들의 부른 배가 금방이라도 터질 것 같았다. 창문에 반사된 햇빛이 정면으로 내 얼굴을 쏘아보았다. 말끔하게 닦인 창문이 두려웠다. 좀더 생각해보겠다고 작은 목소리로 말했다. 나는 네 아빠가 아니니까, 네 마음대로 해. 흰얼굴의 대답에 나는 마음이 아팠다. 아빠가 싫으면 왕자는 어때? 흰얼굴이 멀뚱하게 나를 쳐다보았다. 아무래도 내 말을 이해하지 못하는 것 같았다. 나는 더 이상 아무 말도 하지 않았다. 다시 역으로 돌아왔지만 모든 것이 달라 보였다.

엄마는 어김없이 열두 시에 시계탑 앞으로 왔다. 다른 날과 다름없는 모습이었다. 그날은 삼촌들과 이모들이 별로 없었다. 담요 아저씨도 보이지 않았다. 하지만 며칠만 지나면 다시 원래대로 모여들 것이다. 화장실을 점거하듯 떼를 지어 목욕을 하고, 흥이 난 삼촌들은 홀딱 벗고 대합실을 뛰어다닐 것이다. 그들은 싸우거나 울거나 혹은 허공에 손가락질을 하면서 잠이 들 것이다. 엄마는 나를 씻기고 담요를 덮어줄 것이다.

엄마가 내민 찰떡은 약간 쉰 듯했다.

"더 먹어."

"이제 배 안 고파."

"아파?"

"아니."

엄마가 남은 두 개를 먹어치웠다. 엄마의 볼은, 낮에 본 여자들의 배처럼 부풀어 있었다.

"엄마, 목욕 가자."

발갛게 살이 부어오르도록 때를 벗겨냈다. 엄마의 몸은 여기저기 멍 자국투성이였지만 나는 이유를 묻지 않았다. 찜질방에서 자는 날은 마치 천국에서 보내는 하룻밤 같았다. 푹신한 바닥, 공기 속에 맴돌고 있는 비누 냄새, 모두 똑같은 옷을 입고 있었으므로 누구도 나와 엄마를 쳐다보지 않는 것도 좋았다. 하지만 나는 예전처럼 크게 웃거나 뛰어다니지 않았다. 찰떡 두 개를 먹지 않은 것이 후회가 되었다. 자꾸 배가 고팠다. 엄마가 코를 골며 자고 있다. 나는 엄마의 번들거리는 얼굴을 보았다. 거지같이 보이지는 않았다.

그러나 나는 울지 않았다

엄마는 고개를 숙이고 엎드려 있었다. 엄마가 엎드린 계단에는 그때처럼 꽃을 파는 아가씨, 나물을 파는 할머니도 있었다. 또각또각, 구두 소리가 계단을 울렸다. 아무도 나를 주시하지 않았다. 또각또각, 나는 고개 숙여 엎드린 엄마 앞에 섰다. 엄마는 꼼짝도 하지 않았다. 나는 엄마를 내려다보았다. 엄마가 손을 조금 더 위로 치켜들었다. 나는 내가 가진 돈을 전부 바구니 속에 넣었다. 지폐 몇 장과 동전이 후드득 떨어졌다. 그리고 뒤도 돌아보지 않고 출구로 나섰다. 거리는 폭염으로 뜨거웠다. 반짝이 스타킹 때문에 아랫도리에 땀이 차올랐고, 치마는 자꾸 무릎에 엉겼다.

아빠는 죽었고, 엄마는 사라졌어요. 몇 가지 더 대답을 하고 병원에 다녀왔다. 이와 사면발니를 다 잡아내고서야 나는 언니들과 지낼 수 있었다. 세면도구와 옷가지를 받아 들고 언니 넷이 있는 방으로 안내되었다. 언니들은 모두 배가 불러 있었다. 나도 곧 그렇게 될 것이다. 모두 환하게 웃어주었지만 나는 입을 굳게 다물었다. 침묵해라. 엄마의 목소리가 들렸다. 나는 스타킹과 주름치마를 벗고 발목까지 내려오는 긴 고무줄 치마로 갈아입었다. 거울 앞에 서니 착한 아가씨처럼 보였다. 흰얼굴에게 나를 보여주고 싶었다.

선생님들은 엄했지만 친절했고 언니들은 내가 어리다고 특별히 더 잘 대해줬다. 언니들은 곧잘 불쌍하다는 눈빛으로 나를 바라보곤 했지만, 언니들이나 나나 별다를 건 없어 보였다. 이모들 말처럼 나쁜 곳은 아니었다. 직접 해 먹는 음식은 맛있었고, 건물 안의 모든 곳은 청결했다. 기상, 식사, 재활 교육, 자유, 수면으로 짜여 있는 일과표를 지키는 것도 어렵지 않았다. 재활 교육 시간에는 주로 컴퓨터를 배우거나 구슬 공예를 했고, 가끔 강연회도 있었다. 혹은 악기 연주나 그림 그리기, 명상의 시간으로 채워지곤 했다. 오후는 늘 자유 시간이었는데, 대부분의 언니들은 일을 했다. 인형의 실밥을 떼거나 전선을 잇는 건 나도 할 수 있는 일이었지만, 나는 하지 않았다. 돈을 벌고 싶은 생각이 없었다. 갖고 싶은 것도 없었다. 아니, 그것은 돈으로 살 수 있는 것이 아니기 때문이었다.

그사이, 딱 한 번, 엄마와 흰얼굴을 보았다. 자유 시간이었기 때문에 나는 휴게실에서 빈둥거리고 있었다. 잡지를 뒤적이며 졸거나 텔레비전을 보다가 잠이 들면 좋을 가을 오후였다. 일부러 두꺼운 잡지를 골라 훑던 나는, 사진을 발견했다.

다섯 장에 걸쳐 나와 엄마의 이야기가 적혀 있었다. 대부분은 내가 흰얼굴에게 말해준 것들이었다. 그러나 내용처럼 나는 술이나 담배, 약을 하던 소녀는 아니었다. 또한 돈을 훔친 적도 없었다. 또래 남자애들과 어울려 쪽방을 전전했다는 것도 틀렸다. 거긴 흰얼굴을 따라간 적 외에는 없었으니까. 그래서 나는 이것이 정말 나의 이야기가 맞는지 몇 번이나 다시 읽어야 했다. 하지만 사진의 주인공은 내가 분명했다. 담요를 말고 웅크려 자는 나의 감긴 눈꺼풀, 아가씨 옷을 입고 대합실에 앉아 있는 내 뒷모습, 삼촌들과 어울리고 있는 풍경과 먼발치에서 찍은 공사장에서 뒤엉켜 있는 나와 담요 아저씨까지. 구걸하고 있는 엄마를 기둥 뒤에 숨어 훔쳐보는 나의 굳은 입술, 심지어 배가 솟은 내 옆모습도 찍혀 있었다. 그건 모두 거짓말이 아닌 진짜 내 모습이었다. 맨 끝에는 넥타이를 매고 있는 흰얼굴의 사진과 이름이 실려 있었다. 그제야 나는, 흰얼굴이 나의 아빠도 나의 왕자도 될 수 없었던 이유를 깨달았다.

 봄이 되어 나는 아가를 낳았다. 아가를 데려가는 날, 나는 울지 않았다. 다음 날이면 나도 아가처럼 녹색 지붕을 떠나야 했다. 내가 가진 건 들어올 때 입었던 옷뿐이었다. 너무 작아져버린 옷으로 갈아입다가, 나는 보았다. 우뚝 솟은 검고 단단한 젖꼭지. 나는 엄마를 닮아 있었다.

 언니들과 선생님들은 내 어깨를 쓰다듬으며 배웅을 했지만, 내가 어디로 가야 하는지 말해주는 사람은 없었다. 나는 고개를 깊게 숙여 인사를 했지만, 입술을 굳게 다물고 아무 말도 하지 않았다.

 또각또각, 구두 소리가 울렸다. 엄마는 일 년 전처럼 그 자리 그대로였다. 마치 천 년 동안 움직이지 않아 굳어버린 돌덩이처럼, 검은 손을 치켜들고 있었다.

 계단을 올라가던 하늘거리는 꽃무늬 원피스를 입은 아가씨가 엄마의 바구니에 동전 두 개를 넣고 총총히 사라졌다. 나는 아가씨의 뒷모습을 물끄러미 바라보았다. 꽃무늬가 팔랑거리며 지상의 환한 빛 속으로 사라졌다. 저 아가씨도 아가를 낳으러 가는가 보다. 나는 질끈 눈을 감았다.

엄마들

"간염, 풍진, 매독, 에이즈, 암 검사, 모두 이상 없습니다."
간호사가 사무적인 미소를 지으며 진단서를 내밀었다. 여자는 자신이 예약해놓은 병원으로 가라고 했다. 병원에서 학교까지는 한 시간 거리였다. 재학증명서와 성적증명서를 떼야 했다.
"꼭 이래야 되겠니?"
휴학계를 내던 날이었다. 그는 옳지 않다고 했다.
"그럼 장기라도 팔까?"
나는 그의 침묵을 응시하다, 이내 등을 보았다. 그는 더 이상 나를 따라오지 않았다. 연애의 종결은 명료했다.
교정은 앙상한 나무들뿐이었지만 분명 물기를 머금은 싹이 숨어 있을 것이다. 하지만 어디에도 연둣빛은 보이지 않았다. 약속 시간을 맞추기 위해 걸음을 조금 더 빨리했다. 나는 두 번째 휴학 중이었고, 성적은 3학년 1학기까지 기록되어 있었다. 교문 주변의 무리에서 웃음소리가 터졌다. 그들의 얇은 스커트가 추워 보였다. 어쩐지 봄은 나와 어울리지 않는 계절 같았다.

크고 깊은 동공을 가진 여자였다. 감색 정장이 깡마른 몸을 더 부각시키고 있어서, 마치 옷을 겨우 짊어지고 있는 것처럼 보였다. 풍성한 웨이브 머리칼은 어딘지 위태로워 보이기까지 했다. 여자는 내게 키위 주스를 마시라고 했다. 진단서, 재학증명서, 성적증명서를 여자에게 내밀었다. 여자는 꼼꼼히 읽어내렸다. 여자 앞의 커피는 향이 짙었다. 나는 시큼한 주스보다는 머리가 아플 정도로 쓴 커피를 마시고 싶었다. 여자가 계약서를 내밀었다.

"동의하죠?"

"네."

주스를 한 모금 마신 후 서명을 했다. 키위 씨가 입안에 남아 불쾌했다.

"병원은 내일로 예약해뒀어요. 시간 지켜주고요."

여자가 먼저 일어섰다. 커피는 그때까지도 희미하게 김이 오르고 있었다. 나는 여자가 남긴 커피를 마시며 담배 두 개비를 피우고 난 후에야 자리에서 일어났다.

 짧은 시술이었지만 몸은 금세 묵직해졌다. 여자가 부축했지만 나는 뿌리쳤다. 여자가 다시 강압적으로 내 팔을 잡았다. 나는 더 이상 만류하지 못했다. 여자가 차 문을 열었다.
 "데려다줄게."
 여자는 어느새 말을 놓고 있었다. 내가 여자의 고용인이 되었다는 것을 암묵적으로 알리는 셈이었다.
 여자의 세단은 좁고 어두운 골목에 어울리지 않았다. 어디선가 갓난아이가 사납게 울고 있었다. 여자의 미간이 잠깐 좁혀졌다. 내가 가리킨 철문 안으로 여자가 성큼 내디뎠다. 계단 아래로 다닥다닥 붙은 작은 문들이 나타났다. 여자는 어깨를 세우고 나를 따라 방으로 들어왔다. 여자가 이불을 폈다.
 "누워."
 눕고 싶지 않았지만 여자의 말을 어길 수가 없었다. 여자는 키위 한 봉지와 두 권의 육아서를 이불 발치에 내려놓더니 거침없이 싱크대를 뒤져 과도를 찾아왔다. 그리고 누운 내 앞에서 키위 껍질을 벗겼다. 먹는 걸 보고서야 가겠다는 심사였다. 과도를 잡은 여자의 손놀림이 난생처음처럼 서툴렀다.
 "햇빛이 너무 안 들어오네."
 그러나 그 말은 틀렸다. 한 조각 빛조차 허락지 않는 지하방이었으니까. 여자가 천천히 방 안을 둘러보았다. 구석에는 풀지도 않은 가방 두 개가 오롯이 세워져 있었다.

"착상이 되면 집을 옮기자. 그때까지는 여기서 그냥 지내. 내가 수시로 올게."

키위 두 개를 다 먹는 걸 보고서야 여자는 갔다. 이제 여자는 매일 전화를 걸거나, 정말 매일 찾아와 내 옆에 붙어 있을 수도 있다. 나는 계약서에 서명을 했다. 그 계약서가 법적 효력이 있든 없든, 나는 적어도 여자에게 돈을 받기 위해서라면 계약대로 이행해야 한다. 나는 억지로 잠을 청했다. 착상이 되면 얼마간의 돈을 먼저 받을 수 있다. 여자는 어떤지 모르겠지만 나에게는 큰돈이었다. 들큼한 키위 냄새가 섞인 곰팡내가 폐부를 파고들었다.

착상은 성공했다. 나는 원룸으로 옮겨졌다. 건물 앞에는 편의점과 식당가가 있었고 시장도 가까웠다. 마치 외떨어진 휴양지에 와 있는 기분이 들었지만 본격적으로 여자의 사정거리로 들어선 참이었다. 어쩌면 이번엔 운이 좋은지도 모른다. 첫번째 의뢰인에 비한다면 여자는 분명 좋은 고용주였다.

첫 의뢰인은 아들이 아니라고 낙태를 요구했다. 계약서에 명시되지 않은 부분이었다. 나는 부당하다고 항변했지만, 결국 연락이 두절되었다. 나는 의뢰인을 수소문하느라 다섯 달이나 채운 뒤에 낙태를 했다. 계약서 따위는 처음부터 무용지물이었다. 하지만 나는 아이를 지운 뒤 석 달도 되기 전에 다시 글을 올려야 했다. 26세, L대 법대생. 165cm, 54kg. 술, 담배 안 함. 유전적 질병, 정신적 결함 없음. 남자 친구 없음. 브로커 없는 직접 거래 요망. 일 년만 숨어 살면 목돈을 쥐는 일이었다. 합법적이지 않다는 건 중요하지 않다. 빚을 지지 않고, 도망칠 수 없는 나락에 빠지는 위험 없이 오천만 원을 벌 수 있는 일이란 대리모 외에는 없었다. 할 수만 있다면 열 번도 더 할 수 있는 일이었다.

답신을 준 의뢰인들의 메일을 읽으면서 나는 생활비, 착상 성공비, 계약 금액을 나눠서 지불할 수 있는가를 따졌다. 결과적으로 내가 고용되는 일이지만 계약서를 쓰기 전까지는 내게 선택권이 있었다. 첫번째 실수를 만회해야 했으므로 나는 조금 더 철저해야 했다. 여자의 메일은 남편과 내가 동문이어서 마음에 든다는 첫 문장으로 시작했다.

두어 번의 메일 교류 후 여자와의 계약을 결정했다. 무엇보다도 내가 원하는 사항에 쉽게 응했기 때문이었다. 물론 여자가 제시한 내용에 대해서 나도 별 불만이 없었다. 적어도 나는 나의 요구 사항이 관철되는 것으로 모든 것을 감수할 준비가 되어 있었다.

여자는 매일 전화를 걸어 내 상태를 확인했고, 일주일마다 병원에 데리고 갔다. 오 주가 되어서야 질 초음파가 아닌 배 초음파로 아기집 흔적이 잡혔다. 티끌 하나가 검은 우물 속에 박혀 있었다. 그날 여자는 나를 원룸 건물 앞에 내려주었다. 원룸은 이미 세간들이 꾸려져 있었다. 집세는 물론, 공과금과 여자에게 새로 건네받은 휴대전화 요금까지 일체 여자가 지불하겠다고 했다. 그러므로 내가 매달 받는 생활비는 식비 외에 쓸 곳이 없었다.

"물건은 내가 챙겨다 줄게."

지하방에서 가져올 물건이어야 책과 옷가지가 들어 있는 두 개의 가방 외에는 없었다. 나는 대답하지 않았다. 마음대로 하세요, 사십 주 동안 나는 당신의 몸이 아닙니까. 여자는 모차르트를 틀어놓고 갔다. 나는 창문에 비켜서서 여자를 훔쳐보았다. 주차장으로 들어서기 전, 여자가 잠시 위를 올려다보았다. 2층 아래, 여자의 도드라진 눈가의 주름이 선명하게 보였다. 무엇이든지 너무 자세히 보이게끔 하는 유월의 햇빛이 골목에 가득 들어차 있었다.

엄마는 벽면 타일을 닦고 있었다. 부연 유리문 저편의 엄마를 지켜보다가, 옷을 벗고 탕으로 들어갔다. 특유의 푹한 기운은 없고, 오히려 서늘한 한기마저 느껴졌다. 사람 없는 초여름의 목욕탕은 을씨년스러웠다. 훈기가 없으니 금세 소름이 돋았다. 뜨거운 물로 몸을 덥히니 간신히 허연 물때가 솟았다. 엄마는 네 개의 욕조에 새로 물을 받기 시작한 후에야 내게 왔다. 등을 미는 엄마의 손목 힘이 예전 같지 않았다.

욕탕을 나오니 새벽 두 시가 넘었다. 찜질방에는 그나마 사람들이 보였지만 대개는 수면실에서 자고 있었다. 젊은 애들 두엇만 구석에 엉켜 있었다. 엄마와 나는 미역국을 앞에 두고 마주 앉았다. 어느새 겨드랑이와 옆구리가 쓰렸다. 슬쩍 소매를 걷어보니 벌겋게 피가 맺혀 있었다.

"생일상 받아먹으려고?"

엄마는 나와 동생을 한 계절에 낳았다. 게다가 엄마의 생일도 일주일 뒤였다. 모녀가 찜질방에 마주 앉아 미역국을 먹는 일이 새삼스럽게도, 쓸쓸했다.

저녁을 걸렀는지 엄마는 미역국을 마시듯이 들이켰다. 트림을 하며 뒤로 내앉은 엄마는 곧이어 계란 껍데기를 까기 시작했지만 내 미역국은 좀처럼 줄지 않았다.

"젊은 게 얼굴이 왜 그 모양이냐."

얼굴은 엄마가 더 형편없었다. 평생 살림만 하던 사람이 오십 줄이 넘어 시작한 목욕탕 일이 녹록할 리가 없었다. 나는 아버지 소식을 물으려다가 말았다. 어떻게든 살 수 있을 거라고 아버지는 절박하게 쳐다보는 식구들을 향해 말했다. 부채를 떠넘기고 도망치는 가장의 목소리치고는 너무 우렁찼다. 그것이 내가 본 아버지의 마지막이었다. 엄마는 아버지와 연락을 하는 눈치였지만 엄마도 늘 같은 말을 했다. 살아 있으면 어떻게든 살게 돼 있다. 가족이 와해되는 건 한순간이었다. 혈연이라는 것이 이렇게 허술한 구조였던가, 의아해할 사이도 없었다. 증오나 분노, 체념마저도 흐물거리는 미역처럼 빠르게 삭여졌다. 문제는 현실이었다. 엄마는 구운 계란 하나를 내 앞에 두고 남은 세 개를 연거푸 입에 넣었다. 살아 있으면 살게 되어 있다,라니. 그게 먹히는가. 엄마를 물끄러미 보고 있자니 차라리 그렇게 먹을 수 있는 것이 다행인지도 모른다는 생각이 들었다. 미역국을 넘기기가 힘들었다. 비린내가 나서 반도 더 남기고 수저를 놓았다. 새 연락처와 모아 두었던 생활비, 착상 사례금 전부를 엄마 앞으로 내밀었다. 엄마는 이제 고맙다는 말도, 미안하다는 말도 하지 않는다. 그건 엄마도 똑같이 고달픈 일상을 보내고 있기 때문이었다. 예순이 다 되어가는 엄마가 젊은 것들의 때를 벗기는 일이나, 시퍼렇게 젊은 내가 수정란을 받아 키우는 것이나, 연고 없이 떠돌고 있는 아버지도 따지면 마찬가지 아니겠는가. 공평하다고 생각하자. 앞일은 누구도 예상할 수 없다. 행이든 불행이든, 그건 개인의 능력으로 선택할 수 있는 일이 아니다. 그럼 정말 공평한 것일까. 텔레비전을 보는 엄마의 손에 꽉 쥐인 지폐가 구겨지고 있었다.

낮게 코 고는 소리가 수면실에 울렸다. 엄마는 잠에 취해 있었다. 여자들은 자식을 낳은 달에 앓는다고 했다. 둘이나 낳았으니 엄마의 삭신은 제 것이 아닐 것이다. 얼굴을 한번 쓰다듬을까 하다, 그냥 일어섰다. 괜히 미안해질까 봐 두려웠다.

건물 밖은 온몸을 간질이듯 짙은 안개가 피어오르고 있었다. 택시를 기다리면서 담배를 하나 물었다. 욕지기가 밀려왔다. 스물여섯의 생일 새벽이었다.

"이러면 곤란하죠."
여자의 존대는 화가 나 있다는 걸 의미했다.
"오해가 생기지 않도록 어디를, 왜 다녀왔는지 말해줬으면 좋겠는데요."
계약 사항이라는 것을 안다. 하지만 나는 말하고 싶지 않았다. 초로의 어미의 식욕에 대해서, 사라진 아버지의 마지막 인사에 대해서, 제대를 앞둔 남동생에 대해서 그러나 그가 살 곳이 없다는 것에 대해서. 그걸 말해서 동정이라도 얻을 수 있다면 나는 기꺼이 말했을 것이다. 하지만 현실은 동정으로 해결되지 않는다는 걸 나는 경험으로 알고 있었다. 목욕탕에 다녀왔다고 말했다. 적어도 거짓말은 아니었다.
"목욕탕? 세균 감염이라도 되면 어쩌려고, 도대체 책을 읽기나 하는 거예요?"
나는 대꾸하지 않았다. 여자도 더 이상 나를 추궁하지 않았다. 외박이라니, 혼잣말을 하며 여자는 원룸을 나섰다. 여자가 두고 간 쇼핑백 속에는 두 벌의 실내복과 호두와 잣이 한 봉지씩, 그리고 비타민제가 들어 있었다. 나는 여자가 건넨 육아서를 읽지 않은 것이 아니었다. 호두와 잣은 아이의 머리를 좋게 할 것이고, 비타민제는 엽산 때문이었다. 여자가 놓고 간 슈베르트나 모차르트를 들으며 육아서를 읽는 일 외에는 내가 할 일이란 없었다. 혹은 창밖을 내다보거나, 끼니 때마다 전단지를 보면서 메뉴를 정하는 일. 그것만으로도 하루는 시한부 인생의 시간처럼 지나갔다.

엄마를 보고 온 날, 여자는 밤새 나를 기다렸고, 그 일을 빌미로 매일 원룸에 왔다. 내가 자초한 일이었다. 그러나 여자가 온다고 해서 나의 일상이 달라질 건 없었다. 실내복은 화사한 분홍색 꽃무늬가 프린트 된 원피스였다.

여자가 매일 드나들기 시작한 무렵부터 입덧 증세가 나타났다. 어쩌면 담배를 피우지 못하면서 생긴 금단 현상과 겹친 증상인지도 모를 일이었다. 굳이 담배를 끊으려고 한 것은 아니었지만 자연히 몸이 받아들이지 못했다. 그런데도 흡연 욕구는 계속 머릿속을 맴돌았다. 몸이 기억하는 습성이란 때론 무섭도록 지독했지만, 그 기억을 이기는 것 또한 몸의, 자궁의 본능이었다. 입덧은 점점 심해졌다. 게다가 잦은 두통과 엉치등뼈가 아픈 골반통까지 수반되었다. 자궁이 자리를 잡으면서 생기는 자연스러운 증상이라니, 나나 여자나 속수무책이었다. 난자와 정자는 내 것이 아니지만 자궁은 온전히 내 것이었다. 그러므로 자궁에 자리 잡아가는 수정란의 존재 흔적은 고스란히 내 몫이어야 했다.

식당 음식을 못 넘기자 여자가 음식을 해 날랐다. 여자의 집에서 일하는 사람의 솜씨였겠지만, 그건 먹을 수 있었다. 다만 먹을 때는 아무렇지 않던 속이, 먹고 나면 울렁거리는 것은 여전했다. 차라리 시원하게 토할 수 있으면 나을 것 같았지만 그것도 마음대로 되는 일이 아니었다. 병원에 갈 때마다 여자는 매번 나를 부축했다. 그렇지 않아도 골반통 때문에 절뚝이며 걸어야 했다. 어느새 여자의 체취가 익숙해지고 있었다.

일주일 만에 체중이 2킬로그램이나 줄었던 날, 의사는 역시 흔히 있는 현상이라며 입덧이 끝나는 삼사 개월을 넘어서면 체중이 늘게 된다고 했다. 표정이 금세 밝아진 여자가 내 어깨를 감쌌다. 나는 무감하게 여자를 바라보았다. 의사와 면담을 하거나 초음파 검사를 할 때조차도 내 옆에서 떨어지지 않는 여자였다. 남이 본다면 마치 애틋한 친정 언니쯤으로 여길 것이었다. 그날이었을 것이다. 여자가 엄마에 대해서 물었다. 어머님이 입덧이 심했나?

엄마는 내 누워 있었다고 했다. 간신히 넘긴 밥은 먹자마자 게워냈고, 그러면 며칠씩 물조차 넘기지 못했다고. 세상의 모든 냄새가 다 역겨웠다고 했다. 그렇게 따지면 나의 입덧은 엄마에 비해 수월한 편이었다. 엄마는 살아 계셔? 여자의 옆모습에 그림자가 어른거렸다.

"우리 엄마는 나 하나만 낳았어. 그 시절에 아들 하나 낳지 못했으니 말 다했지. 할머니는 씨받이를 들였고 결국 그 여자가 들어앉았어. 뻔한 얘기. 딸은 어미의 운명을 닮는다더니, 나도 별수 없고."

운전을 하는데도 여자의 동공은 텅 비어 보였다.

"그래도 우리 엄마는 재가해서 팔자 폈어. 나도 그럴라나."

여자가 슬쩍 웃었다. 자조가 아닌, 일말의 부질없는 희망을 간신히 품고 있는 웃음이었다. 아기집이 제대로 잘 들어섰다고, 양수도, 태아 박동수도 정상이라는 말을 들을 때 보였던 여자의 해맑은 표정은 어디에도 없었다. 그런데 이상하게도 나는 안도감이 들었다. 내가 가진 어둑한 기운과 닮아 있다고 함부로 착각하게 만드는 얼굴이었던 것이다.

"우리 엄마는 입덧이 심하지 않았다고 해서."

다시 말해, 수정란은 당신들 것이지만 그걸 키우는 건 내 몸이라는 확인이었다. 차라리 그 말을 하지 않았으면 좋았을 것이다. 어색하고 불편한 침묵이 내려앉았다. 도로는 정체였고 나는 멀미가 몰려왔다. 불쾌했다.

원룸에 들어서자마자 널브러진 나는 여자가 건넨 오렌지를 먹어야 했다. 여자는 어느새 창문 앞에 서 있다. 그것이 원룸에서의 여자의 일과였으므로 나는 여자의 뒷모습을 보다 잠이 들었고, 깨어 보면 나 혼자만 남아 있곤 했다. 메스꺼운 속 때문에 부대끼거나, 병든 닭처럼 잠에 취해 있던 사이, 여름이 성큼 다가왔다.

기상 이변으로 칠월이 되기도 전에 열대야가 시작되었다. 엄마로부터 전화가 걸려온 건 지중해의 오른쪽 하늘을 맞추고 있던 중이었다. 천 조각 퍼즐은 여자가 태교용으로 두고 간 것이었다. 바다와 섬들은 맞췄고 하늘만 남아 있었다. 워낙에 같은 색감이 연속인 풍경이어서 속도가 잘 붙지 않았지만, 잠이 오지 않는 밤에는 제법 집중력을 높일 수 있었다. 엄마의 전화만 아니었다면 그날 새벽 나는 지중해 풍경을 완성했을지도 모른다. 창밖은 푸른 기운이 번지고 있었다. 낯선 목소리였지만 나는 금세 엄마라는 것을 알았다.

아침부터 초조하게 여자를 기다렸다. 식구들이 흩어진 후 엄마가 먼저 연락한 건 처음이었다. 지난번 외박처럼 여자를 예민하게 만들고 싶지 않았다. 그러니 여자에게 직접 말해야 했다.

"엄마?"

여자가 되물었다. 나는 이미 외출복 차림이었다. 여자는 엄마가 있었다는 사실조차 의아스럽다는 듯이 나를 보았다.

"잠깐 들여다보고 올게요. 오래 걸리지 않을 거예요."

"같이 가."

나는 만류하고 싶었다. 그럴 필요까지는 없지 않은가. 나의 고용주지만 나의 사생활까지 당신이 들어설 이유는 없다. 아니다, 사생활 따위는 당신에게 이미 팔아치웠구나. 나는 묵묵히 여자의 뒤를 따라 걸었다. 삼 개월을 넘어서지 않았으므로 유산의 위험이 있는 시기였다. 여자는 수정란을 보호할 의무가 있었다.

갑작스러운 폭염 때문인지 목욕탕에는 아무도 없었다. 엄마는 구석에서 혼자 앓고 있었다. 망자처럼, 천장을 향해 똑바로 누워, 입을 쩍 벌린 채, 거친 호흡을 내뱉고 있었다. 나는 엄마를 거세게 흔들었다. 엄마는 좀처럼 눈을 뜨지 못했다. 여자가 어느새 내 뒤에 서 있었다. 나는 절박한 표정으로 여자를 바라봤다.

과로와 오랜 감기가 폐렴으로 발전했다는 엄마는, 다행히 나흘 만에 퇴원할 수 있었다. 퇴원 수속을 마치고 엄마와 구내식당에서 설렁탕을 한 그릇씩 먹었다. 모녀의 설렁탕이 좀처럼 줄어들지 않았지만, 그래도 둘 다 끝까지 국물을 다 마시고 일어났다. 마치 그래야만 한다고 서로에게 맹세라도 한 듯 결연한 느낌마저 들었다. 살아 있으면 어떻게든 살게 될지도 모른다고, 그 말을 자꾸 해야 할 것 같았다. 엄마가 돌아갈 곳이 목욕탕뿐이라는 사실 때문이었을 것이다. 나는 목욕탕 건물 앞에서 엄마에게 만 원짜리 몇 장을 쥐여주고 서둘러 뒤돌아섰다. 공기 속에 물비린내가 섞여 있었다. 어쩐지 신열이 내린 듯 온몸이 가뿟했다.

원룸에 들어서자 눅진한 사골국 냄새가 났다. 여자가 고생했다며 식탁 앞에 나를 앉혔다. 설렁탕을 먹은 지 얼마 되지도 않았는데, 뽀얀 국물에 떠 있는 푸릇한 대파를 보자 참을 수 없는 식욕이 솟구쳤다. 여자가 신기한 듯 나를 보고 있었지만, 고생했다는 말이 목에 걸렸지만, 나는 개의치 않고 한 그릇을 다 비웠다. 포만감은 나른한 불안감과 비슷했다. 그래, 이렇게 먹을 수 있는 것이 다행일 것이다. 여자가 물었다.

"속은? 속은 괜찮아?"

입덧이 끝났다고 말했다. 여자가 그릇을 치우며 웅얼거렸다.

"엄마가 대신 앓으셨네. 딸내미 덜 고생하라고 당신이 몸 앓이를 하셨네."

그런 걸 알려주는 여자가 나는 하나도 고맙지 않았다. 지중해 풍경은 완성되어 있었다. 배가 부른데도 허기졌다. 먹어도 먹어도 가시지 않을 듯한 무서운 식욕이 치솟았다. 나는 지중해 풍경을 헐었다. 색깔만 남은 의미 없는 파편들이 천 개로 흩어졌다.

지중해 풍경을 세 번 완성하는 사이, 내 턱 선은 눈에 띄게 무뎌졌다. 가슴이 커지고 옆구리에 둔중하게 살이 올랐다. 무엇보다도 아랫배가 불거지기 시작했다. 누가 봐도 임산부처럼 보였다. 임신이란 내 몸을 전혀 다른 존재물로 변화시키는 과정이었다. 몸속의 혈액량이 증가하고, 유선이 발달하고, 태반이 만들어진다. 내 몸은 점점 더 빠른 속도로 변해갈 것이었다.

퍼즐을 맞추기 시작했다. 네번째였다. 먼저 직선이 포함된 조각들을 골라내 사각의 틀을 만들어야 한다. 다음은 녹색과 흰색을 가려내 섬과 섬 주변을 맞춘다. 문제는 그다음이다. 남은 부분은 온통 푸른빛의 하늘과 바다였기 때문이다. 미세한 차이를 구별해야 했다. 동일한 색감의 이웃을 찾아 각 조각들의 맞물림을 하나하나 대봐야 한다. 조각 하나는 손가락 한 마디 정도였지만, 실제 크기의 백분의 일이나 천분의 일도 안 될 것이었다. 망망대해와 너른 하늘이 고작 한 평도 못 되는 셈이다. 내 생애 절대 가볼 수 없는 비현실적인 풍경을 완성하는 과정은, 아무 생각 없이 전념할 수 있는 가장 현실적인 소일이었다. 휑한 바닥을 드러낸 사각 틀이 완성되고 있었다. 여자가 원룸으로 들어선 건 마지막 조각을 사각 틀에 막 끼우려던 참이었다.

여자가 비칠거리며 신발을 벗었다. 제 몸을 못 가눌 정도로 취해 있었다. 자정이 넘은 시간이었다. 곧이어 거칠게 문을 내려치는 소리가 들렸다. 부축하는 나를 여자가 완강하게 뿌리쳤다. 그 바람에 퍼즐의 사각 틀이 내 뒷걸음에 부서졌다. 문을 두들기는 소리는 멈추지 않았고, 애원과 욕설이 섞인 남자의 고함이 문밖에서 울렸다. 여자가 침대로 쓰러졌다. 여자의 전화벨 소리와 쿵쿵거리는 주먹질 소리가 반복해서 계속되었다. 여자는 미동조차 없다. 폭우처럼 시끄럽던 복도가 갑자기 고요해졌다. 자동차 시동 소리가 들렸다. 창밖으로 골목을 빠져나가는 은색 승용차가 보였다. 어느새 여자가 침대 모서리에 불안하게 앉아 있었다.

"남자 친구 없니?"

마치 아무 일도 없었다는 듯이 여자가 물었다. 과거에 대한 질문은 자신의 고백을 위한 전제이다. 여자는 제 얘기를 하고 싶은 것일까, 적어도 소란에 대한 변명을 하고 싶은지도 모를 일이었다. 독주의 향이 여자의 호흡에 섞여 있었다.

"헤어졌어요."

"사랑했니?"

여자가 낄낄거렸다. 사랑이 뭐 대수니? 그치? 여자가 허리를 젖히며 자지러지게 웃어댔다. 나는 그를 떠올렸지만 얼굴조차 기억나지 않았다. 육 년을 만났던 남자의 얼굴이 헤어진 지 반년 만에 새하얗게 지워져 있었다. 다행히, 사랑하지 않은 모양이었다.

"괜찮아. 또 시작하면 돼. 그럼, 괜찮아, 괜찮아."

잠든 여자의 바짝 말라 휠 것 같은 팔다리가 힘없이 늘어졌다. 가는 손가락의 진주 반지가 유난히 커 보였다. 더 이상 여자의 전화는 울리지 않았다. 무엇이든 다시 시작할 수 있을까. 아무래도 그건 나의 이야기는 되지 않을 것이었다. 나는 흐트러진 퍼즐 조각을 찾아 사각 틀을 맞춰나갔다. 조각 하나가 없었다. 침대 밑까지 들춰봐도, 어디에도 보이지 않았다. 완전한 사각형이 되지 못한 틀은 불구가 될 미완성의 명백한 증거였다. 하지만 어쩐지 그 한 조각의 틈새가 마치 숨통처럼

엄마들 53

보였다.

 정오 즈음에야 눈을 뜬 여자는 일어나자마자 욕실로 뛰어들어갔다. 속을 게위내는 소리를 들으며 나는 식탁을 차렸다. 즉석 북엇국과 계란말이, 김과 오징어젓갈. 여자가 핼쑥한 얼굴로 식탁 앞에 앉았다. 여자도, 나도, 할 말이 없었다. 길고 지루한 식사가 끝나자 여자가 제 전화를 만지작거렸다.

 "끝나버렸네."

 아무래도 술이 덜 깬 모양이었다. 여자는 들릴 듯 말 듯한 혼잣말을 내뱉고 있었다.

 "어제 그 남자? 남편이 아니야. 연애가 또 끝났을 뿐이지. 그런 건 중요하지 않아. 나는 언제나 혼자였으니까. 게다가 가진 것도 없거든. 그래서 결혼이 끝나면 안 돼. 결혼은 생계 수단이니까. 그러니 애가 없다는 이유로 이혼을 당할 수는 없어."

 그래서 당신 부부의 유전자가 필요했던 것인가. 생계를 위해서라고? 생계? 그 단어가 그렇게 함부로 쓰여도 되는 것인가. 그렇다면 당신과 내가 같은 목적으로 이렇게 마주하고 있단 말인가. 여자가 나를 향해 비죽 웃었다.

 "진작부터 어긋난 부부관계를 회복할 필요는 없지만 남의 자식을 키울 아량도 없거든. 그러니 그런 얼굴로 나를 쳐다보지 마. 계약을 파기하지는 않아."

 상대의 반응을 고려하지 않는 독백은 처연하다. 발산할 수 없는 나의 감정도 황폐하기는 마찬가지였다. 무심해져야 했다. 언짢은 기분마저 무의미해야 된다. 나는 입술을 앙다물었다. 현재에 대한 승복은 침묵으로 표출되기 때문이었다. 여자는 또 잠이 들었고, 저녁나절에야 일어났다.

그제야 술이 깬 듯한 말간 표정이었다. 모든 기억을 잃어버린 사람처럼, 마치 호되게 앓고 난 사람처럼 투명하고 고요한 얼굴이었다. 오랜 침묵. 여자가 작은 목소리로 말했다.

"배를 만져봐도 될까?"

여자는 내 시선을 피한 채 고개를 숙였다. 여자의 목덜미에는 땀에 젖은 머리카락이 엉켜 있었다. 나는 가만히 다가가 여자 앞에 섰다. 여자가 내 아랫배에 손을 댔다.

"안녕, 엄마야."

엄마. 그 단어가 그렇게 낯설 수가 없었다.

"이상하지? 실감이 안 나."

입덧을 하고 골반통으로 절룩였어도 내 스스로 임신을 인식해본 적이 없었다. 그저 불편한 기운과 개운하지 못한 느낌, 무겁게 짓누르는 낯선 이물스러움. 그것이 여자가 말하는 실감,이라는 것일까. 그렇다면 타자에게 자신의 아이를 키우게 하는 일에 대해서도 나는 실감하지 못할 것이었다. 여자의 손이 미세하게 떨렸다.

나는 침대 위로 올라가 똑바로 누웠다. 초음파 검사를 받듯 상의를 들어 올리고, 체모가 보이기 직전까지 치마와 속옷을 내렸다. 여자도 내 옆으로 비스듬히 누웠다. 여자의 손이 살에 닿았다. 천천히 배와 허리를 매만졌다. 여자의 손이 따뜻했다.

"불쾌해하지 않았음 해."

마주친 여자의 눈빛을 피할 수 없었다. 여자의 동공 속에 나를 응시하는 내가 있었다.

"이 아이를, 조금만, 사랑해줘. 엄마라는 생각으로. 나는 아이가 나를 닮지 않았으면 좋겠어."

나는 여자에 대한 연민을 원치 않았다. 돈 때문에, 명백한 필요에 의해 몸을 빌려준다는 거리감을 이완시키고 싶지도 않았다. 내 배를 보이고 만지게 하는 것도 계약의 일부일 뿐이고 싶었다.

"나는 엄마처럼 버림받고 싶지 않아."

옷을 추스르다 말고, 나는 여자를 향해 몸을 돌렸다. 여자는 거울 앞에서 화장을 하고 있었다. 붉은 입술이 굳게 다물어졌다.

그 뒤로 여자와 나는 자주 외출을 했다. 백화점을 다니면서 임부복과 단화를 사들였고, 대형 서점에서 그림책이나 태담 도서, 클래식 음반들을 샀다. 곳곳의 미술관에 갔고, 종종 음악회에도 다녔다. 때때로 소문난 곳을 찾아다니면서 식도락을 즐겼다. 요가 센터에 등록했고, 여자가 다니던 피부 관리실도 함께 가곤 했다. 설원 풍경이나 명화 퍼즐이 그사이 세 개나 더 늘었고, 십자수나 퀼트 재료를 사기도 했다. 외출에서 돌아올 때면 언제나 양손에는 쇼핑백이 들려 있었다. 내가 원룸에 들여놓는 물건들은 모두 여자의 차에도 동일하게 실렸다. 마치 쌍둥이 자매처럼 무엇이든지 두 벌씩 샀기 때문이었다.

외출을 하지 않는 날이면 여자와 나는 클래식을 들으며 동일한 패턴의 십자수를 하거나 고개를 맞대고 퍼즐을 맞췄다. 식사도, 낮잠도, 순산 체조도, 심지어 유방 마사지도 여자와 같이 했다. 가슴 아래부터 배, 허벅지, 등과 둔부까지 골고루 원형을 그리며 튼 살 크림을 발라주는 것은 매일 저녁 여자가 원룸을 나서기 전에 하는 일이었다. 나는 언제나 여자와 함께였다.

장마와 한더위가 지나자 처서도 금방이었다. 시간이 저절로 흐르는 사이 배는 더 불러왔고, 내 몸이 커져가는 대로 여자의 배도 동일하게 부풀었다. 여자는 내 배 크기에 맞춰 제 몸에 수건을 넣은 복대를 둘렀다. 수건이 하나에서 두 개, 세 개쯤 늘어났을 무렵, 구월이 시작되었다. 엄마에게서 연락이 온 건 첫번째 목요일이었다. 동생이 목욕탕에 와 있다는 것이었다. 제대였다.

"너 어디서 지내니?"

그 질문이 어쩐지 부적절하게 느껴졌다. 나는 대답 대신 동생이 지낼 곳은 있느냐고 물었다.
"일단 친구 집에 있겠다더라."
"내가 연락할게."
엄마의 말이 계속 이어졌지만 나는 전화를 끊었다. 내가 어디에서, 어떻게 지내는지 말할 수 없고, 보일 수 없어 애가 탔다. 동생도, 엄마도 보고 싶었다.

여자는 다른 날보다 늦어지고 있었다. 나는 계약 금액 분할 지급을 떠올렸다. 그것은 처음부터 동생의 제대를 예상한 조건이었다. 계약서는 삼십 주 이후에 지급이 가능토록 명시되어 있다. 나는 이십오 주에 막 들어선 참이었지만 사정을 밝히면 여자도 동의해줄 것이라고 믿었다. 적어도 여자가 술에 취해 찾아왔던 그 밤 이후, 여자와 나는 친밀해지지 않았던가. 친밀은 비밀의 공유에서 시작한다면 나도 이제는 말할 수 있다. 차라리 동정이면 더 좋다고 생각했다. 엄마와 동생이 거처할 방 하나를 얻기 위해서라면, 내가 돌아가 그 방에서 쉴 수만 있다면, 그래서 봄을 기다리며 헛되더라도 희망을 품을 수 있다면, 매달릴 수 있었다. 구걸도 할 수 있었다. 하지만 여자는 마치 내 요구에 냉정하게 거절하듯 오지 않았다.

전화도 없었고, 내 전화도 받지 않았다. 처음 있는 일이었다. 그럴 리가 없을 텐데, 이러면 안 되는데. 나는 자꾸 혼잣말을 하고 있었다. 여자의 안위를 걱정할 겨를이 없었다. 동생의 거처가 문제가 아니었다. 계약을 파기하지 않겠다던 여자의 말을 붙들고 있었지만, 그건 너무나 조악한 기대였다. 이렇게 여자가 사라진다면 나는 어떡하는가. 장기와 얼굴이 또렷하게 다 만들어진 핏덩어리를 또 지워야 하는가. 불안은 하루가 갈수록 걷잡을 수 없는 공포로 변해갔다.

일주일을 기다린 후, 그간 모아두었던 생활비를 부쳤다. 아버지의 도주 이후 식구들은 모두 신용 불량으로 통장 거래가 불가능했으므로 등기우편으로 보내야 했다. 엄마와 동생은 연락조차 없었다. 돈만 보내고 얼굴을 비치지 않는 나를 원망할지도 모른다. 아버지처럼 사라진 식구가 하나 더 늘었다고 생각할 수도 있다. 어쩔 수 없다. 불어난 몸을 보일 수는 없었다. 그런데도 나는 모두가 순식간에 나를 외면하고 있다는 기분이 들었다. 처음으로, 내가 혼자라는 외로움이 엄습했다.

일하는 사람은 매번 외출 중이라고 대답했다. 남은 건 여자의 남편 명함밖에 없었다. 하지만 나는 망설였다. 남편의 이름 앞에 붙은 변호사,라는 직책이 무력하게 느껴졌기 때문이었다. 혹시라도 법을 운운하며 내동댕이쳐지는 상황을 맞닥뜨리게 되는 건 아닐까. 차마 전화를 걸 용기가 나지 않았다.

여자가 찾아오지 않는 동안 불면의 밤이 계속되었다. 첨예하게 날이 선 불안이 찾아오면 극성스러운 공복감도 어김없이 몰려왔다. 나는 끊임없이 배가 고팠다. 그때마다 숨쉬기 힘들 정도로 폭식을 해야 겨우 안정이 되곤 했다. 부조리하게도 머리와 가슴을 앞서는 것은 몸뿐이었다.

　냉장고에 먹을 수 있는 것은 사과 두 알과 베이컨밖에 없을 때에야 비로소 나는 생활비가 다 떨어졌다는 걸 알았다. 냉장고 문을 열고, 선 채로 시든 사과와 익히지도 않은 베이컨을 먹었다. 나는 주저앉았다. 버저 음을 내는 열린 냉장고에서 쏟아진 냉기가 온몸을 감쌌다. 허기가 가시지 않은 배가 앞으로 툭 불거져 있었다. 공포의 근원을 찾은 것처럼 온몸이 으슬으슬 떨렸다. 나는 양팔로 아랫배를 감싸 안았다. 그때였다.

　내 몸의 깊은 저편에서 작은 소리가 느껴졌다. 물속의 생명체 하나가 내뱉은 숨 한 조각이 수면에 맞닿아 터지는 순간, 수면에 파동을 만드는, 아주 작고 고요한 진동. 태동이었다. 첫 태동을 느낀 것이었다. 나는 원피스를 들어 올리고 아랫배를 내려다보았다. 움직임이 보이지 않았지만 나는 분명히 느끼고 있었다. 뱃속의 꿈틀거리는 그것, 그것은 자신이 살아 있음을 알리고 있었다.

　나는 소리의 체감을 나 혼자만 기억할 수 있다는 것이 서글펐다. 자신의 아이를, 진짜 내 아이를 가진 엄마들이라면 이 순간을 어떻게 표현할까. 나는 내 감정의 정체에 대해 혼란스러웠다. 기쁘지만 슬퍼야 할 것 같았고, 흉측한 느낌이어야 할 것 같은데 섬뜩하도록 순수한 감동이 밀려왔기 때문이었다. 십육 주가 지나면 태동을 느낄 수 있다면서 여자는 매일 묻곤 했다. 그럴 때마다 고개를 젓는 내가 미안한 기분마저 들었던 나날들. 도대체 여자는 어디에 있는가.

여자는 정확히 한 달 만에 왔다. 첫 태동을 느낀 다음 날이었다. 욕실을 나오니 여자가 고개를 숙이고 침대에 앉아 있었다. 안도라기보다는 화가 치밀어 올랐다. 이렇게 나를 방치해도 되느냐고, 어떻게 나를 잊고 지낼 수 있었느냐고 따지며 달려들고 싶었다. 하지만 나는 여자의 머리에 꽂힌 흰 리본을 보고 침묵했다. 여자는 한참 동안 고개를 들지 않았다. 여자의 배가 앞으로 비죽이 솟아 있었다.

여자의 어미가 죽었다. 그것 외에는 그간의 여자의 행로에 대해서 내가 알 수 있는 것은 없었다. 내가 만약 여자처럼 어느 날 갑자기 엄마의 죽음을 전해 듣게 되거나, 아버지의 혹은 동생의 부음을 받는다면, 우습게도, 한 줌의 뼛가루도 못 만지겠구나, 곡도 못 하겠구나, 라는 생각만 맴돌았다. 배불뚝이가 된 내 외양의 변화를 이해시키는 일이란 불가능하다는 것. 유일했던 최선의 선택이 현실 앞에서 외면당할 수밖에 없는 무참한 실제만 분명했던 것이다. 그러자 슬퍼졌다. 여자의 어미는 자살이었다. 나는 그것만으로도 충분히 여자를 위무할 수 있었다.

"태동을 느꼈어요."

여자가 고개를 들었다. 울고 있었는지, 일그러진 얼굴이었다. 태동을 느꼈어요. 여자가 비로소, 간신히 웃었다. 나는 여자를 안아주고 싶었다. 서로의 부른 배 때문에 품에 안을 수 없더라도, 힘껏 팔을 뻗고 싶었다.

예정일을 삼 주 앞두고 이른 외출을 서둘렀다. 정기검진이 있었고, 그전에는 산후 조리원을 몇 군데 들러야 했기 때문이다. 게다가 병원에 다녀오는 길에 백화점도 가야 했다. 그날 의사로부터 딸이라는 말을 들었다. 우리는 환하게 웃었다.

배냇저고리에 이불, 젖병과 기저귀 등 출산 준비물은 끝도 없이 많았다. 여자는 주로 분홍색과 노란색을 골랐다. 덩치가 큰 것들은 배송을 시켰는데도 불구하고 우리의 양손에는 들기 어려울 정도로 쇼핑백이 가득했다. 하지만 원룸에 들여놓을 것은 하나도 없었다. 마지막 쇼핑이었던 것이다. 빈손으로 원룸에 들어서며 나는 절감했다. 계약 기간이 끝나고 있다는 것을, 이제 남은 건 한 가지 외에는 없다는 것을.

여자가 등 뒤에서 크림을 발라주면서 말했다.

"이름을 지었어. 다예,라고. 다 예쁘다,의 다예."

여자를 닮으면 아이는 크고 깊은 눈동자를 가질 것이었다.

"내일은 못 올 거야. 엄마 사십구재거든."

여자의 마사지가 다른 날보다 길어지고 있었다.

"저번 엄마 일 있었을 때, 미안하다는 말을 못 했어."

"신경 쓰지 마세요."

"엄마가 죽고서야 알았어. 혼자가 아니었다는 걸. 그런데 엄마는 끝까지 그걸 외면했어. 이제야, 가슴이, 저려."

여자의 손가락 마디마다 물기가 배어 있었다.

"다예, 예쁜 이름이에요."

여자의 엷은 웃음소리가 등 뒤로 들렸다.

"이제 얼마 안 남았구나. 힘들었지?"

"아니요."

아니, 힘들었어. 하지만 힘들 수 없는 일 년이었다. 성과물을 받기 위해 소비된 시간이었으니까. 세상에 공짜는 없다. 그러니 공평하다. 공평하지 못한 건 그저 운명뿐이지 않은가. 여자가 뒤에서 내 어깨를 안았다. 여자의 부른 배가 등에 닿아 호흡을 따라 움직였다.

그제야 나는 여자에게 말하지 못했다는 것을 깨달았다. 내가 왜 당신과 일 년간을 함께 지내야만 했는지 설명할 기회를 잃어버렸던 것이다. 그러자 나 역시 엄마가 그립다는, 나 또한 세상에 혼자는 아니라는 것을, 살아 있으면 살아야 한다는, 어쩌면 하나도 중요하지 않을 이야기를 여자에게 말해주고 싶었다. 갑자기 배가 꿈틀댔다.

나를 안고 있던 여자의 손을 잡았다. 그리고 내 배 위에 올려놓았다. 쿨렁, 쿨렁. 아이가 거듭 발을 찼다. 여자가 나를 더욱 세게 안았다. 아이와 나, 여자는 한곳을 바라보는 한몸이 되어 같은 박동 소리를 내고 있었다.

선험자들은 초산모에게 산고에 대해서 알려주지 않는다.

그 절대적 고통에 대해서 침묵한다. 그것은 경험으로만 알 수 있기 때문이다. 어쩌면 언어로 표현될 수 있는 것이 아니기 때문일 것이다. 조산이었다. 나는 열세 시간의 진통을 겪고서 아이를 낳았다. 다예,라고 불릴 여자아이였다.

그날 새벽, 진통이 시작되어 잠이 깼다. 이불은 벌써 흥건히 젖어 있었다. 양수가 흐르고 있었던 것이다. 아뜩한 현기증이 몰려들었다. 진통이었다. 나는 여자에게 전화를 걸었다. 잠결이었던가, 설핏 여자가 보였다. 그것이 내가 본 여자의 마지막 모습이었다.

여자가 유일하게 계약서대로 하지 않은 것은 내가 산후조리원에서 보름간 지낼 수 있도록 해준 일이었다. 그 보름 동안 나는 방 안에만 틀어박혀 있었다. 미역국이나 호박죽을 먹는 것이 내가 할 수 있는 일의 전부였다. 그도 아니면 나는 여전히 남은 상속된 부채를 떠올리며 이를 악물었다. 살아 있는 한 살아야 한다는 말을 그악스럽게 되뇌었다.

하지만 나도 모르게 여자가 행복했으면 좋겠다는 생각을 하고 있는 나를 발견하곤 했다. 그럴 때마다 나는 어쩔 수 없이 엄마가 보고 싶어졌다.

방문 옆에 허름한 가방 두 개가 놓여 있었다. 언제부터 거기에 있었던가. 까마득히 잊고 있던 내 가방이었다. 손잡이가 새까맣게 때가 탄 가방을 노려보며 나는 마지막 미역국을 먹었다. 가방 속에는 잃어버린 퍼즐 조각이 들어 있지는 않을까. 지중해 풍경이 신기루처럼 사라졌다. 브로커 없는 직접 거래 요망. 남자 친구 없음. 술, 담배 안 함. L대 법대생. 27세. 어느새 앞섶으로 누런 젖 얼룩이 번지고 있었다.

순애보

나는 고속도로 갓길에 서서 한쪽 가슴을 주무르고 있었다. 따끔따끔, 마치 불꽃이 튄 것처럼 아팠다. 젖꼭지가 옷에 스칠 때마다 칼에 베인 상처가 벌어지는 것처럼 섬뜩했다. 나는 고개를 숙여 내려다보았다. 가슴은 곧 터질 것처럼 부풀어 오를 것이다. 고개를 들자 거대한 트럭 하나가 내 앞에 멈춰 섰다.

 아빠만 아니었어도 오른쪽까지 다 먹일 수 있었다. 마지막 한 모금까지 빨아야겠다는 듯이 아이는 입을 떼지 않았다. 크윽, 아빠의 가래 올리는 소리가 들렸다. 억지로 아이의 머리를 뒤로 젖혔지만 아이는 좀처럼 젖꼭지를 놓지 않았다. 그럴

수록 더 거세게 빨아 온몸이 아이의 입속으로 빨려드는 것 같았다. 덜컹, 방문이 열렸다. 아이가 깜짝 놀라 입을 뗐다. 쑥 빠져 덜렁거리는 가슴에서 젖이 뚝뚝 떨어졌다. 아이가 눈을 하얗게 치켜떴다. 배냇짓이었지만 희번덕거리며 눈을 흘기는 모양새가 흉측해 나는 얼른 아이의 눈꺼풀을 덮어주었다. 열린 방문으로 한기가 파고들었다. 아이가 딸꾹질을 시작했다. 아빠는 내가 일어서는 것을 보고서야 방문을 닫았다. 나는 아빠를 따라 식당방으로 들어갔다. 언뜻, 등 뒤에서 인기척이 느껴졌다. 아이가 자지러지게 울기 시작했다. 나는 문을 꼭 닫았다.

푸드드득, 사육장에서 치우가 내려오고 있었다. 치우의 발걸음을 피해 꿩들이 제 자리를 내줬다. 치우의 표정은 유순했지만 보폭은 우람했다. 어느 누구와도 쉽게 시선을 마주치지 못했다. 어쩐지 함부로 대하기 쉬운 느낌이 들었다. 치우의 손에는 자루가 쥐어 있었다. 푸득, 푸드드득, 푸득득. 자루는 저 혼자 요동을 쳤다. 보니, 사육장 끝에 노파 하나가 쪼그려 앉아 담배를 피우고 있었다. 꿩고기를 사러 온 모양이었다. 담배 연기가 노파의 머리 위에서 맴돌았다.

치우가 나를 쳐다봤다. 나는 헝클어진 머리를 매만졌다. 아빠가 허리춤을 추키며 식당방에서 나왔다. 크읔, 퉤, 아빠는 가래를 바닥에 뱉었다. 치우는 수돗가에 자루를 던져두고 다시 사육장으로 올라갔다. 아빠도 치우를 따라 올라갔다. 산란기 전이어서 이래저래 신경 쓸 일이 많은 때였다. 사료 외에 달걀과 어분을 주러 올라갔을 터였다. 나는 찬물로 세수를 하고 자루를 열었다. 아이의 울음소리는 그쳐 있었다.

한 손으로 날갯죽지를 꽉 잡는다. 다른 손에 칼을 쥔다. 깊고 세게, 단숨에 가슴팍에 칼을 꽂는다. 놀림은 빠를수록 좋다. 미친 듯이 파닥거리던 것이 순식간에 맥을 놓는다. 그러나 아직 죽지 않았다. 고무통에 넣어 뚜껑을 닫고 스스로 숨이 잦아들 때까지 기다린다. 쿵, 쿠웅, 고무통에 제 몸을 부딪친다. 마지막 몸부림이다. 그리고 정적. 뚜껑을 열면 바닥에 널브러져 있다. 그러나 여전히 할딱거리는 숨. 죽는 것도 쉬운 일은 아닐 것이다. 물기를 적신 후에 털 뽑는 기계에 집어넣는다. 기계가 작동하면 둔탁한 소리가 들리고, 원통 하단의 구멍으로 젖은 깃털이 후드득 떨궈진다. 벌어진 가슴으로 내장이 보여도, 온몸의 털이 뽑혔는데도, 다리 하나가 발작적으로 부르르 진저리를 친다. 질긴 숨. 다시 뜨거운 물에 넣어 드문드문 남아 있는 잔털을 뽑고, 완전히 배를 가른다. 검붉은 피, 한손에 꽉 들어차는 미끌한 내장, 솟구치듯 쏟아지는 노린내. 이제 숨이 끝났는가. 나는 칼을 내려쳐 머리와 다리를 잘라낸다.

꿩은 맛이 담백하고 부드러워 소화, 흡수가 잘된다. 가장 유명한 효능은 감기에 좋다는 것. 감기에 걸렸을 때는 꿩의 머리와 다리를 고아서 그 국물을 마셔도 좋다. 예로부터 독감에 걸렸을 때는 날개를 달여 먹거나 털을 고아 치료제로 썼다고 한다. 또한 꿩의 다리는 홍역 치료에 써왔다. 꿩고기는 출산 후 설사, 허리나 배가 아플 때도 효과가 있으며, 간 기능을 도와 눈을 밝게 하고 피부의 염증을 제거하고, 당뇨 환자들의 입마름증을 해소하거나 빈뇨증에도 효과가 있다. 기력을 증대시키고 피부 미용에도 좋다.

나는 한마디도 빼놓지 않고 처음부터 끝까지 다 욀 수 있다. 아빠는 나를 세워두고 꿩고기를 팔았다. 시장통이나 유원지, 고속도로 휴게소에서 나는 고개를 빳빳이 들고 마치 구구단을 외듯 줄줄 읊었다. 손님이 있든 없든, 지나가는 사람이 나를 보거나 말거나 상관하지 않았다. 마땅히 내가 할 일이었기 때문이다. 세상에 공짜는 없다는 것을 나는 이미 알고 있었던 것이다.

다리와 머리를 버리지 말고 함께 고아서 드시라고 말했다. 노파가 치마를 들춰 속바지춤에서 지폐를 꺼냈다. 나는 갓 잡은 꿩고기를 검은 비닐봉지에 넣어 노파에게 건넸다.

"여기에 네 짐을 담아."

엄마가 커다란 종이 상자 하나를 건넸다. 이미 집 안 구석구석마다 보따리와 상자가 쌓여 있었다. 이사를 간다고 했다. 아빠는? 이사 갈 집으로 찾아올 거야. 하지만 나는 알고 있었다. 아빠는 다시 돌아오지 않을 것이라는 사실을. 나는 더 이상 묻지 않았다. 엄마는 진실을 은폐하는 데 익숙하니까. 혹은 넌 아직 어려서 말해줘도 모른다고 할 것이 뻔했으니까. 엄마는 언제나 똑같은 말을 했다. 그래서 아빠가 떠났는지도 모른다. 증거를 대봐 증거를! 아빠보다 늦게 들어온 엄마는 오히려 큰소리로 대꾸했다. 그러면 아빠는 슬그머니 밖으로 나갔다. 깊은 밤이 돼야 돌아오던 아빠는 밖에서 머무는 시간이 점점 길어졌다. 이틀에서 사흘, 일주일에서 열흘, 한 달. 아빠가 떠난 지 일 년이 넘었다. 그러나 엄마는 아빠를 기다리지 않았다. 걱정도 하지 않았다. 나를 혼자 두고 밖에서 자고 들어오기도 했다. 그사이 엄마의 배가 불러왔다. 동생을 가졌다고 했다. 아빠가 불쌍했다. 하지만 먼저 떠날 수 있던 사람은 적어도 불행하지는 않을 것이었다. 엄마는 아빠의 짐을 꾸리지 않았다.

엄마가 나에게 건넨 상자는 너무 작았다. 옷과 신발, 교과서와 공책, 사진첩과 인형을 담기에 턱없이 작았다. 불필요한 건 다 버리라고 엄마가 말했지만 필요한 것을 담기에도 부족했다. 그러므로 나는 많은 고민을 해야 했다. 내가 가지고 있지 않으면 안 되는 것, 다시는 내 것이 될 수 없는 것을 고르는 건 쉬운 일이 아니었다. 상자 하나가 내가 세상에서 소유할 수 있는 전부라니. 억울했지만, 엄마는 완고했다.

트럭에는 한 사내가 타고 있었다. 사내는 웃지 않았다. 나에게 호감을 살 의도가 없다는 것을 한눈에 알아챘다. 그래서 예의 바른 아이처럼 보이기 위해 허리를 많이 굽혀 인사했다. 내가 신고 있던 운동화는 새카맣게 때가 타 있었다. 아빠가 생일 선물로 사 준 운동화였다. 아빠는 엄마뿐만 아니라 나를 떠난 것이기도 했다.

트럭에는 이미 얼마간의 짐이 실려 있었고 남은 공간에 엄마의 짐이 쌓였다. 내 상자도 맨 끝에 놓였다. 그래도 반 이상이나 비었다. 커다란 트럭이었다. 좌석도 높아 엄마가 밀어 올려줘야 탈 수 있었다. 트럭이 출발했다. 집에 남은 건 아빠의 짐과 내가 미처 상자에 넣을 수 없던 나의 물건들이었다. 엄마는 단 한 번도 뒤를 돌아보지 않았다. 사내 옆에 앉은 엄마의 목소리는 들떠 있었다. 어쩐지 외톨이가 된 것 같았다. 나는 고개를 돌려 줄곧 창밖을 보았다. 끄트머리에 놓인 내 상자가 떨어지는 건 아닌지 불안했다.

나는 가끔 그날의 엄마에 대해서 떠올리곤 했다. 만약 내가 엄마였다면 나는 어땠을까. 나도 엄마처럼 그럴 수 있었을까. 동생은 잘 낳았을까. 그래서 엄마는 행복했을까.

아빠는 내가 아이를 뱄기 때문에 칼을 들어서는 안 된다고 했다. 그전까지만 해도 아빠와 나, 단둘이서 해오던 일이었다. 새삼스럽게 호들갑을 떠는 아빠가 나는 못마땅했다. 핏자국을 보거나 누린내가 온몸에 배는 게 싫어도 언제나 내 손으로 꿩을 잡았다. 매번 똑같이 느낄 수 있는 손맛 때문이었다.

죽지를 잡고 있으면 그것이 얼마나 거세게 살아 발버둥치는지 온몸으로 느낄 수 있었다. 손목, 팔꿈치, 어깨와 뒷목, 머리까지 전해지는 떨림은 가슴과 배, 두 다리까지 이어졌다. 살아 있는 것의 마지막 몸부림은 감정을 북받치게 하는 힘이 있었다. 그러나 그 긴장감은 칼을 들이대자마자 급작스럽게 사라졌다. 움직임이 가라앉아 내 몸이 고요해지면 갑작스러운 공허가 달콤하게 스며들었다. 그런데 그것을 그만두라는 것이었다. 모두 아이 때문이었다.

아빠와 살기 시작한 이후 처음으로 사람을 들였다. 치우였다. 마을에서 허드렛일을 해주던 청년이었다. 사육장 수리 때문에 아빠가 몇 번 불렀던 적이 있어 안면이 있었다. 아빠는 치우에게 다짜고짜 꿩 잡는 법부터 가르쳤다. 나는 마당에 쪼그려 앉아 그들을 바라보았다. 치우는 말 한마디 없이 아빠가 시키는 대로 했다. 서너 마리의 까투리와 장끼를 차례대로 죽이더니 칼놀림이 부쩍 자연스러워졌다. 처음 같지 않았다. 무엇보다도 아빠나 나보다 힘이 셌다. 꿩꿩, 소리를 지르며 몸부림치는 장끼를 거칠게 잡아 휘두르는 모양새가 제법이었다. 사육장의 장끼들도 소리 높여 울어댔다. 여름이었고, 아직 끝나지 않은 교미 철이었다. 산은 온통 밤꽃 냄새로 진동했다. 하루 종일 마당에 비릿한 누린내가 진동을 했다. 치우의 이마에서 땀이 뚝뚝 떨어졌다. 나는 자꾸 갈증이 났다. 손질이 다 된 꿩고기를 건네는 치우와 눈이 마주쳤을 때 나는 처음으로 뱃속 아이의 발길질을 느꼈다.

치우가 말을 더듬는다는 것을 안 건 여름의 끝 무렵이었다. 운전석에 앉은 남자가 치우에게 말을 걸었다. 꿩탕을 먹고 가던 사람들이었다.

"항구로 가려면 어디로 가야 하지?"

마당에 서 있으면 세 갈래의 길이 한눈에 보였다. 치우는 대답하지 않고 남자의 시선을 피한 채 마당으로 걸어왔다. 양손에는 까투리가 두 마리씩 쥐여 있었다. 남자가 다시 물었다. 그래도 치우는 대답하지 않았다. 나는 그들이 앉았던 야외 테이블을 치우다가 남자에게 다가갔다. 보이는 삼거리에서 좌회전을 하면 톨게이트가 나온다. 고속도로를 타면 항구에 갈 수 있을 것이다. 남자는 얼마나 걸리냐고 물었다. 한 시간도 채 안 걸린다. 남자가 치우를 힐끗 쳐다보았다. 조심해서 내려가세요. 나는 허리를 숙였다. 승용차는 마른 먼지를 내며 산을 내려갔다.

"귀먹었어?"

철썩, 철썩, 치우는 양동이에 내장을 넣다 말고 나를 향해 몸을 돌렸다. 치우는 계속 입을 다물고 있었다. 귀먹었냐고! 나는 손에 든 행주를 냅다 치우에게 던졌다. 한쪽 뺨에 맞았다. 금세 붉어진 뺨에는 고춧가루와 꿩고기 조각들이 붙었다. 저저는 마마마말을……, 치우의 손에 들린 내장에서 핏물이 뚝뚝 떨어졌다. 치우와 내가 얼굴을 마주 보고 이야기를 나눈

것도 그날이 처음이었다. 멀리 남자의 차가 좌회전하는 것이 보였다. 어쩐지 치우가 말을 더듬는다는 사실이 놀랍지 않았다. 치우가 말을 더듬지 않을 때는 오로지 나를 안고 있을 때였다. 배는 점점 더 불러왔으므로 치우는 내 뒤에서 안는 날이 많았다. 내 부른 배와 투실한 가슴을 주무를 때의 치우의 숨소리는 여물지 못해 가여웠다. 치우는 내가 갓길에 가는 것을 싫어했다. 이,젠,제,가,있,잖,아,요. 그,러,니,더,이,상, 거,기,에,가,지,마,세,요. 치우의 말을 끝까지 듣기 위해서는 천천히 숨을 쉬어야 했다. 눈을 맞추지 못하고 말했지만 치우의 진심이라는 것을 나는 알고 있었다. 이제 갓 스물을 넘긴 치우의 코밑에는 수염이 듬성듬성 솟아 있었다. 네가 뭔데?

사사사, 사랑, 하니까요. 나는 소리 내서 웃었다. 치우는 얼굴을 붉혔다.

고속도로에서 만나는 남자들의 첫마디는 대부분 비슷했다. 얼마야? 차를 세우고 차창을 내리면서 그들은 고함쳤다. 나는 돈을 원하지 않았다. 나는 곧장 트럭에 올랐다.

"항구로 데려다줘요. 그러면 당신이 원하는 걸 다 해줄게요."

그들이 원하는 건 고작 한두 번의 사정이나 내 수중의 푼돈처럼 무의미한 것들뿐이었다. 그들은 내가 서 있던 갓길에 차를 댄 채 뒷자리로 나를 급하게 밀어 넣곤 했다. 때로는 주유소 화장실이나 휴게소의 습하고 어두운 구석, 컨테이너 터미널이 훤히 보이는 언덕의 숲 속에서 나를 취하기도 했다. 그러면 한 시간도 안 되어 항구에 서 있을 수 있었다.

나는 트럭에만 올랐으며, 언제나 밤에만 서성였다. 항구로 향하는 고속도로여서 화물차가 많았다. 교통 체증을 피해 심야 운전을 하는 그들의 숨가쁜 질주에 내가 끼어들 수 있는 가능성은 희박했다. 갓길에 차를 세우는 일조차도 위험한 일이었다. 그러나 아주 드물게 나를 발견하는 트럭들이 있었다. 그들의 대부분은 트럭에서 숙식을 해결하는 사람들이었다. 여자도 생계에 포함되어 있었다. 그래서 그들은 나를 잊지 않았다. 재회할 때마다 그들은 반갑게 웃었다.

그들의 옆자리에 앉아 밤의 고속도로를 질주하는 일은 근사했다. 경적을 울리며 내달리는 폭주, 차선을 함부로 넘나드는 졸음 운전을 묵묵히 지켜보는 일은 짜릿했다. 그들의 운전은 곡예와 닮아 있었다. 나는 항구에 도착할 때까지 내내 선뜩한 기운으로 긴장했다. 그리고 그것에 중독되었다. 엄마도 그랬던 것일까. 사내가 아니라 트럭에 반한 것은 아닐까. 아니, 어쩌면 항구에 가기 위해서 그랬던 건 아니었을까. 부질없는 의문들은 멈추지 않았고 그때마다 나는 갓길로 향하고 있는 나를 발견하곤 했다. 어쩌면 나는 고속도로에서 유명한 여자인지도 모를 일이었다. 매일 밤 갓길을 걸었다. 하지만 새벽이면 꼭 돌아오곤 했다.

딱 한 번 농장으로 돌아오지 못한 밤이 있었다. 밤공기가 매서운 겨울 초입이었다. 얼마나 서 있었던가. 발가락이 얼어 시큰거렸다. 너무 추웠다. 싸르르, 아랫배가 당겼다. 몇 차례의 통증이 계속되었다. 나는 배를 감싸 안고 그 자리에 주저앉았다. 아이가 움직이지 않았다. 아이를 낳으려면 아직 멀었는데, 덜컥 겁이 났다. 굉음을 내며 지나가는 자동차들은 검은 먼지를 뿜어댔다. 몸이 점점 더 떨려왔다. 1톤 트럭이 내 앞에 섰다. 나는 간신히 일어섰다. 창문이 내려졌다. 어어어 얼마? 나보다 더 놀란 건 치우였다. 치우는 아무 말도 하지 못했다. 항구로 가줘. 그러면 네가 원하는 걸 다 해줄게. 치우는 항구로 차를 몰았다. 통증이 점점 심해졌다. 한기가 가시지 않아 계속 떨렸다. 치우가 속도를 높였다. 나는 까무룩 정신을 놓쳤다.

눅진한 이불 속에서 눈을 떴을 때 방에는 아무도 없었다. 여느 때와 같이 뱃속 아이가 발길질을 했다. 통증은 없었다. 시큼한 땀내가 났다. 나는 다시 눈을 감았다. 꿩들은 지난밤 추위를 무사히 잘 버텼을까. 예약 손님이 두 테이블이나 있는데, 꿩탕에 넣을 들깨가루도 다 떨어지고 샤브샤브에 넣을 곤약도 없는데. 아빠 얼굴이 떠올랐다. 거물거물하게 엄마의 얼굴도 보였다. 나락 같은 잠이 쏟아졌다. 방문 열리는 소리가 들렸다. 치우가 나를 흔들어 깨웠다.

"여긴 어디니?"

"하하하앙구, 여여관."

치우는 눈을 내리깔았다. 이상한 열기가 맴돌았다. 나는 치우의 손을 이불 속으로 잡아 끌었다. 치우의 어깨가 움찔거렸다. 하, 치우의 굳게 다문 입술이 벌어졌다. 치우의 입속에 내 혀를 집어넣었다. 치우의 혀는 소스라치게 차가웠다. 나는 내 혀와 같은 온도가 될 때까지 우물거렸다. 치우의 혀는 무척이나 딱딱하고 두꺼워서 내 혀와 턱은 금세 얼얼해졌다. 침 냄새가 진동해도 치우는 나에게 달려들지 않았다. 나는 치우의 손을 잡고 내 몸을 더듬게 했다. 내 안으로 미처 들어오기도 전에 치우는 사정을 했다. 나는 치우의 첫 여자가 되었다.

치우를 안고 있으면 이상하게 잘못을 저지르고 있는 기분이 들었다. 그러면 꼭 엄마가 떠올랐다. 내 의지와 상관없이 기억은 불쑥불쑥 고개를 들이밀었다. 그럴수록 나는 치우의 품으로 파고들었다.

치우는 매일 밤 내 앞에 차를 세웠으므로 매일 항구에 갈 수 있었다. 컨테이너 터미널과 몇 개의 부두를 지나면 증축 공사장이 나타났다. 거기가 항구의 끝이었다. 깊은 밤인데도 화물 하역 작업이 한창이었다. 공사장도 대낮처럼 밝았다. 바람이 거세게 불었다. 치우가 물었다. 무,슨,사,연,이,라,도, 있,나,요? 아니. 나는 항구가 좋았다. 공기에 무겁게 밴 눅눅한 기름 냄새가 좋았다. 거대한 컨테이너와 화물차가 있어서 좋았다. 그 거대한 부피 때문에 나는 티끌 같았다. 그렇게 사라져버린대도 상관없을 것 같아서 좋았다. 치우는 이해할 수 없다는 표정을 지었지만 내 어깨를 따스하게 감싸 안았다. 그러면 꼭 뱃속의 아이가 꾸물럭댔다. 막달로 갈수록 배는 커졌고 점점 밑으로 처졌다. 예정일은 동짓달이었다. 엄마도 동짓달에 나를 낳았다. 엄마는 항구에 다다랐을까. 엄마는 어떻게 늙어가고 있을까.

나와 치우의 밀회를 아빠는 알고 있었다. 하지만 아빠는 뭐라 하지 않았다. 왜냐하면 아빠는 진짜 아빠가 아니기 때문이었다.

나는 고속도로 갓길에 서서 한쪽 가슴을 주무르고 있었다. 따끔따끔, 마치 불꽃이 튄 것처럼 아팠다. 젖꼭지가 옷에 스칠 때마다 칼에 베인 상처가 벌어지는 것처럼 섬뜩했다. 가슴은 곧 터질 것처럼 부풀어 오를 것이다. 나는 고개를 숙여 가슴을 내려다보았다. 봉긋하게 앞으로 솟아 있었다. 고개를 들자 트럭 하나가 내 앞에 멈춰 섰다. 차창을 내리고 아빠가 물었다. 애야, 거기서 뭐 하니? 멍울 선 가슴을 만지고 있던 손을 슬그머니 내렸다. 자동차들이 굉음을 내며 빠르게 지나갔다. 나는 소리치듯 대답했다.

"엄마가 나를 버렸어요."

아빠가 차에 타라고 했다. 나는 주저하지 않았다. 너무 많이 걸어 지쳐 있었다. 트럭이 출발했다. 엄마와 사내가 이미 지나갔을 길이었다.

아빠는 많은 것을 물었다. 엄마는 어딨니? 아빠는? 그러나 내가 명확하게 대답할 수 있는 건 둘 다 나를 버렸다는 사실이었다. 나도 아빠에게 물었다.

"이 길의 끝은 어디에요?"

아빠는 항구, 라고 대답했다.

"이 차는 항구로 가나요?"

트럭은 화물차 휴게소로 들어섰다. 차를 멈추고 아빠는 나를 향해 몸을 돌렸다. 그리고 처음부터 다시 물었다. 엄마는? 아빠는? 나도 처음부터 다시 말했다. 아빠는 집을 나갔고요, 엄마는 그저께 사라졌어요. 이틀 동안 기다렸지만 나를 찾아오지 않아 내가 엄마를 찾아가던 중이었어요.

엄마와 사내는 앞으로 살게 될 새집에 대해서 이야기했다. 햇빛이 좋고 바람이 잘 드는 집이라고 했다. 항구 근처여서 바다를 매일 볼 수도 있다고 했다. 짐을 부린 후 새로 살 물건들에 대해서 열거하기도 했다. 엄마의 몸은 내내 사내 쪽으로 기울어져 있었다. 나는 사내를 훔쳐보았다. 저이가 내 아빠가 되는구나. 코가 날렵하게 잘 빠진 얼굴이었다. 사내와 가끔 눈이 마주치기도 했는데, 그때마다 사내는 내 가슴을 보았다. 고개를 숙여 보니 티셔츠 위로 한쪽 젖꼭지가 솟아 있었다. 나는 어깨를 움츠렸다. 멍울이 생기면서부터 아프기 시작한 가슴이었다. 브래지어를 사달라고 하자 엄마는 대뜸 내

가슴을 만졌다. 아직 여물지도 않았잖아, 엄마가 피식 웃었다. 나는 괜히 창피했다. 많이 주물러야 돼. 그래야 안 아파. 그때의 엄마는 진지한 표정이었는데. 그런데 엄마는 계속 사내만 보고 있었다.

사내는 트럭 앞에서 담배를 피우고 있었다. 휴게소에 들러 우동을 먹은 참이었다. 엄마는 나에게 화장실에 다녀오라고 했다. 마렵지 않은데? 그래도 다녀와. 이제는 쉬지 않고 아주 오래 갈 거야. 그게 마지막이었다. 나는 고속도로 휴게소에 버려졌다.

내 이야기를 다 들은 아빠가 운전석 뒤편에서 일회용 도시락을 꺼냈다. 어서 먹어. 다 먹어도 돼. 도시락 속에는 만두 열 개가 담겨 있었다. 나는 조심스럽게 하나를 입에 넣었다. 아빠가 나를 물끄러미 바라보았다. 나는 천천히 꼭꼭 씹었다. 피가 터지면서 고기가 입안에 가득 찼다. 끝맛이 달짝지근했다. 맛있었다. 만두를 먹는 내내 아빠가 나를 계속 쳐다봤다. 나는 다 먹기도 전에 내가 먹은 만두 값을 지불해야 된다는 것을 직감했다. 항구에 가고 싶니? 아빠가 내 허벅지를 지그시 눌렀다. 선의도 반드시 대가를 치러야 한다. 나는 초경도 치르지 않은 소녀였다. 그날 나는 내 생애 처음으로 항구를 보았다.

그 뒤로 아빠와 트럭 생활을 했다. 아빠와 함께 트럭에서 먹고 일했으며 트럭에서 잤다. 아빠는 자신을 아빠라고 부르라 했다. 아빠의 귓가는 희끗했고 정수리는 속이 다 보일 정도로 훤히 비어 있었다. 누가 봐도 아빠와 딸처럼 보일 것이었다. 나는 고개를 끄덕였다. 아빠와 나는 주로 고속도로 휴게소에서 장사를 했다. 가끔 재래시장이나 유원지, 놀이공원으로 가는 날도 있었다. 놀이공원에 갈 때마다 아빠는 지폐를 쥐여주며 놀이 기구를 타고 오라고 했지만 나는 한 발짝도 아빠를 떠나지 않았다. 나는 성실했다. 아빠가 적어준 내용을 쉬지 않고 떠들었다. 꿩냉면이나 꿩통구이, 꿩백숙은 계절을 탔지만 꿩꼬치와 꿩만두는 일 년 열두 달 계속 잘 팔렸다. 나와 함께 지낸 뒤로 장사가 잘된다고 했다. 나 때문에 살맛이 난다고 했다. 나는 매년 키가 자랐고, 가슴이 커졌으며, 매달 생리를 하는 여자가 되었다. 아빠는 점점 더 많이 나를 좋아했다.

아빠는 꿩꼬치와 꿩만두를 열심히 팔아 결국 꿩농장을 사들였다. 농장은 도로에서 조금 비낀 야산의 한쪽 면을 다 차지하고 있었다. 목재 기둥에 철망을 둘러 경계를 삼은 사육장은 그물과 보온 덮개로 거대한 천장을 이루고 있었다. 사육장 안쪽에는 두 채의 사육사, 옆으로는 창고와 식당, 안채가 있었다. 건물들은 산 중턱에 위치해 있었으므로 도로에서 농장까지의 구불구불한 흙길이 한눈에 보였다. 햇빛이 좋고 바람이 잘 드는 곳이었다. 나는 탁 트인 마당이 마음에 들었다. 마당에 서 있으면 멀리 고속도로 진입로에 연결된 도로가 보였다. 끝없이 이어지는 자동차 물결은 언제 봐도 아름다웠다.

아빠는 꿩을 키우고 나는 꿩을 잡았다. 식당일도 내가 했지만 요리를 먹으러 오는 사람들은 드물었다. 찾아오는 사람들은 대부분 손질한 꿩고기를 사 갔다. 대체로 아빠와 내가 하는 일은 꿩 요리 식당에다 꿩고기를 공급하는 일이었다. 어려울 것도 고단할 것도 없었다. 그만그만한 나날들이 흘렀다. 나는 점점 더 오래 마당에 서 있곤 했다. 빨리 어른이 되고 싶었다. 아빠를 떠나고 싶었다.

하지만 나는 아빠에게 여전히 만두 값을 갚고 있었다. 아빠는 나를 안을 때마다 어른이 되면 보내주겠다고 속삭였다. 아빠의 누린 숨내를 맡으면 이상하게 그날의 기억이 또렷하게 떠올랐다. 트럭이 사라진 것을 알아채자마자 가지게 되었던 담담한 체념, 결국 가지지 못할 상자를 채우느라 고심한 일에 대한 억울함, 엄마의 웃음소리가 아슬아슬한 열기를 띠고 있었다는 것까지도 선명하게 기억할 수 있었다. 그리고 무엇보다도 멍울 선 가슴의 통증을 온몸으로 기억했다. 아빠가 나를 안으면 그날처럼 정말로 가슴이 아팠다. 아빠, 아빠, 가슴이 아파. 내 가슴 좀 주물러줘. 아빠의 거친 손바닥이 묵묵히 내 가슴을 쓸었다. 그러면 간신히 통증이 가라앉곤 했다. 아빠는 점점 늙어갔고 나는 진작 어른이 되었다. 하지만 나는 아빠를 떠나지 못했다. 어른이 되자 아빠는 아이를 원했다.

고속도로 휴게소로 이어지는 샛길을 발견한 건 농장에서 지낸 지 몇 달이 지난 후였다. 아빠와 몸을 섞은 밤이었다. 잠이 오지 않아 하릴없이 농장 주변을 걷다가 그 길을 발견했다. 그동안 몰랐다는 사실이 의아했다. 길은 창고 뒤편, 사육장 철조망을 따라 그 너머까지 이어졌다. 달도 없는데 산 너머가 희끄무레했다. 무슨 생각이었을까. 나는 무심히 그 샛길을 걸어 올라가기 시작했다. 야트막한 산이라 생각했는데 제법 오르막이 가팔랐다. 등성마루에 오른 나는 깜짝 놀랐다. 시원하게 뻗은 고속도로와 눈이 부시도록 환한 빛을 뿜어내는 휴게소가 바로 산 아래에 펼쳐져 있었다. 항구로 향하는 고속도로, 내가 버려진 휴게소였던 것이다.

고압전류가 흐른다는 경고가 적힌 팻말을 지나자 휴게소 직원 기숙사 뒤뜰로 연결되었다. 사무실 건물을 지나면 휴게소 본관과 주유소 사잇길이 나왔다. 내가 이틀 동안 앉아 있었던 미아보호소 사무실도 예전 그 자리에 있었다. 나처럼 버려진 아이들이 꾸벅꾸벅 졸고 있을 것이었다. 환한 불빛이 사그라들면서 어둑한 고속도로의 갓길이 펼쳐졌다. 나는 걸었다. 그날처럼 걷고 또 걸었다. 자동차들은 왼팔의 감각이 사라질 정도로 빠르게 지나갔다. 등 뒤로 수천 마리의 말들이 나를 향해 한꺼번에 질주해오는 것 같은 진동이 몰려왔다. 매캐한 먼지, 심장이 터질 것 같은 소음, 요란하게 사라지는 붉은 등. 나는 휘청거렸다. 귀가 먹먹했다. 뒤에서 달려오는 차들이 나를 짓밟고 지나갈 것 같았다. 저 육중한 타이어에 깔려 흔적도 없이 사라질 것만 같았다. 무서웠다. 나는 바닥에 납작하게 주저앉았다.

"이제는 할 수 있을 것 같아."

내키지 않는다면서? 아빠는 다시 물었다. 충격도 반복되면 무뎌지기 마련이다. 샛길을 발견한 다음 날부터 나는 아무렇지 않게 갓길을 걸을 수 있게 되었다. 그러자 칼도 쥘 수 있을 것 같았다. 아빠는 끝이 뾰족하고 날이 매서운 과도를 내밀었다. 칼을 받아드는 내 손이 조금 떨렸다. 나는 아빠가 하는 대로 천천히 따라 했다.

내가 처음 죽인 건 몸집이 작은 까투리였다. 죽지를 움켜쥐며 일부러 엄마를 떠올렸다. 나는 의식이 필요했던 것이다. 가슴에 칼을 꽂으며 사내를 향해 웃음을 흘리던 엄마를 기억했다. 털 뽑는 기계에 넣을 때는 화장실에 다녀오라고 말하던 엄마의 커다란 두 눈을, 내장을 걷어내면서는 트럭이 사라진 자리에 오도카니 서 있던 나를 떠올렸다. 마지막으로 목을 내리치면서 이제는 엄마를 잊어야 한다고 다짐했다. 단칼에 목이 잘렸다. 잘린 머리가 튀어 올라 마당에 툭 떨어졌다. 피식, 웃음이 났다. 잊겠다고 잊히는가. 그래서 나는 엄마를 용서하기로 했다. 시간이 많이 흘렀으니까. 나는 더 이상 떠돌이가 아니니까, 아빠도 있으니까. 무엇보다도 나는 슬프지 않았다. 그러면 됐다.

대신 나는 샛길을 따라 고속도로로 갔다. 아이를 가지고서도 갓길을 걸었다. 밤이 되면 온몸이 욱신거렸다. 열이 오르고 질금질금 눈물이 났다. 그러나 항구를 생각하면 쑤시던 몸이 조용해졌다. 샛길을 오르다 보면 박동 소리도 잦아들었다. 매일매일, 하루도 거를 수 없었다.

미미, 미쳤어요? 치우는 의외로 집요했다. 갓길에 가지 말라는 것이었다. 네가 무슨 상관인데. 아,이,생,각,은,안,해,요? 이게 네 애야? 치우의 숨소리가 거칠었다. 진눈깨비가 내려 길이 진창이었다. 예정일을 며칠 앞둔 밤, 치우는 샛길에서 나를 기다리고 있었다. 나는 치우를 밀쳐냈다. 할 말이 있으면 갓길로 와. 치우가 내 팔을 힘껏 움켜잡았다. 억,지,부,리,지,마,요. 무,슨,대,단,한,일,을,겪,었,는,지,몰,라,도, 이,런,말,도,안,되,는,짓,은,이,제,그,만,둬,요. 치우의 말을 듣느라 머리카락이 다 젖었다. 잡힌 팔이 저릿했다.

"아는 척하지 마. 네까짓 게 뭐라고."

아,저,씨,때,문,이,잖,아,요. 아,저,씨,가,안,놔,줘,서,그,러,는,거,잖,아,요. 불,쌍,해,죽,겠,어,서,그,래,요. 그,러,니, 나,랑,살,아,요. 같,이,도,망,쳐,요.

뭐라 대답해야 한단 말인가. 보이는 것이 전부가 아니라고, 관계란 말로 설명할 수 없는 것이라고, 꿈은 환상일 뿐이라고, 불쌍한 건 오히려 너라고 말하고 싶었다. 하지만 단념은

빠를수록 좋다는 것을 나는 경험으로 알고 있지 않은가. 나는 치우의 말을 끝까지 다 듣고 깔깔거렸다. 병신 같은 놈. 치우의 얼굴이 일그러졌다. 왜 나와 잤느냐,고 치우가 물었다. 더 심하게 말을 더듬었다. 너 같은 병신이랑 할 수 있는 게 그것밖에 더 있어? 치우의 얼굴이 검붉게 달아올랐다. 순정이든 신파든 우리에게 어울리지 않기는 마찬가지였다. 나는 배를 감싸쥐고 샛길을 걸어 올라갔다. 계속 웃음이 비어져 나왔다. 멈출 수가 없었다. 치우의 말이 맞는지도 모른다. 미치지 않고서야 그 길을 올라갈 수 없었을 테니까. 병신아, 너를 따라가면 우리 아빠는 어떡하니. 너랑 살면 이 아이는 어쩌라고, 이 병신아. 병신아. 웃음이 그치지 않았다. 길은 미끄러웠고 사위는 어두웠다. 결국 나는 내리막길에서 넘어지고 말았다. 정신이 들었을 때, 나는 뛰는 치우의 등에 업혀 있었다. 아랫도리가 뜨거웠다. 아무래도 아이를 낳을 모양이었다.

아빠는 아들을 원했지만 딸이었다. 아이를 낳은 지 세이레 동안 해가 바뀌고 서너 차례 폭설이 내렸다. 치우는 내가 하던 부엌일까지 했다. 간간히 꿩고기를 사러 오는 사람들이 있었다. 그런 날에는 꿩고기 육수에 끓인 미역국이 상에 올랐다. 치우는 매번 새로 끓인 미역국을 방으로 들여보냈다. 나는 하루에 다섯 번씩 미역국을 먹었고 아이는 쉰내를 풍기며 잘 자랐다. 아빠는 꼭 하루에 한 번, 아이 앞에 무릎을 꿇고 한참을 바라보다 나가곤 했다. 입춘이 지났지만 눈은 쉽게 녹지 않았다.

 나는 아빠에게 이제 치우를 내보내자고 했다. 내 몸은 정상으로 되돌아와 있었다. 밤이 되면 가슴이 일렁댔다. 갓길에 나가고 싶었던 것이다. 아빠는 아이 앞에 앉아 있었다. 아이는 백일이 지나 제법 옹알이를 했다. 단 한 번도 아이를 어르지 않던 아빠가 손을 내밀었다. 아빠의 굵고 거친 손가락이 아이의 뺨에 닿았다. 아이가 잇몸을 드러내며 활짝 웃었다. 아빠는 아이의 귓불을, 뺨을, 가뭇한 눈썹을, 동그스름한 콧등과 뾰족한 입술을 차례대로 만졌다. 애야, 나는 너무 늙었다. 팔을 거둔 아빠는 내 눈을 똑바로 응시했다.

 "치우를 따라가."

 손목에 핏방울이 튀었다. 얼굴이나 목, 신발이나 가슴팍에도 피얼룩은 종종 남곤 했다. 족히 십 년에 가깝게 꿩을 잡아왔다. 그래도 내 몸뚱이에 묻은 핏자국을 지우는 일은 흔쾌한 일이 아니었다. 나는 우두커니 서서 마른손으로 손목을 비볐다. 살은 금세 발갛게 부풀어 올랐다. 노파는 어느새 산을 다 내려가 있었다.

 크윽, 아빠의 인기척이 들렸다. 아이를 낳고 처음으로 꿩을 잡았으니 꽤 오랜만이었다. 손맛 때문에 나는 몸이 달아올랐다. 몸의 기억은 변질되지 않는 법이었다. 찬물로 거푸 세수를 해도 사그라들지 않았다. 사료를 주고 내려온 아빠와 치우가 나란히 걸어왔다. 마치 부자지간처럼 보였다. 하지만 둘 사이의 공기는 냉랭했다. 나는 세숫대야에 물을 받아 그들 앞으로 내밀었다. 두 남자가 내 앞에서 고개를 숙여 씻기 시작했다. 잘 살아라, 아빠가 두 눈을 꼭 감고 얼굴에 비누칠을 하며 중얼거렸다. 고고고고맙습니다, 치우는 팔꿈치를 닦으며 대답했다. 언제나 이별은 내 의지와 상관없는 일이라니. 이런 건 내가 원한 게 아니었다. 마음먹었을 때 떠나. 아빠는 수건을 내미는 나에게 말했다. 치우는 나를 빤히 쳐다보았다. 아빠는 아이를 보기 위해 방으로 들어갔다. 치우가 나에게 꾸벅 고개를 숙였다. 착각하지 마. 너랑 살 일은 없을 거야. 나는 아빠를 따라 방으로 들어갔다. 아빠를 떠날 생각이 없었다. 아니, 떠날 이유가 없었다.

아빠의 눈 밑으로 검버섯이 보였다. 내년이면 환갑이 되는 아빠의 목소리는 떨리고 있었다. 치우는 성실하고, 젊다. 아빠가 내 얼굴을 쓰다듬었다. 넌 참 예뻤어. 정말 예뻤지. 가슴이 아파오기 시작했다. 나는 두 손으로 양 가슴을 잡아 쥐었다. 아이가 먹을 때가 되면 젖은 저절로 돌았다. 아이가 꿈틀거렸다. 나는 모로 누워 아이를 바짝 끌어당기고 옷섶을 들췄다. 젖내를 맡은 아이가 고개를 휙 돌려 젖무덤에 얼굴을 비볐다. 입을 쩍 벌리더니 젖꼭지를 찾아 성큼 물었다. 아이와 나는 아빠가 같다. 아이는 눈을 크게 뜨고 내 눈을 똑바로 쳐다보며 젖을 빨았다. 꿀꺽꿀꺽, 젖 넘기는 소리가 방 안에 울렸다. 아이의 박동이 내 몸에 고스란히 전해졌다. 가만히 들어보니 그건 내 심장이 뛰는 소리였다.

내가 참을 수 없는 건 아빠가 나를 포기했다는 사실이었다. 그럼 아이는? 아이는 네가 낳았다. 네가 거둬라. 아빠가 바라던 아이였다. 그런데 아이와 함께 떠나라니. 어쩐지 내쫓기는 기분이었다. 내동댕이쳐지는 기분이었다. 동생인지 딸인지 명확히 명명할 수 없는 아이를 치우와 키울 수 없었다. 아이에게 제 아빠가 아닌 아빠를 두게 할 수는 없다. 차라리 아빠가 없는 게 나을지도 모른다. 아빠는 아이를 한 번 더 바라본 후 방을 나갔다. 아이는 젖을 빨다 잠이 들었다. 아이의 입가가 허옇게 번들거렸다. 숨 쉴 때마다 온몸이 들썩이는 작은 아이가 애처로워 보였다. 세상의 모든 작은 것들은 작다는 이유만으로 충분히 슬프도록 불쌍하기 마련이었다. 잠이 든 아이가 새근거렸다. 나는 아이 외에는 가진 게 아무것도 없었다. 나는 조심스럽게 방문을 닫았다.

치우가 마당에 서서 나를 노려보고 있었다.

다.시.말.해.봐.요.

치우의 숨소리가 거칠었다. 너마저 왜 그러니.

"떠날 일 없어."

가.요.지.금.나.랑.같.이.가.요. 제.발.내.말.좀.들.어.요.

크윽, 가래 올리는 소리가 희미하게 들렸다. 치우의 등 뒤로 사육장으로 들어서는 아빠의 뒷모습이 어렴풋이 보였다.

"병신 아비를 두느니 차라리 혼자 키우겠어."

치우는 금방이라도 달려들 기세로 나를 노려보았다. 진눈깨비가 내린 날처럼 나의 팔을 거세게 잡았다.

사,랑,한,다,구,요. 아,이,도,예,뻐,할,게,요. 당,신,과,함,께,항,구,에,갈,게,요. 갓,길,도,걸,을,게,요. 그,러,니,제,발,떠,나,요. 여,기,서,벗,어,나,요. 나,와,함,께,가,겠,다,고,말,해,요.

치우는 안간힘을 다해 문장을 이어갔다. 세상의 여린 것들도 슬프도록 불쌍하다. 나는 치우의 팔을 힘껏 뿌리쳤다. 그 바람에 내 몸이 중심을 잃었다. 놀란 치우가 손을 내밀었지만 나는 잡지 않았다. 대신 수돗가로 달려가 칼을 집어 들었다. 치우가 주춤 뒤로 물러섰다. 손잡이가 끈적거렸다. 피가 덜 닦여 있었다. 나는 치우를 향해 칼을 휘둘렀다. 아이를 병신 새끼로 키우지 않을 거라고! 치우의 눈빛이 번뜩였다. 치우의 눈동자는 내가 쥔 칼보다 더 날이 서 있었다. 나는 뒷걸음치며 사육장으로 올라갔다. 나,를,미,치,게,하,지,말,아,요! 치우가 소리쳤다. 말더듬이의 고함은 마치 빈 산을 울리는 메아리 같았다. 네가 싫어서가 아니다. 세상에 믿을 수 있는 건 아무것도 없기 때문이다. 손에 들러붙은 핏자국의 불쾌감이 온몸을 감쌌다.

꾸르르 꾸르르륵, 꿩들은 물결치듯 몰려다녔다. 구애를 울부짖는 꿩들의 잘린 부리들이 유난히 딱해 보였다. 나는 사육사로 들어섰다. 어둑한 사육사 안쪽에 아빠의 너른 등이 보였다. 나는 조심스럽게 걸어갔다. 나는 아빠의 딸이었고 아빠의 여자였다. 버림받는 건 한 번이면 충분하다. 칼을 쥔 손이 덜덜 떨렸다. 아빠를 죽이겠어. 칼을 더욱 힘껏 쥐었다. 깊고 빠르게, 아빠의 가슴팍을 찢어놓겠어. 그래야 내 가슴이 덜 아플 것 같았다. 아빠. 나는 작은 소리로 발음했다. 아빠가 고개를 돌렸고 나는 팔을 뻗었다. 아, 아빠는 울고 있었다. 그러나 이미 나의 칼은 아빠의 팔을 스치고 지나가버렸다. 아빠가 팔을 움켜쥐며, 조금 웃었다. 그때였다. 단말마의 비명이 들렸다. 가늘고 여린, 그러나 본능적으로 죽음에 대한 공포가 담긴 외마디였다. 비명은 곧 자지러지는 울음소리로 변했다. 그러나 그 울음소리는 오래가지 않았다.

아이는 사지를 부들부들 떨고 있었다. 온통 피범벅이었다. 벌린 입속에 붉은 피가 한가득 고여 있었다. 아이의 머리맡, 바닥에 홍건히 고인 핏물 속에 아이의 잘린 혀가 보였다. 금방이라도 살아 펄떡거릴 것 같았다. 치우는 어디에도 보이지 않았다.

나는 고속도로 갓길에 서서 한쪽 가슴을 주무르고 있었다. 따끔따끔, 마치 불꽃이 튄 것처럼 아팠다. 젖꼭지가 옷에 스칠 때마다 칼에 베인 상처가 벌어지는 것처럼 섬뜩했다. 가슴은 곧 터질 것처럼 부풀어 오를 것이다. 나는 고개를 숙여 내려다보았다. 내 품에 안긴 아이가 사지를 늘어뜨리고 있었다. 꾸덕꾸덕 피가 말라 아이와 내 팔이 하나가 되어 굳어가고 있었다. 나를 미치게 하지 말아요. 귀울림이 가시지 않았다. 가슴이 아팠다. 얼마 뒤면 흰 젖이 분수처럼 솟구칠 것이다.

 멀리 날갯짓 소리가 점점 가까이 다가오고 있었다. 한 마리, 두 마리, 세 마리…… 수천 마리의 꿩이 산 너머에서 날아오르고 있었다. 꿩 떼는 금세 하늘을 뒤덮었다. 온통 새카맣다. 고막이 찢어지도록 울어댄다. 껑껑껑, 발정기였다.

환상통

양손이 발갛게 얼었다. 과도로 후벼 파고 숟가락으로 긁어 대도 끄떡없다. 그악스럽게 붙어 있는 성에는 마치 몸속에 들러붙어 떼고 떼도 사라지지 않는 암세포 같았다. 아득한 절망감마저 들었다. 두 손이 얼얼해 아무런 감각이 느껴지지 않았다. 도대체 얼마나 청소를 안 했으면 이 지경까지 된 걸까. 나는 두 시간이 넘도록 냉장고 성에를 없애고 있었다. 문과 바닥을 제외한 사면에는 한 뼘이 넘도록 성에가 자라 있었다. 숟가락으로 될 일이 아니었다.

"얘, 두 시가 넘었다."

엄마는 잠이 오지 않는 모양이었다. 아침이 되면 항암제가 투여될 것이었다. 첫번째 항암 치료였다. 잠이 올 리가 없다.

"어서 자. 내일 힘들 거야."

고장이 나든 말든 뜨거운 물을 부을 수밖에 없었다. 악취가 쏟아졌다. 끝이 안 날 것 같던 일에 속도가 붙었다. 내가 입원할 때마다 엄마가 제일 먼저 했던 일이 냉장고 청소였다. 약 기운으로 널브러져 있다가도 특유의 냉장고 냄새만 맡으면 나는 몸도 못 일으킨 채 게워냈기 때문이었다. 그걸 떠올린 것이 자정이 넘어서였다. 시간이 문제가 아니었다. 엄마도 나와 같을지 모를 일이었다. 간이침대에 누웠을 때는 벌써 창밖으로 희뿌연 미명이 다가오고 있었다. 나는 몸을 웅크렸다. 피곤한데 잠이 오지 않았다. 얼었던 손이 녹아 가려웠다. 항암제를 처음 맞던 날의 공포가 떠올랐다.

눈가가 검게 패고, 한 올의 머리카락도 없이, 뼈만 앙상하게 남아 있던 사람들. 그런 모습이 텔레비전에서나 보았던 암 환자들의 단편적인 이미지였다. 나는 자궁경부암, 3기였다. 담당의는 약물 치료와 수술을 병행하면 된다고 했다. 감기 환자에게 말하듯이 거침이 없었다. 나는 된다는 말을 믿을 수가 없었다. 열어봤더니 손쓸 수가 없어 그냥 덮었다, 멀쩡히 퇴원했는데 다음 정기검진에서 온몸으로 퍼진 것으로 발견되었다는 이야기들. 내게도 해당될 수 있는 일이었다. 죽음에 대한 본능적인 두려움이었다. 불길한 상상은 좀처럼 사라지지 않았다.

구토가 시작됐다. 탈진과 고열로 인한 추위, 그리고 까무룩 넘어가는 정신. 속은 점점 더 매슥거려 급작스러운 구토가 반복되었다. 엄마는 아랫입술을 덜덜 떨었다. 이제 막 시트를 갈았으니 온기 없는 이불 속의 한기는 더욱 깊게 느껴질 것이다. 침상 옆의 창밖은 잿빛이었다. 황사 때문이었다. 창문을 닫고 있어도 흙먼지가 옷 솔기마다 쌓이고 온몸에 물 먹은 모래가 들러붙는 기분이 들었다. 전화벨이 울렸다. 나는 발소리를 죽여 복도로 나갔다. 남편이었다. 어머니는? 이제 시작했어. 나와 남편의 목소리에는 어떤 감정조차 담겨 있지 않았다. 점심은? 먹었어. 남편 역시 말이 짧았다. 옆 침상의 간병인이 나를 불렀다. 뭐 해, 지금 엄마 토하셔.

엄마는 몸을 다 일으키지도 못하고 무릎께에 노란 위액을 쏟아내고 있었다. 우선 침상 커튼을 쳤다. 커튼 밖으로 어수선한 발소리가 들렸다. 앞 침상의 젊은 여자도 엄마를 보고 따라 토하기 시작한 모양이었다. 6인실의 다섯 명이 항암 치료 중이었다. 남은 한 명은 혹 때문에 자궁을 들어낸다고 했다. 엄마는 눈을 뜨지도 못한 채 이를 악물며 내 손을 잡았다. 힘겹게 신음을 내뱉었다.

"괜찮아, 엄마. 참지 마, 참지 말고 다 쏟아내."

몇 번 더 게워낸 엄마는 그대로 너부러지고 말았다. 양팔에 세 개나 꽂힌 주삿바늘 때문에 옷을 갈아입히는 일이 힘들었다. 엄마는 내 눈을 마주 보지 못했다. 어쩔 수 없는 과정인데도 토하는 건 창피했다. 뒷수습을 하는 엄마와 남편에게 미안했다. 나는 내가 암에 걸렸다는 사실이 치욕스러웠다. 젊은 여자의 구토는 좀처럼 멎지 않았다. 내 손바닥에 엄마의 손톱 자국이 선명하게 남았다. 나는 커튼을 잘 여미고 옷가지와 시트를 들고 나왔다. 병실이 시큼한 냄새로 가득 찼다.

"병원에 한번 가봤으면 좋겠다."

시어머니는 조심스럽게 말했다. 나는 죄인처럼 고개를 숙였다. 남편이 슬그머니 일어섰다.

"누구 때문인지 모르니까, 둘이 같이 가보란 말이다."

그날 밤, 남편이 나를 안았다. 의무가 담긴 관계였다. 사정을 한 남편이 돌아누우며 말했다.

"병원, 알아보자."

동갑인 남편과 칠 년 연애 끝에 결혼을 했다. 결혼한 지 반년도 안 되어 양쪽 집에서 아이 이야기를 꺼내기 시작했다. 내 나이가 서른, 이른 나이는 아니었다. 하지만 이태가 지나도록 아이는 들어서지 않았다. 엄마는 자주 내 나이를 들먹였고 시어머니는 일을 그만두면 안 되겠냐고 에둘러 말했다. 나는 그때마다 아직은 괜찮다고 생각했다. 아이가 없어도 남편과 나의 일상은 꽤 견고한 편이었다. 무엇보다도 우리는 건강했다. 조급할 이유가 없었다. 일부러 피임을 하지도 않았으니 때가 되면 저절로 들어설 것이라고, 자신했다. 과신이었던가. 병원이라는 말만으로도 충분히 심각하고 우울해졌다. 서른둘은 적은 나이가 아니었다. 일단 산점 검사부터 할 일이었다.

"지금 곧바로 큰 병원으로 가세요. 소견서를 써드리겠습니다."

밑도 끝도 없는 말이었다. 의사가 차트에 기록하는 흘림체가, 그 해독할 수 없는 언어가 마치 나를 속이는 암호처럼 보였다. 산전 검사 결과를 듣기 위해 앉아 있던 나에게 무작정 큰 병원으로 가라니, 거짓말 같은 일이었다. 의사가 우려의 표정이라도 지었다면 나는 오진일지도 모른다는 착각에 빠졌을 것이다. 그러나 의사는 사무적인 표정으로 말했다. 아픈 데가 없어요. 생리를 거른 적도 없다고요. 의사는 대꾸하지 않았다. 병원을 나선 나는 그만 길 한복판에 우두커니 서버렸다. 시야가 흐릿했다. 손에 쥔 소견서가 담긴 흰 봉투만이 유일한 실사처럼 보였다.

병원을 세 곳이나 옮겨 검사했지만 결과는 똑같았다. 척출 수술과 약물 치료. 의사들은 하나같이 같은 말이었다. 나는 그때마다 남편의 얼굴을 바라봤다. 아니라고 말해줘. 이건 아니잖아. 잘못되었다고, 틀렸다고 말해줘. 그러나 남편의 얼굴은 나보다 더 어두웠다.

"너도 이렇게 힘들었냐?"

잠이 들었던 모양이다. 간이침대에 쪼그려 앉아 있던 나는 엄마의 기척에 벌떡 일어났다. 병실은 조용했다. 자정이 넘어 있었다. 엄마의 이마에 손을 짚었다. 열은 조금 내린 모양이었다.

"엄마, 그거 그래. 그런데 다 지나면 기억도 안 난다."
"그러냐?"
"응."

사실 그렇지 않았다. 입원할 때마다 나는 두려움과 공포로 남편을 부둥켜안고 울지 않았던가. 시간이 지나도 사라지지 않는 기억이 있다. 몸으로 기억된 고통은 완전히 잊을 수가 없다. 그러니 나는 괴롭다고, 정말 힘들다고 말했어야 옳지 않았을까. 이제 시작이니 힘내라는 말보다 시작으로 끝날 수도 있다는 것을 미리 알려줘야 하지 않았을까. 힘들지? 엄마가 다시 물었다.

"내가 힘들 게 뭐가 있어. 그럼 엄만 나 때문에 힘들었어?"
"그럼, 힘들었지. 새파랗게 젊은 애가, 하루아침에, 병신 되는 꼴을 보는 게, 어디 쉽니?"

엄마는 호흡을 가다듬으며 천천히 말했다.

"나야 늙은 엄마보다야 수월하지."

엄마가 핏기 없이 웃었다. 잠이 깨고 대화가 가능해졌다는 건 약물 투여가 어느 정도 끝나고 있다는 뜻이었다. 치료의 후유증은 사람마다 다르다. 그러나 엄마와 나는 증세가 비슷했다. 대체로 약물 투여가 끝나면서 나타난다는데 엄마와 나는 약이 투입되면서부터 힘들었다. 몸은 까라지고 구토와 고열이 수반된다. 무엇보다도 음식을 제대로 넘길 수 없으니 체력은 떨어져 독한 약을 이길 여력이 없었다. 항암제를 맞는 시간은 이십사 시간도 걸리지 않았지만 그 시간만큼은 나락과 같았다. 암종의 진행 속도나 전이를 늦추기 위해 수술 전에도 항암 치료를 선행한다. 엄마는 첫번째니 결과에 따라 수술 시기와 약물 투여 횟수나 강도, 혹은 다른 치료법들이 제시될 것이었다. 방사능 치료까지 받아야 할지도 모른다. 예순에 가까운 나이도 나이지만, 무엇보다도 다른 부위로 전이가 우려된다고 했다. 갈 길이 멀다. 엄마의 남은 생애에 비해 너무 혹독한 길이었다. 시선을 허공에 둔 엄마의 두 눈가가 검었다. 은희야, 엄마가 길게 발음했다.

"억울하지 않니?"

뜬금없이 무슨 말인가. 다 끝난 이야기였다. 나는 마지막 항암 치료를 마치고 완쾌 진단을 받았다. 정기적인 검사와 평생 먹어야 하는 약들이 남았다. 배꼽부터 아래로 길게 난 수술 자국도 남았다. 나에게 남지 않은 건 자궁과 아이. 그리고 남편이었다.

척출 수술 후 이어진 항암 치료를 받게 되면서 나는 남편과 각방을 썼다. 광대뼈가 불룩 튀어나온 검은 얼굴과 상처 난 몸, 텅 빈 정수리, 그리고 무엇보다도 내게 부재한 자궁을 남편 때문에 인식하게 되는 것이 싫었다. 그것이 억울하지는 않았다. 암에 걸린 것도 억울할 일은 아니었다. 누구라도 걸릴 수 있는 병이니까. 나는 그저 무수한 암 환자 중에 한 명일 뿐이었다. 내 평생에 아이가 없는 것도 불운일 뿐, 억울한 일은 아니라고 여겼다. 아니, 그렇게 자위해야 했다. 어느새 엄마는 고른 숨소리를 내며 자고 있었다. 그럼 엄마는 억울하다는 말인가. 그래, 그것이 정상인지도 모를 일이었다.

시어머니가 찾아온 건 퇴원 전날이었다. 마침 엄마도 남편도 자리에 없었다. 나는 부스스한 머리를 매만지며 일어나 앉았다. 잦은 입원이었으므로 나는 일부러 오지 마시라 부탁했던 터였다. 어머니뿐만이 아니었다. 나는 누구에게도 알리지 않았다. 병문안을 오는 이들에게 허황된 희망과 애처로운 눈길을 받는 것이 싫었다. 그들의 위로는 나의 불구를 확인시키는 것에 불과했다. 어머니를 보는 것이 근 이 년 만이었다. 그래, 이번이 마지막이었다고. 담당의는 이제 끝,이라고 말했다. 끝이라는 단어가 믿기지 않았지만 여하튼 종결이었다. 어머니는 내 손을 오래 잡고 있었다. 어쩐지 할 이야기가 따로 있는 것 같았다. 병실을 나서는 어머니의 뒷모습에서 노년의 쇠약함이 보였다. 자식이라고는 남편뿐이었다. 손자 하나 안을 수 없으니 보잘것없는 노년이었다. 문득, 남편과 헤어져야겠다는 생각이 들었다. 아랫배가 아릿했다. 자궁이 있던 자리에 모래 바람이 일었다.

퇴원 수속을 마치고 올라오니, 엄마 옆에 남편이 서 있었다. 이발할 때가 지나 뒷머리가 덥수룩했고 양복 뒷자락이 구겨져 있었다. 남편의 손을 잡고 있던 엄마가 슬그머니 손을 놓았다. 남편 얼굴이 까칠했다.

"와줘서 고마워."

고마워. 그 말이 머릿속에서 내내 맴돌았다. 아직까지 내 옆에 있어서 고마워. 아직까지 엄마 앞에서 웃어줘서 고마워. 아직까지는 내 남편이어서 고마워. 고마워,는 우리가 이제 타인이라는 것을 확연하게 느끼게 해주는 말이었다. 남편이 짐을 들고 앞서 갔다. 엄마는 나의 부축을 받으며 천천히 걸었다. 남편의 구두굽이 많이 닳아 있었다. 그의 서른둘 생일 선물로 고른 구두였다. 첫 항암 치료를 며칠 앞둔 날이었을 것이다.

"구두 선물은 신고 도망가라고 하는 거래. 그래서 골랐어."

남편이 구두를 쥔 채 고개를 숙였다. 나는 남편의 머리를 안았다. 은희야, 너 죽으러 가는 거 아니잖아. 남편의 목소리가 떨렸다. 그 목소리를 들으니 그제야 실감이 났다. 병원을 옮겨 다니며 똑같은 말을 몇 번씩 되풀이해 들으면서도 눈물 한 방울 흘리지 않았던 나였다. 매번 오진일 거라는 희망을 품었기 때문이었다. 하지만 사실은 무서웠다. 남편이 나를 깊게 안았다.

"살려고 아픈 거야. 살기 위해 아파야 해. 그러니 이겨. 알았니?"

남편의 말이 맞다. 이를 악물어야 했다. 입원하기 전날까지 나는 이불, 커튼, 소파 천을 빨았다. 김치를 담그고 냉장고가 꽉 차게 밑반찬을 준비했다. 분리수거를 하고, 남편의 와이셔츠와 손수건을 모두 다려놓고, 목욕을 했다. 그리고 첫번째 항암 치료를 받았다. 어쩌면 막연한 불안에 떨었던 그때가 차라리 좋았는지도 모른다.

엄마는 멀미 증세가 느껴진다면서 눈을 감았다. 나와 남편은 아무 말도 하지 않았다. 매캐한 먼지가 온몸을 짓눌렀다. 극성스러운 황사였다. 그런데도 가로수는 며칠 사이에 새순이 앙칼지게 돋아 있었다. 연둣빛이 대견했다.

엄마를 방에 눕히고 거실로 나왔다. 남편은 그새 베란다에서 담배를 피우고 있었다.

"다시 피워?"

"그렇게 됐어."

남편이 담배를 서둘러 껐다. 잠시 두리번거리더니 꽁초를 자기 주머니에 넣는다. 얼굴이 왜 그래. 나는 남편의 주머니에 손을 넣어 꽁초를 꺼냈다. 끄트머리에 열기가 남아 있었다.

"요즘 좀 바빴어. 시장 안 가?"

퇴원을 하고 집에 오면 또 다른 전쟁이 시작된다. 잔열과 싸워야 하고, 없는 식욕에 보양식을 먹는 것도 곤혹이다. 하지만 억지로라도 먹지 않으면 다음 치료가 더디게 된다. 나는 엄마를, 엄마는 나를 따르는 똑같은 순서를 밟고 있었다. 같이 가줄게. 남편이 따라나섰다. 엄마 옆에 세숫대야와 물수건, 옷가지 등을 챙겨놓고 나왔다. 남편은 운전석에 앉아 무표정하게 앞을 응시하고 있었다. 나는 차에 오르지 못하고 남편의 옆모습을 한참 쳐다보았다. 차창에 얼비친 남편의 콧날이 어둑했다. 밝고 건강한 남자였는데. 서른다섯의 남편은 너무 늙어 보였다. 남편이 시동을 걸었다. 나는 차에 올랐다.

남편을 알아보는 상점에서 홍삼을 샀다. 엄마는 홍삼으로 나를 보했다. 달이고 남은 뿌리까지도 씹어 먹게 했다. 남편은 질 좋은 홍삼을 고르는 방법을 알고 있었다. 남편은 나에게 가르쳐줄 것이 많았다. 앞으로는 모두 나 혼자 해야 할 일이기 때문이었다. 나 때문에 무수히 들락거렸을 시장을 남편은 수월히 앞서 걸었지만 나는 자꾸 남편을 놓쳤다. 사람이 많은 데다가 좌판까지 촘촘히 펼쳐진 좁은 골목은 마치 미로 같았다. 나는 남편의 팔을 쥐었다.

"너도 얼굴이 그게 뭐니."

남편은 내내 앞만 보며 걸었다.

"알겠지만, 네가 건강해야 엄마도 모셔."

남편이 내 팔을 잡아끌어 팔짱을 끼웠다. 남편의 훈기가 느껴졌다. 나는 그 팔을 슬쩍 뺐다. 남편은 다시 팔을 이끌지 않았다. 홍삼과 몇 가지 봄나물을 사고 차에 올랐을 때는 이미 퇴근 정체가 시작되고 있었다. 남편이 담배를 물었다. 은희야, 남편이 내 이름을 낮게 불렀다. 차 안에 담배 연기가 고였다.

"정말 다시 생각해볼 의향이 없는 거니?"

나는 아무 말도 하지 않았다. 남편은 불씨가 길게 남은 담배를 창밖으로 던졌다. 은희야. 남편은 자꾸 내 이름을 불렀다.

"똑같은 얘기 또 해야 되는 거야?"

"받아들여지지가 않아서 그래."

"지금만 견디면 될 거야."

"나는 아직도 우리가 왜 헤어져야 하는지 납득할 수가 없다."

남편은 다시 담배에 불을 붙였다. 너 때문이 아니잖아. 살다 보면 피할 수 없는 상황이라는 게 있어. 다 알면서 왜 억지를 부리니. 남편은 길게 연기를 내뱉었다.

내 몸을 추스르고서 가장 먼저 한 일이 엄마의 부인병 검사였다. 서른 초입의 나도 그런 일을 겪는데 엄마라고 안심할 수가 없었다. 안도를 위한 예방 차원일 뿐이었다. 그러나 엄마는 너무 늦어버렸다. 누구의 잘못이냐고 추궁할 수 있다면 좋겠다. 책임지라고, 다시 돌려놓으라고 목이 터지게 소리치고 싶었다. 대상 없는 살의까지 솟구쳤다. 내 항암 치료 때문에 엄마는 암세포를 계속 키웠다. 엄마는 자궁암 말기였다. 엄마를 먼저 치료했다면 적어도 죄의식은 가지지 않았을 것이다.

설사 어머니와 동시에 발병했다 해도 그것이 어떻게 네 탓이냐고 남편은 반문했다. 알고 있다. 내가 그것을 모르겠는가. 어떤 이는 혈당이 안 떨어져 항암제를 맞기도 전에 식이요법으로 미리 진을 빼는가 하면 토악질 하나 없이 가뿐하게 끝내고 나가는 환자도 있었다. 머리카락이 한 올도 남지 않는 사람이 있고, 시앗과 싸움을 한 것처럼 듬성듬성 빠지는 사람도 있다. 투여 시간 내내 울거나, 퇴원할 때까지 추위에 벌벌 떠는 사람, 중환자실을 들락거리는 사람들도 부지기수였다. 삼 년 동안 열여덟 번의 항암제를 맞았다. 암이라면 지긋지긋했다. 병원에 상주하는 간병인들, 갖가지 검사실에서 마주치던 선생과 입원 병동 간호사들과 다시 만날 일이 없을 것처럼 마지막 인사를 하고 나선 지 얼마 되지 않아 엄마의 간호인으로 그들을 또 만나게 되었을 때의 기분은 처참하다 못해 절망적이었다. 잘 알고 있다. 엄마가 나 때문에 암에 걸린 것도 아니고, 나 때문에 죽게 되는 것도 아니다. 하지만 나보다 엄마의 암을 먼저 알게 되었더라면. 나는 결코 그 가정에서 자유로울 수 없었다. 남편이 나를 쳐다봤다. 너, 너무 이기적이야.

"그것도 알고 있어."

"그런데, 이런 개새끼!"

갑자기 앞으로 끼어든 차 때문에 급정차를 했다. 순간 몸이 앞으로 쏟아졌다. 하마터면 추돌할 뻔했다. 뒤 차선에서 요란한 경적 소리가 났다. 남편도 경적을 눌러대며 전조등을 번쩍였다. 그래도 분이 풀리지 않는지 창문을 열고 주먹질을 해댔다. 차들이 서서히 움직이기 시작했다. 그러나 나도 남편도 더 이상 말을 이을 수가 없었다.

결론은 같아. 그러니 시간 낭비하지 마. 나는 변하지 않을 거야. 최대한 무미한 목소리를 내기 위해 애썼다. 집 앞까지 데려다 준 남편의 얼굴은 굳어 있었다. 연락할게. 나는 대꾸하지 않았다. 나 역시 마음이 좋을 리가 없었다. 길게 끌지 않는 것이 좋다. 엄마를 핑계로 나는 더 강경해야 한다. 남편이 어서 단념하기를 바랐다. 그것이 남편을 위하는 방법이라고 확신했다. 남편의 차가 사라지는 것을 지켜보았다. 더 아픈 건 언제나 남은 사람의 몫이다. 그날 밤, 엄마는 중환자실로 들어갔다. 갑작스러운 하혈 때문이었다. 남편은 전화를 받지 않았다.

입원실이 주어지지 않기 때문에 나는 보호자 대기실에서 기다렸다. 면회는 새벽이 되어서야 가능했다. 엄마는 잠들어 있었다. 나는 엄마의 코에 손을 댔다. 아직은 뜨거운 숨을 쉬고 있었다. 이렇게 고단하게 늙어야 하는 엄마의 인생이 부질없게 느껴졌다. 나는 다시 보호자 대기실에서 경과를 기다렸다. 부고를 알리는 것으로 이 기다림이 끝날까 봐 두려웠다. 얼핏 잠이 들 때마다 여지없이 악몽을 꿨다. 경련을 일으키며 잠이 깨면 다른 보호자들이 나를 바라보고 있었다. 같은 공간에 있다는 것만으로 그네들의 시선이 위안이 되었다. 엄마는 이틀 만에 입원실로 옮겨졌다.

"은희 씨도 알죠? 힘들 겁니다. 그래도 해봅시다."

아무래도 직장에 문제가 있는 것 같다는 것이었다. 두 달에 한 번씩 다리를 벌려 보이는 내 담당의 앞에 나는 엄마의 보호자로 서 있었다. 새삼스럽게 멋쩍었다. 현실감이 느껴지지 않았다. 엄마는 창밖을 바라보며 누워 있었다. 기척을 느꼈을 텐데도 고개를 돌리지 않았다. 나는 어깨까지 이불을 덮어주고 병실을 나와 남편에게 전화를 걸었다. 급하게 오느라고 아무것도 챙기지 못했던 것이다. 그러나 남편은 계속 전화를 받지 않았다. 집에 다녀와야 했다. 담당의는 다소 무리가 있더라도 척출 수술을 빨리 진행하겠다고 했다. 입원이 길어질 것이었다. 나는 풀지 못한 짐을 고스란히 들고 나왔다. 얇은 이불과 옷가지, 속옷, 세면도구와 화장지, 대야, 바가지까지 꾸린 짐이었다. 병원 앞의 행상에서 빛깔이 좋은 딸기까지 사니 양손에 짐이 가득이었다. 엄마는 여전히 창가를 향해 누워 있었다. 나 왔어. 대꾸가 없다. 주무시는가, 슬쩍 건너다보니 눈을 감은 채 울고 있었다. 딸기를 들고 병실을 나왔다. 제철이 되려면 아직 멀었는데 제법 탱탱하게 살이 오르고 빛이 고왔다. 나를 가지고 입덧이 심해 먹은 것을 다 게워냈다고, 그나마 딸기를 먹으면 울렁이던 속이 가라앉곤 했다던 엄마. 아이를 가지면 너도 나처럼 딸기 꽤나 찾을 거다. 엄마는 내 이마를 쓰다듬으며 말했다. 너는 나를 닮았잖아. 찬물에 금세 발개진 손끝이 시렸다. 딸기 꼭지를 따는데 눈물이 뚝, 떨어졌다. 뒤돌아 누워 있던 엄마의 좁은 등을 본 순간, 처음으로 엄마의 죽음을 떠올렸다. 겁이 났다. 나는 딸기를 마저 씻을 생각도 못하고 주저앉았다.

일주일 뒤로 수술 날짜가 잡히던 날, 나는 병원 욕실에서 엄마를 씻겼다. 수술을 하기 전에는 많은 검사를 해야 하고, 주사도 연신 맞아야 하므로 미리 씻어야 했다. 붐비는 시간을 피해 자정이 가까운 시간에 욕실로 들어섰다. 양팔은 주사 자국으로 퍼렇게 얼룩져 있고, 머리카락이 빠지기 시작한 정수리는 휑하게 비어 있었다. 탄력을 잃어 축 늘어진 살가죽, 움푹 들어간 두 눈, 마치 살아 있는 주검 같았다. 나는 어린아이를 씻기듯 구석구석을 천천히 씻겼다. 척출 수술이 끝나면 경과에 따라 다른 수술과 항암 치료를 할 것이다. 그 시작이 끝이 아니기를 바라는 것 또한 헛된 희망인가 싶어 불안했다.

남편이 찾아온 건 그날 밤이었다. 술 냄새가 역하게 올라와 정신이 들었다. 어둑한 병실에 검은 실루엣이 우뚝 서 있었다. 나는 자지러지게 놀라며 일어났다. 입을 틀어막고 정신이 들었을 때에야 비로소 그가 남편이라는 것을 알았다. 남편은 울고 있었다.

나는 남편을 이끌고 병원 근처의 여관에 들어섰다. 우리는 그때까지 아무 말도 하지 않았다. 방에 들어가자마자 남편이 거칠게 나를 침대 위로 쓰러뜨렸다. 남편의 입술이 내 얼굴과 목을 더듬고, 양손이 내 옷섶을 파헤쳤다. 나는 남편의 완력을 제지할 수 없었다. 은희야, 은희야. 남편은 울부짖으며 내 몸을 탐했다. 나는 남편을 말리지 않았다. 남편이 하는 대로 가만히 있고 싶었다. 그러나 남편의 손이 내 아랫도리로 들어오는 순간, 나도 알 수 없는 힘이 남편을 밀쳐냈다. 중심을 잃은 남편이 침대에서 떨어졌다. 나는 똑바로 누워 천장을 보았다. 우리가 왜 여기까지 와야 했을까, 우리는 왜 이러고 있는 걸까. 불규칙한 벽지 무늬가 어지럽게 흔들렸다. 남편은 무릎 사이에 고개를 묻었다. 나는 옷을 여미고 남편 옆에 앉았다. 그리고 남편의 머리를 가만히 감쌌다.

"나보다 네가 더 힘든 거 알아, 아는데……"

나는 남편의 얼굴을 들어 두 눈을 응시했다. 충혈된 눈을 손으로 쓸어주었다. 그리고 남편을 오래 안고 있었다. 내 심장 박동 소리를 따라 남편의 거친 숨이 서서히 가라앉았다. 나는 남편의 옷을 벗기고 침대에 눕혔다. 그리고 남편의 작고 말랑한 성기를 입속에 넣었다. 남편은 내 어깨를 세게 부여잡았다. 나는 남편의 정액을 입안 가득 받아냈고, 그것을 삼켰다.

남편이 잠든 것을 보고 나는 욕실로 들어섰다. 뜨거운 물로 몸을 씻었다. 뿌연 욕실 거울에 수술 자국이 도드라지게 보였다. 배꼽 위에서부터 아래로 길게 이어진 자국을 손으로 매만졌다. 잘게 부풀어 오른 흉터의 끝인 음부에 손이 닿았다. 가만히 질 안으로 손가락을 집어넣었다. 따뜻했다. 나는 몸서리를 쳤다.

욕실을 나오는데, 쓰레기통에 한 움큼 똬리를 튼 머리카락

뭉치가 보였다. 객실을 먼저 다녀간 이의 흔적이었다. 어쩐지 섬뜩했다. 남편은 내가 가는 것도 모른 채 깊은 잠에 빠져 있었다. 괴괴한 밤이었다.

　수술실 앞의 보호자 대기실에서 기다리는 시간은 더디게 흘렀다. 남편과 엄마도 그러했겠지. 엄마도 나처럼 여섯 시간이 넘는 대수술이 될 것이었다. 내내 초조했다. 엄마 이름이 불렸다. 수술실 입구 옆의 작은 출입문이 열리고 용기를 든 담당의가 나왔다. 수술복 앞자락이 붉은 피로 얼룩덜룩했다. 주먹보다 작은 빨간 살덩이가 덩그러니 용기 안에 담겨 있었다. 손으로 만져보면 금방이라도 펄떡 튀어 올라올 것 같았다. 제거된 자궁이었다. 담당의가 적출 상황을 간략하게 말해주고 봉합을 하러 다시 들어갔다. 내 눈으로 본 것이 믿어지지 않았다. 저기에서 내가 만들어지고 자랐다니. 그런데 지금은 암세포가 버글댄다니. 나의 자궁도 저렇게 생겼었다는 것 아닌가. 힘이 빠졌다. 전광 게시판의 엄마 이름에 불이 켜지자 곧바로 수술실 문이 열렸다. 중환자실로 옮겨가는 동안 엄마가 눈을 떴다. 마취에서 덜 깨었을 텐데도 엄마는 분명히 나를 향해 웃었다.
　중환자실에서 입원실로 옮겨진 후 나는 담당의의 호출을 받았다. 담당의는 적출 수술은 무사히 끝났다고 했다. 나는 고개 숙여 인사를 했다.

"혹시 종교 있어요?"

담당의가 차트를 넘기다 말고 내 얼굴을 똑바로 응시했다.

"직장, 폐와 간, 유방 쪽에서도 발견됐어요."

나는 되물었다. 뭐라고요? 담당의는 엄마의 몸 구석구석에 박혀 있는 암종에 대해서 이야기했다. 아니, 내 말은, 그게 무슨 뜻이냐고요. 담당의는 컴퓨터를 향해 몸을 돌려 엄마의 스케줄을 잡기 시작했다. 어디서부터 손을 대야 하는 것일까. 우선순위라는 것이 있을까. 나는 묻고 싶었다. 인간의 몸에 이토록 혹독하게 암세포가 들어찰 수 있는 겁니까? 이제까지 멀쩡했던 몸이 왜 한순간에 암덩어리로 전락합니까? 결국 죽음을 준비하라는 말인가. 너무 무기력해서 어떤 감정도 느낄 수가 없었다.

수술을 마친 후 정상적인 거동을 하기까지 한 달이 걸렸다. 그사이 각 기관의 조직 검사를 하느라 진을 뺐고, 항암 치료도 한 번 더 강행했다. 조직 검사 결과는 처참했다.

두 계절 동안 세 번의 절개 수술이 진행되었고, 약물 치료를 병행했고 방사선 치료까지 시도됐다. 엄마는 피폐해졌다. 머리카락은 한 올도 남지 않았고 피부는 까맣게 타들어갔다. 엄마의 몸은 전쟁터였다. 엄마의 동공은 자주 초점을 잃었고 정신도 금세 허물어졌다. 통증이 시작되면 참을 수 없어 이를 드러내며 으르렁거렸다. 그러나 그것도 잠깐, 기력은 곧 쇠진되었다. 통증이 몰려오면 사지를 부들부들 떨며 고꾸라지곤 했다. 가을이 시작될 무렵 엄마는 중환자실을 들락거렸다. 이 모든 것이 암 선고를 받은 지 불과 일 년 안에 벌어진 일이었다. 무엇보다도 죽음이 엄마의 몸뚱이를 투과하는 것을 지켜보는 일이 가장 끔찍한 현실이었다.

남은 시간 동안 내 힘으로 숨 쉬고 싶다. 그것이 엄마의 마지막 바람이었다. 결국 모든 치료를 중단했다. 엄마의 눈동자가 고요해졌다. 나는 그제야 엄마의 죽음을 받아들이게 되었다. 고요해진 건 어쩌면 내 마음인지도 모를 일이었다.

남편은 엄마 앞에서 웃었다. 나도 따라 웃었다. 차라리 웃어야 했다. 나와 남편을 물끄러미 바라보던 엄마가 남편에게 손을 내밀었다. 남편이 얼른 엄마의 손을 잡았다. 엄마의 숨소리는 규칙적이었지만 다소 거칠었다. 엄마도 희미하게 웃었다.

"가끔씩, 은희를 만나 맛있는 것 좀 사 먹여."

엄마가 다시 호흡을 가다듬었다.

"자네가, 자네가 가장 고생했어. 고마워. 내가 죽어서도 잊지 않을 거야."

죽어서도 잊지 않겠다는 말이 가슴에 박혔다. 엄마는 나를 만류했다. 굳이 그렇게까지 할 이유가 뭐냐, 서로 어깨 기대고 살면 되는 걸 왜 유난을 떠는 거냐. 엄마, 나는 그이를 똑바로 쳐다볼 수가 없네. 내 몸을 보이는 게 창피하고, 흉측한 시간을 공유했던 것도 부끄럽고, 나 때문이라는 자책을 하는 것도 싫어. 간절히 원하기도 전에 아이를 가질 수 없게 되었다. 그런데 뜻밖에도 내 생애에 아이가 없다는 것이 받아들여지자 결혼 생활을 지속해야 할 이유를 잃었다. 어쩌면 자격지심이나 나의 불능에 대한 왜곡된 방어였을 것이다. 나로 인해 남편의 삶이 흔들리는 것을 원치 않았다. 삼 년 동안 병든 나와 지낸 것만으로도 충분하지 않은가. 나는 마지막 항암 치료를 받고 엄마 집으로 퇴원했다. 그것이 별거의 시작이었다. 엄마가 이렇게 될 줄 알았더라면 그렇게 서두르지는 않았을 것이다.

엄마는 남편의 손을 놓을 줄 몰랐다. 엄마의 표정은 지극히 온화했다. 죽음을 두려워하기에는 죽음에 너무 가까이 가 있기 때문이었다. 눈물을 보인 건 오히려 남편이었다. 엄마는 남편에게 미안하다고 했다. 남편은 죄송하다고 했다. 둘 다 나 때문에 미안하고 죄송한 것이었다. 그래서 나는 아무 말도 할 수 없었다.

언제든지 연락해. 배웅하는 나에게 남편이 말했다. 부드러운 어조였다. 만취해 병원으로 찾아왔던 날 이후 처음이었으므로 얼추 반년 만이었다. 남편은 예전에 비해 한결 유한 모습이었다. 처음 보는 셔츠를 입고 있었다. 어디서 난 것이냐고 묻고 싶은 내 자신이 우스웠다. 정작 준비가 안 된 건 남편이 아니라 나인지도 모를 일이었다. 남편의 차 뒤꽁무니를 오래 쳐다보았다. 오소소 소름이 돋았다. 겨울의 복판이었다.

빈껍데기, 염습을 하는 내내 나는 오로지 그 생각뿐이었다. 쪼그라든 엄마의 몸뚱이에는 몇 가닥의 머리카락이 박힌 민머리와 부풀어 오른 꿰맨 자국들, 군데군데 곰팡이가 핀 것 같은 검은 얼룩, 검은 손톱과 발톱 때문에 흉물스러웠다. 그런 저 몸도 한때는 물기를 머금은 싱그러운 생명이었다. 비옥한 밭에 씨를 받아 꽃을 피우고 열매를 만들지 않았던가. 그러나 정작 그 열매는 씨 하나 품지 못하고 빈껍데기가 되었다. 나에게도 맞는 수의가 있다면 엄마 옆에 같이 눕고 싶었다.

엄마는 죽는 날 아침까지 헐떡였다. 육체의 고통 앞에서 누구도 인간으로 존재하기란 쉽지 않다. 엄마가 집에서 보낸 마지막 석 달은 짧았지만 극렬한 시간이었다. 엄마는 나를 부둥켜안으며 절규하거나 혹은 침묵했다. 때로는 웃었고, 가끔 울기도 했다. 엄마는, 아래로 혈변과 장 점막에서 나오는 점액을 지렸고 위로는 물 한 모금도 넘기지 못해 게워내곤 했다. 잔인했지만 행복한 시간이었다. 하루라도 빨리 엄마가 죽어야 했으므로 고통이 찾아올수록 기뻤다. 엄마가 죽던 날도 그랬다. 제발 오늘이길, 간절히 빌었다. 숨소리는 메마르고 거칠었다. 나는 엄마의 발치에 쪼그려 앉아 그 숨소리를 듣고 있었다. 푸, 푹, 푸, 푸욱— 귀울음 때문에 소리가 멈춘 것을 금세 알아차리지 못했다. 엄마는 두 눈을 허옇게 뜨고 있었다. 죽기 전과 다를 바가 없는 모습이었다.

 조객은 많지 않았다. 나는 간간히 오열을 하다 쓰러지곤 했다. 문상객이 없을 때는 벽에 기대 앉아 꾸벅꾸벅 졸기도 했고, 누군가 손을 이끌면 못이기는 척 따라가 국 한 그릇을 다 비우기도 했다. 장례는 조촐하게 끝났다. 남편이 내내 곁에 있었다.

 삼우제를 마치고 집으로 돌아와 빈집을 둘러보자 그제야 정신이 들었다. 찻잔을 앞에 두고 남편과 마주 앉았다. 얼마간의 시간이 흘렀다. 오후가 되자 집 안이 어둑해지고 사위는 고요했다. 가봐야겠다, 남편이 말했다. 그러나 남편은 선뜻 일어서지 못했다. 괜찮으니까 가. 정말 괜찮겠어? 남편의 전화벨이 울렸다. 남편이 조심스럽게 일어서며 고개를 돌려 전화를 받았다. 빈집, 전화기에서 들리는 어렴풋한 여자의 목소리가 남편과 나 사이에 요요하게 맴돌았다.

 집 안은 어두웠다. 남편이 돌아간 후 얼마나 앉아 있었던 것인지 가늠할 수가 없었다. 무엇을 해야 할지 몰랐다. 할 일이 없다는 것이 낯설었다. 우웅, 냉장고 소리가 유난히 크게 들렸다. 냉장고를 열었다. 냄새가 심했다. 반 이상이 버릴 것들이었다. 나는 그 자리에서 냉장고 청소를 시작했다. 전원 플러그를 뽑고 내용물을 모두 빼냈다. 세정제를 냉장고 안에 뿌리고 행주로 닦았다. 냉장고를 차지하고 있던 대부분은 오래된 장이나 젓갈이었고, 곰팡이가 피거나 새카맣게 썩은 반찬들도 수두룩했다. 당장 먹을 수 있는 것들만 남기고 모조리 버렸다. 전원을 넣었다. 웅, 소리를 내며 냉장고가 작동했다. 허기가 몰려왔다. 생리가 시작될 때면 식욕이 솟구치곤 했다. 쌀을 안쳤다. 실존하지 않지만 기억을 끄집어내는 통증이 몰려왔다. 아랫배를 부여잡았다. 밥내가 맡아졌다. 엄마, 밥 먹자. 방문을 열었다. 텅 빈 방, 엄마의 이불이 그대로 펼쳐져 있었다. 통증 때문에 식은땀이 흘렀다. 한숨 자고 나면 가라앉을 것 같았다. 나는 오물이 묻어 있는, 며칠 사이 뽀얀 먼지까지 내려앉은 엄마의 이불 속으로 기어 들어갔다.

나는 이제 반년에 한 번씩 정기검진을 받는다. 주기가 두 달에서 반년이 되기까지 몇 해가 흘렀다. 매일 호르몬제를 복용하고, 유방은 물론 다른 기관의 암 검사도 꾸준히 받고 있다. 그사이 그전 담당의가 교환 교수로 가는 바람에 담당의가 바뀌었고, 입원 병동 옆으로 산과 병동이 이전을 했다. 병설 산후조리원도 생겼다. 나는 그 건물을 지날 때마다 도려낸 엄마의 자궁이 떠올랐다. 그러면 내 자궁도 똑같이 생겼을까, 문득 궁금해지곤 했다.

오랜만에 황사가 걷힌 맑은 날이었다. 햇빛이 좋아 눈이 부셨다. 완연한 봄이었다. 멀리 한 남자가 성큼성큼 걸어오고 있었다. 눈에 익은 실루엣이었다. 아, 나는 반가워서 손을 번쩍 들 뻔했다. 그러나 그는 산과 병동으로 들어섰다. 곧이어

임부와 팔짱을 낀 그가 병동에서 나왔다. 여자의 소복한 배가 햇빛에 반짝 빛났다. 나는 눈이 부셔 눈가가 시큰했다. 그와 눈이 마주쳤다. 나는 서둘러 암 병동으로 들어섰다. 정기검진이 예약된 날이었다. 어디선가 갓 태어난 아이의 울음소리가 들렸다. 아주 잠깐, 아랫배가 아렸다.

오늘처럼 고요히

*

 남편은 칼을 쥐고 있었다. 그럴 법했다. 막 삽입을 했던 사내가 시퍼렇게 질려 옷도 추스르지 못하고 여관방을 뛰쳐나갔다. 나는 벌거벗은 채 무릎을 꿇었다. 옷장에 숨겨놓았던 옷들이 다른 순서로 개켜 있었다. 나를 미행했으며, 노래방과 여관 앞에 숨어 있었다는 것도 나는 알고 있었다. 그런데도 나는 멈추지 못했다.
 네가, 이러고도, 애 엄마니. 남편의 목소리가 낮게 울렸다. 긴 침묵이 흘렀다. 다리가 저려 튀어나온 무릎이 터질 것 같았다. 툭, 칼이 떨어졌다. 비닐 장판에 칼끝이 박혔다. 무릎 바로 앞이었다. 남편이 뒤돌아 여관방을 나갔다. 칼자루에 닭털이 붙어 있었다. 닭털은 내 숨을 따라 하늘하늘 춤을 췄다.

방문 앞에 허물처럼 오리털점퍼가 놓여 있었다. 처음으로 사내를 받고 번 돈으로 산 점퍼였다. 차라리 내 무릎에 칼날이 박혔으면 남편과 아이는 죽지 않았을까. 그것이 남편의 마지막 모습이었다.

 새카맣게 타버린 집 앞에서 나를 둘러업은 것은 병운이었다. 어디에도 남편은 없었다. 아이도 마찬가지였다. 심장까지 매캐한 연기 냄새가 배도록 집터를 뒤져도 아무것도 없었다. 열에 오그라든 아이의 구슬 딸랑이나 남편의 일회용 면도날 같은 것들을 발견했더라면 나는 병운에게 가지 않았을지도 모른다. 뼛조각까지 타버릴 수 있는가, 나는 매번 물었지만 병운은 대답하지 않았다. 해가 지면 병운은 내 손을 잡아끌었다.

 나는 탬버린을 흔들며 어깨를 들썩였다. 협진상가 사내들이었다. 그들을 만난 것이 벌써 여러 번이었다. 독한 술내를 풍기는 그들은 내 어깨에 함부로 부딪쳤다. 나는 탬버린을 세게 쳤다. 엉덩이도 조금 더 크게 움직였다. 함께 들어온 혜경 엄마의 목소리는 카랑했고, 테이블 위의 맥주는 많이 남아 있었다. 사내들은 제멋대로 담배를 피웠고, 큰 소리로 노래를 부르며 춤을 췄다. 아무것도 하지 않는 사내는 병운뿐이었다. 사내 하나가 만 원 지폐에 침을 발라 내 허벅지에 붙였다. 척, 들러붙은 돈이 간지러웠다. 나는 활짝 웃으면서 치마를 올렸다. 사내들이 휘파람을 불었다. 삼구일육! 혜경 엄마가 버튼을 눌렀다. 오오오, 그대는 나를 취하게 하는 사람이었고 가까이에서 이 마음을 자꾸 흔들었어— 노래를 부르는 나에게 사내들이 모여들었다. 그들이 뱉은 숨에서 흐릿하게 날것의 냄새가 났다. 칼을 만져본 사람의 숨은 다른 법이라는 걸 나는 알고 있었다. 아버지가 그랬고 남편이 그랬듯이 병운도 그랬다. 병운은 남편의 형이었다.

겁도 없는 년, 병운이 내 귀에 입술을 대고 조용히 뇌까렸다. 앞서 룸을 나선 사내 중 하나가 병운을 불렀다. 병운이 성큼 앞으로 나갔다. 마른 체구의 남편과 달리 병운의 어깨는 두툼했다. 병운의 말이 맞다. 나는 더 멀리 갔어야 옳다. 시장은 좁다. 언제 남편에게 내 이야기가 들어갈지 모를 일이었다. 하지만 어쩔 수 없었다. 나는 언제든지 아이에게 달려갈 수 있어야 했다.

혜경 엄마가 아이 백일이라고 내복 한 벌을 들고 왔을 때 나는 막 잠든 아이를 뉘던 참이었다. 혜경 엄마가 아이의 볼을 매만졌다. 분만실에서도 손을 놓지 않던 혜경 엄마였다. 산후 조리를 해준 것도 혜경 엄마였다. 그래도 혜경 엄마가 손을 씻지 않은 채 아이를 만지는 건 싫었다. 혜경 엄마에게서 옅은 술 냄새가 풍겼다. 무얼 하고 왔는지 모를 손이었다. 젖살이 오른 아이는 제법 포실했다. 생각해봤어? 혜경 엄마가 넌지시 물었다. 젖이나 떼면. 나는 완곡하게 거절했다. 혜경 엄마는 골목에서 누구보다도 부지런한 여자였다. 식당에 나가고, 돌아와서는 전선을 잇거나 봉투를 붙였다. 밤낮으로 일해도 혼자서 아이를 키우는 일은 만만치 않았다. 당연히 밖으로 나돌 수밖에 없었다. 혜경 엄마가 아이의 볼을 한 번 더 만지고 일어섰다. 일 줄 사람을 알아봐줄까? 나는 반갑게 고개를 끄덕였다. 혜경 엄마의 소개라면 중개료를 떼지는 않을 것이었다.

아이를 낳으러 가는 날까지 나는 혜경 엄마에게 받은 일을 했다. 막달이 되고부터 제대로 앉아 있기조차 힘들었다. 아이가 가슴을 치받더니 아래로 쏟아질 듯이 주저앉았다. 예정일을 사흘 넘긴 아침, 이슬이 비쳤다. 하던 일을 멈출 수 없었다. 전선 피복을 벗기느라 진종일 앉아 있었다. 첫 진통을 느낀 후, 내가 제일 먼저 한 일은 완성품 개수를 세는 일이었다. 완성품을 넘겨야 돈을 받을 터였다. 두 번을 더 세고 나서야 박스에 완성 수량을 적었다. 후드득 양수가 쏟아졌다. 혜경 엄마에게 전화를 걸었다. 남편이 도착한 건 혜경 엄마의 부축을 받고 병원에 막 도착해서였다. 진통이 오 분 간격으로 좁혀 있었다. 네 시간 만에 아이가 태어났다. 딸이었다.

시장에서 나는 언제나 닭집 딸로 불렸다. 홀아버지 모시고 살림 잘하는 기특한 닭집 딸은 나이가 들어 예쁜 닭집 딸이 되었다. 아버지가 죽고 가게를 혼자 하게 되니 억척스러운 닭집 딸이라 했다. 유일하게 내 이름을 불러준 이가 남편이었다. 아버지 적부터 거래해오던 도매상 청년이었다. 그는 꼬박꼬박 연미 씨,라고 불렀다. 이름도 이름이지만 이름 뒤에 꼭 붙이는 씨,라는 말을 들으면 나는 금세 얼굴이 발개졌다. 가슴살을 도려내다가, 뼈를 바르다가, 껍질을 벗기거나, 모래집을 빼내기 위해 칼을 들고 있다가도 그가 오면 슬며시 몸을 돌렸다. 칼을 쥔 모습을 보이고 싶지 않았다. 그는 아버지처럼 게으르지 않았고 술을 마시거나 싸움을 하는 사내가 아니었다. 살림을 시작했다. 남편은 양계장을 알아보겠다고 했다. 연미 씨 칼 잡는 거 싫어하잖아요. 남편은 얼굴을 붉히며 말끝을 흐렸다. 나는 다소곳하게 고개를 끄덕였다. 그것이 남편을 위하는 일인 줄 알았다. 도시 근교의 작은 종계장을 인수했다. 없는 돈을 겨우 마련해서 시작한 종계장이 잘될 리가 없었다. 경험 없이, 모아놓은 돈도 없이 덤비기에는 너무 큰 일이었다. 만만하게 본 남편이 잘못이었고, 남편을 말리지 않은 나의 잘못이기도 했다. 빚이 늘고 옮기는 집은 점점 좁아졌다. 결국 남편은 헐값에 종계장을 넘겼다. 원금은 둘째치고 이자가 손쓸 수 없이 불고 있었다. 평수를 줄인 닭집만 겨우 남았지만 그것도 언제 어떻게 될지 모를 일이었다.

백 일 동안 닭국물에 끓인 미역국을 먹었다. 백 일 이후에도 상 위에는 매일 닭고기가 올라왔다. 닭갈비, 닭볶음, 닭튀김, 닭탕수육, 그것이 자신이 해줄 수 있는 전부라며 남편은 고개를 숙이곤 했다. 재래시장은 계속 사양길이었고 조류독

감 때문에 벌이는 들쭉날쭉했다. 튀김닭으로 야식까지 배달했으나 수입은 좀처럼 늘지 않았다. 벽과 천장에는 늘 곰팡이가 피어 있었다. 아이는 콧물과 잔기침을 달고 살았다. 볕이라도 쬐려면 지하방을 나가 도로변까지 가야 했다. 다세대주택이 다닥다닥 붙은 골목은 어느 구석에도 햇빛이 들지 않았다. 부업을 다시 시작했지만 하루 오천 원 벌기가 쉽지 않았다. 아이는 깨어 있는 시간이 점점 길어졌다. 눈에 띄는 것을 모두 입에 넣기 시작했다. 눈 깜짝할 사이에 저만치 기어가 흘린 구슬을 삼키거나 피복을 벗긴 구리선을 빨아댔다. 그렇다고 아이를 하루 종일 보행기에 앉히거나 등에 업고 있을 수도 없는 노릇이었다. 구슬을 꿰거나 전단지를 접어 봉투에 넣는 일, 부품 조립, 카디건에 스팽글을 다는 것도 마찬가지였다.

거기, 아직도 사람 구해? 나는 혜경 엄마에게 전화를 넣었다. 아이를 업고 병원에 다녀온 참이었다. 아이의 귀에서 벌건 진물이 나왔다. 의사가 혀를 찼다. 아이의 귓구멍 안에서 스팽글 조각이 나왔다. 아이가 자지러지게 울어댔다. 좀처럼 울음이 멎지 않았다. 나는 어금니를 꽉 물었다. 혜경이가 아이를 봐줄 수 있을까? 그럼! 혜경 엄마의 큰 목소리가 어쩐지 위로가 되는 것 같았다.

수입이 늘었다. 내가 벌 수 있는 가장 큰 액수였지만 이자를 갚기에는 턱도 없었다. 불어나는 금액을 결코 따라잡을 수 없다는 것을 나는 알고 있었다. 그렇다고 그만둘 수도 없었다. 어떻게든 버는 것이 옳은 길이었다. 돈이 되지 못하는 돈을 벌어도 손님들의 눈에는 들어야 했다. 옷과 화장품을 사고 구두와 핸드백도 샀다. 돈은 내 손에 오래 머물지 못했다. 아이의 장난감을 사도, 남편의 오리털점퍼를 사도 순식간에 사라졌다. 나는 매일 노래를 불렀고 춤을 췄으며 자주 여관을 들락거렸다. 집에 오면 화장을 지우고 저녁밥을 했다. 아이는 예쁜 옷을 입고 있었지만 나는 안아줄 힘이 남아 있지 않았다. 닭고기는 먹기 싫어졌고, 옷가지와 구두를 숨기는 일도 게을러졌다. 남편을 주의할 여력이 없었다.

그 뒤로 몇 번 더 병운과 마주쳤다. 병운에게 빚이 없었다면 그 자리만큼은 피했을 것이다. 병운과 남편은 사이가 좋은 형제가 아니었다. 병운은 동생을 변변찮은 인간이라고, 대놓고 등신 새끼라고 불렀다. 남편은 형의 사납고 거친 기질을 무서워했다. 그래도 결국 형에게 고개를 숙이고 돈을 구해야 했다. 병운은 꼬박꼬박 이자를 받았다. 당연했지만 괜히 억울했다. 병운과 나는 서로 알은체를 하지 않았다. 때때로 나는 일부러 허리를 더 꼿꼿이 세우곤 했다.

여관으로 찾아왔던 날 이후, 남편은 집에 들어오지 않았다. 나는 다시 혜경이에게 아이를 맡겼다. 아이가 비틀거리며 내게 안겼다. 얼마 전부터 발걸음을 뗀 아이였다. 혜경이가 박수를 치자 방향을 돌려 혜경이에게 걸어갔다. 엄마보다 언니를 먼저 발음한 아이였다. 그래도 배가 고프면 내 품으로 기어와 젖가슴을 두들겼다. 그때만큼은 내가 온전히 어미였다. 혜경아, 아저씨가 오면 뭐라고 말해야 하지? 아줌마가 기다리라고 했어요. 또? 가지 말라고 했어요. 잊어버리면 안 돼, 알았지? 혜경이가 두 눈을 크게 뜨고 고개를 끄덕였다. 나는 립스틱을 마저 발랐다. 아이가 벌떡 일어나 손을 흔들었다. 립스틱을 바르면 나간다는 걸 아이는 알고 있었다. 사소한 것이 기억의 뿌리가 된다. 습관이란 그런 것이었다. 나는 아이를 깊게 안았다. 답답한 듯 아이가 몸을 뒤틀었다. 혜경이에게 천 원짜리 한 장을 쥐여주고 집을 나섰다. 아이가 혜경이 뒤에서 또 손을 흔들었다. 나도 손을 흔들었다. 안녕. 마지막 인사였다.

내가 죽고 남편과 아이가 살아 있다면, 그들은 행복했을까. 가끔, 나는 그들이 몹시 그리워지곤 했다. 그러면 아무것도 먹지 않고, 아무것도 하지 않았다. 그저 이불을 뒤집어쓰고 누워만 있었다. 아침저녁으로 발길질을 하던 병운도 얼마가 지나면 쳐다보지 않았다. 며칠이 지나면 배가 고파졌다. 그럼 이불을 걷고 일어났다. 쌀을 안치고, 돼지고기를 넣은 김치찌개를 끓이고, 계란을 찌고, 김을 구웠다. 양껏 밥을 먹었다. 그러면 살 것 같았다. 살 수 있었다. 사는 건 사실 별게 아니었다. 혼자 앉아 몇 그릇씩 밥을 먹는 나날이 이어지면 병운은 나를 안지 않았다.

 다 타버린 집터를 헤매고 있을 때 병운은 내 빚을 모두 갚았다. 만져본 적도 없고, 내 생애를 다해도 벌 수 없는 금액이었다. 미친년처럼 매일 집터를 뱅뱅 도는 일 외에 내가 할 수 있는 일이란 없었다. 병운이 방 하나를 내줬다. 컴컴한 방이었다.

 집터가 깨끗이 정돈되고 새 건물이 올라가기 시작했다. 나무들은 새 이파리를 내놓고 무성해졌다가 모조리 떨어뜨렸다. 다시 새순이 돋았다. 내 가슴에서는 이제 젖이 흐르지 않았다. 나는 더 이상 울지 않았다. 새로 올린 건물에 사람들이 입주했다. 대부분 어린아이를 둔 젊은 부부들이었다. 번듯한 새 건물이 골목에 유난히 번쩍였다. 사람들이 잊었던 기억을 다시 떠올리게 만드는 위용이었다. 눈이 부셨다. 나는 고개를 들 수 없었다. 새집에 보금자리를 차린 그들의 행복을 감히 상상했다. 남편은 불 속에서 아이를 끌어안고 있었을까. 건물 앞에서 눈을 감고 앉아 있으면 어느새 나타난 병운이 나를 끌고 앞서 걸었다.

 나는 몸뚱이밖에 없어요. 병운이 젓가락을 들고 나를 쳐다봤다. 그걸로 갚아. 병운은 심드렁하게 말했다. 나는 수저를 내려놓았다. 자기 밥을 다 먹은 병운이 내 밥공기를 들었다.

 "난 비린 것은 안 먹는다. 백정질 해도 고기는 먹으니 상에 고기는 빼놓지 마라."

내가 먹던 밥과 식지 않은 찌개를 씹지도 않고 들이켰다. 병운의 이마에서 땀이 뚝뚝 떨어졌다. 병운과 함께 산다는 건 적어도 노래방이나 여관에 들락거리지 않아도 된다는 의미였다. 나는 설거지를 하고 걸레질을 한 후 이부자리를 펴놓고 목욕을 했다. 그리고 병운의 옆에 누웠다. 다음 날부터 나는 집터를 헤매지 않았다.

상가 사람들은 나에게 남편, 자식 잡아먹고 팔자 폈다고 했다. 틀린 말이 아니어서 나는 대꾸하지 않았다. 어떤 사람들은 병운도 조심해야 한다고 수군댔다. 남자 여럿 잡게 생긴 상이라고 했다. 나는 그래서 자꾸 거울을 들여다보게 되었다. 병운의 가게에 나가 있을 때면 아예 정면에 거울을 두고 앉았다. 가끔은 손에 거울을 든 채 몸을 섞기도 했다. 내 얼굴과 병운의 뒤통수를 번갈아 보다 보면 웃음이 나왔다.

가끔 혜경 엄마로부터 연락이 오곤 했다. 그런 날은 하루 종일 눈앞에 붉은색이 어른거렸다. 불타는 집으로 달려가는 내 눈에는 혜경 엄마의 펄럭이는 치맛자락만 보였다. 간격이 점점 더 벌어졌다. 마치 한 아이만 살릴 수 있다는 주술에 걸린 기분이었다. 나는 오로지 혜경 엄마를 앞서야 한다. 그래야 내 아이를 살릴 수 있다. 숨이 끊어지도록 달렸지만 나는 혜경 엄마에게 졌다. 집은 이미 화염에 휩싸여 있었다. 혜경 엄마가 달려들어 내 머리를 잡아챘다. 살려내, 살려내! 심장이 터질 것 같았다. 숨을 쉬고 싶었다. 얼핏, 엄마— 하는 목소리가 들렸다. 내가 더 빨리 달렸어도 달라질 건 없었다. 그러나 내가 혜경 엄마보다 늦었다는 사실이 절대 잊히지 않았다.

혜경이는 이제 구구단을 외워. 혜경이는 어제부터 피아노를 쳐. 혜경이가 3학년이 돼. 혜경이가, 혜경이는, 혜경이에게…… 혜경이는 오래전 내 아이를 돌봐주던 아이일 뿐이었다. 죽은 아이가 더 이상 자라지 않듯이 혜경이도 마찬가지였다. 혜경 엄마는 결코 나의 안부를 묻지 않았다. 무턱대고 혜경이의 이야기를 꺼낸 후에 자기 이야기를 했다. 마치 의무를 이행하는 사람 같았다. 일을 아예 옮겼어. 빚이 좀 있어, 노래방만으로는 안 될 것 같아. 묻지 않아도 혼자 웅얼댔다. 가끔은 술에 취해 있기도 했고, 때로는 울먹이기도 했다.

—요즘 겉절이가 맛있을 땐데, 배고프다. ……또 전화할게.

전화는 그렇게 끊기곤 했다. 늘 그런 식이었다. 한번쯤은 어떻게 지내느냐고, 괜찮으냐고, 소식 들었다고도 할 법한데 단 한마디도 건네지 않았다. 나는 혜경 엄마의 작은 목소리가, 예전과 달리 어눌한 어조가 마음에 들지 않았다. 무엇보다도 혜경 엄마의 전화가 달갑지 않은 건 기억을 곤추세우는 자극이기 때문이었다. 혜경 엄마의 전화를 받고 나면 며칠씩 굶거나 혹은 종일 밥을 먹어댔다.

혜경이에게…… 아빠가 생겨. 여느 때처럼 일방적인 첫마디였다. 혜경 엄마는 더 이상 말을 잇지 못했다. 그사이, 많은 기억이 떠올랐다 스러졌다. 사실은 더 이상 버틸 힘이 없었어. 혜경 엄마가 고백을 하듯 읊조렸다. 나는 그제야, 잘 살아, 짧게 말했다. 그리고 먼저 전화를 끊었다. 가슴 한편에서 뜨거운 것이 치밀어 올랐다. 절대, 잘, 살면, 안 돼. 그럼 안 되지. 잘 살지 마. 못 살아, 제발 못 살아줘.

몸이 뜨거워지고 눈이 매웠다. 자꾸 말간 콧물이 흘렀다. 혜경 엄마는 물컵에 소주를 조금 따랐다. 아이는 혜경 엄마 품에서 잠들어 있었고, 혜경이는 엎드려서 만화책을 보고 있었다. 고생했어. 나는 대꾸하지 않았다. 이미 끝난 일이었다. 빠른 체념이 위로가 될 것이었다. 얼룩 남을 거 아냐, 좆같네. 오십대 초반의 사내는 바지를 꿰입으며 구시렁댔다. 나는 고개를 숙였다. 젖이 뚝뚝 떨어져 침대 시트가 젖고 있었다. 처음으로 나를 팔아 돈을 번 날이었다. 나는 단숨에 소주를 마셨다. 그날 밤부터 나는 젖을 먹이지 않았다. 아이는 뒤로 넘어가듯이 울어대고 젖은 울퉁불퉁 부풀어 올랐다. 남편은 우는 아이를 달래느라 쩔쩔맸지만 나는 등을 돌리고 누워 일어나지 않았다. 울다 까라진 아이가 겨우 잠이 들었다. 남편도 그 곁에서 새우잠이 들었다. 서슬 퍼런 새벽이 몰려왔다. 남편은 갑자기 젖을 떼는 이유를 묻지 못했다. 죄인처럼 고개를 숙인 남편의 어깨가 더 오그라들었다. 그런 남편에게 화가 났다. 나는 벌떡 일어났다. 다 너 때문이야! 남편이 멀뚱히 눈을 떴다가 다시 잠이 들었다. 그러나 그 말은 혜경 엄마에게 할 말이었다. 여관으로 들어가는 나를 말리지 않았으니까. 노래방 일을 알려줬고, 구슬 꿰는 일을 소개했으며, 골목에서 처음으로 말을 건 것도 혜경 엄마였기 때문이었다. 나는 진심으로 혜경 엄마가 불행해지길 바랐다. 무엇보다도, 내가 다시 가질 수 없는 것들을 혜경 엄마가 가진다는 것이 분했다.

사람들은 시간이 지날수록 내가 병운의 곁에 오래 머물러 있는 것을 의아해했다. 그도 그럴 것이 병운의 여자는 나 외에도 많았기 때문이었다. 병운은 상가에서 유명한 사내였다. 우람한 덩치는 어디에서나 쉽게 눈에 띄었고, 인상도 기질만큼이나 험했다. 먹는 것만큼이나 여자도 밝혔다. 나는 병운의 아내가 아니었으므로 그런 것들을 마음에 두지 않았다. 병운이 여자를 데리고 오면 나는 방에서 나가지 않았다. 그들의 시시덕거리는 소리를 듣다 보면 오히려 잠이 잘 오기도 했다. 가끔은 불려나가 함께 어울려야 했는데 그것도 어려운 일은 아니었다. 나신으로 엉켜 있다 보면 내가 누군지, 네가 누구인지 알 필요가 없었다. 나는 점점 둔해졌다. 모든 일에 둔감해졌다. 불감은 사는 걸 수월하게 했다. 무서운 게 없었다. 그것이 병운과 살면서 얻은 가장 큰 수확이었다. 일상은 무미했다. 이렇게 살아도 괜찮을 것 같았다. 세끼 밥을 먹고, 방해 없는 잠을 자면 아침에 저절로 눈이 떠졌다. 어제가 오늘

같고 내일도 오늘 같을 하루가 반복되었다. 거울을 볼 때마다 부쩍 늙은 내 자신을 확인하는 것이 유일한 기쁨인 나날들이었다. 적어도 혜경이가 오기 전까지 그랬다.

*

 협진상가 모임이 있는 날이었다. 모임이 있으면 병운은 나를 가게에 앉혀놨다. 오래전 어느 날처럼 병운은 노래방에 앉아 탬버린을 흔들며 노래하는 여자를 물끄러미 보고 있을 것이었다. 나는 진열장 안쪽에 앉아 창밖을 내다보고 있었다. 육시장 거리는 한적했다. 사거리 건너편에 대형할인마트가 들어서기 전부터 쇠해가던 시장이었다. 음식점 업주들과 소매상들도 예전 같지 않았다. 근근이 이어오는 몇몇의 단골과의 거래가 대부분이었다. 간혹 경조사가 있는 사람들이나 장년의 사람들이 거리를 두리번거렸다. 가게 문을 여는 건 그들이었고, 나는 시선을 피했다. 그럴 때마다 문이 거칠게 닫혔다. 삐거덕 소리가 날 때마다 병운은 주먹이나 망치로 경첩을 두들기곤 했다. 망치가 들어 있는 공구함은 테이블 아래에 있었으나 나는 힐끔 쳐다보고 말았다. 웅— 냉장고 소리가 들렸다. 냉장고 옆으로 골절기와 육절기가 있었고, 그 뒤편으로 연육기나 민서기, 파절기가 있었다. 자르고 다지는 기계들이었다. 여러 개의 칼, 끝이 뭉뚝한 봉 칼갈이 야스리, 구석의 공구함까지 온통 육중하고 둔탁한 것들뿐이었다.

 가게에 혼자 있을 때면 나는 간혹 칼을 잡곤 했다. 팔을 들어 공중에서 휘두르거나, 힘껏 내리쳐 도마에 꽂아보기도 했다. 닭을 다듬던 내 칼과 전혀 달랐다. 투박하고 무거웠으나 언제나 날이 바짝 서 있었다. 비쩍 마른 아이가 들어섰다. 검은자위가 커다랬다. 아이가 꾸벅 인사를 했다. 그제야 나는 일어섰다. 아이 뒤편의 전면 거울에 창백한 내 얼굴이 보였다. 손에 칼을 쥔 채였다. 아이의 어깨가 앙상했다.

 "혜경이에요."

 아이가 칼을 물끄러미 쳐다봤다. 네가? 그러자 아이가 고개를 끄덕였다. 어릴 적 모습이 보이지 않았다. 엄마는? 혜경이가 문밖을 가리켰다. 거기 혜경 엄마가 서 있었다. 배가 불러 허리가 뒤로 휘어져 있었다. 나는 슬그머니 몸을 돌이켰다. 아이 냄새가 기억났다. 아이가 젖꼭지를 빨아대던 느낌이 생생하게 살아났다. 두 가슴이 부풀어 오르듯 저릿했다. 오랜만이지. 혜경 엄마가 먼저 말을 꺼냈다.

 공원은 을씨년스러웠다. 꽃샘추위가 유난한 봄이었다. 혜경 엄마는 배만 볼록할 뿐 깡말라 있었다. 때꾼한 눈이 유난히 툭 불거져 보였다. 혜경 엄마보다 혜경이가 더 놀라웠다. 열두 살의 혜경이의 얼굴은 다 큰 처녀 같았다. 제 어미를 닮아 볼이 홀쭉하고 다리가 길었다. 혜경 엄마가 혜경이에게 지폐를 주며 공원 매점을 가리켰다. 혜경이가 주춤 일어나 걸어갔다. 한쪽 다리를 절고 있었다. 나는 혜경 엄마를 쳐다봤다. 혜경 엄마가 고개를 숙였다.

"빚을 갚아준대서 착한 남잔 줄 알았어."

혜경이는 아이스크림을 들고 옆의 벤치에 앉았다. 혜경 엄마는 목소리를 더욱 낮췄다.

"그 사람이 죽으라고 하면 죽을 수도 있어. 하지만 아이를 괴롭히는 건 도저히 참을 수가 없어."

혜경 엄마의 코끝이 빨갰다. 갈라서. 혜경 엄마가 마른세수를 하며 말했다. 이 몸으로 어디 가서 뭘 해서 먹고사니. 혜경이가 어느새 이쪽을 보고 있었다. 혜경 엄마가 억지로 웃었다. 입가에 버짐이 피어났다. 진작 아이스크림을 다 먹은 혜경이는 무릎을 세워 앉았다. 아무것도 보지 않는 혜경이의 눈동자가 섬뜩했다.

"나를 보자고 한 이유가 뭔데?"

혜경 엄마가 자신의 배 위에 손을 올리고 두 눈을 꾹 감았다.

"아이를 하나 키우고 싶어."

병운이 나를 빤히 쳐다보았다. 병운의 체취가 방 안에 서서히 고이고 있었다. 이 미친년아. 병운이 웃었다. 피식, 나도 따라 웃었다. 병운이 내 젖가슴을 툭툭 쳤다. 탄력 없는 가슴이 출렁였다. 병운이 내 옷을 벗겼다. 씻지도 않은 손으로 내 아랫도리를 문질렀다. 그러고 보니 기일이 다가오고 있었다.

육 년, 아이가 죽지 않았다면 학교에 다니고 있을 터였다. 나는 신음을 뱉지 못했다. 병운의 숨에서 쇳내가 맡아졌다. 사정을 마친 병운이 알몸으로 방을 나섰다. 성기가 덜렁거렸다. 나는 눈을 감고 얼굴과 머리카락에 묻은 정액을 닦았다. 싱크대에서 세수를 하고 상을 차렸다. 병운이 던져놓은 고기 봉지에서 샌 핏물이 바닥의 낮은 곳을 따라 슬금슬금 흐르고 있었다.

거리는 징그럽게 봄이었다. 나무에 연두색이 박혀 있고, 개나리와 벚꽃이 흔하게 피어 있었다. 집터에 올린 건물은 어느새 빛이 바래 그 골목에 잘 어울리는 풍경으로 서 있었다. 아이 하나가 입구에서 불쑥 나오더니 종종거리며 골목으로 사라졌다. 건물 앞에 목련 나무가 있었다. 나무 아래에 검게 짓눌린 목련이 낭자했다. 죽은 아이도 이 계절에 태어났다. 휘청, 순간 넘어질 뻔했다. 식은땀이 등줄기를 따라 흘렀다. 신발 바닥에 들러붙은 검은 꽃잎은 좀처럼 떨어지지 않았다. 나는 쪼그려 앉아 담벼락에 등을 기댔다. 햇볕에 데워진 담은 따스했다. 혜경 엄마에게 전화가 온 건 그때였다. 나는 눈을 감은 채 전화를 받았다.

—낳았니?

—아니.

—근데?

—혜경이를 며칠만 봐줘.

—내가 왜?

─오늘이, 말했던 그날이야.

오래전 혜경 엄마는 나의 좋은 이웃이었다. 훌륭한 친구였으며 기꺼이 산파가 되기도 했다. 어느 오래전에는 나를 노래방으로 이끌기도 했으며, 가지 말아야 할 곳으로 가는 나를 말리지 않은 사람이기도 했다. 혜경 엄마가 나를 만류했다고 해서 달라질 것은 없었다. 그래도 나는 혜경 엄마를 원망했다. 끊임없이 혜경 엄마가 불행해지길 바랐다. 그래야 공평하다고 생각했다. 나는 혜경 엄마에게 가지 않았다.

혜경이에게 전화가 걸려온 건 그날 밤이었다.

─저 좀 데려가주세요.

─엄마는?

아무 말이 없었다. 아빠는? 대답이 없었다. 나는 벌떡 일어났다. 곧바로 혜경이의 집으로 향했다. 집에 가까워질수록 마음이 조급해졌다. 구불구불한 오르막길이 끝도 없었다. 그날처럼, 내 걸음이 늦어지면 큰일 날 것 같았다. 나는 뛰기 시작했다. 숨이 막혀 머리가 터질 것 같았다. 혜경 엄마가 했던 말을 나는 믿지 않았다. 벌어지면 안 되는 일이었다. 현관문을 벌컥 열었다. 설마. 훅, 역한 피비린내가 쏟아졌.

혜경이는 신발을 신은 채 앉아 있었다. 곁에는 가방이 불룩하게 배를 내밀고 있었다. 나를 보자 부스스 일어나 제가 먼저 앞장섰다. 혜경이의 뒷모습이 오래전 혜경 엄마의 뒤태와 닮아 있었다. 가만히 보니 엉덩이에 검은 피 얼룩이 번지고 있었다.

혜경 엄마는 산 같은 배를 모로 뉘고 죽어 있었다. 양손에 피 묻은 칼과 가위를 쥐고 있었다. 온몸이 피범벅이었다. 남편은 다른 방에서 발견되었다. 혜경 엄마는 제초제를 먹여 남편을 죽이고 난 뒤 난도질을 했다. 그러고는 자기도 따라 마셨을 것이다. 나는 혜경 엄마의 부탁을 들었어야 했다. 혜경이는 모든 걸 다 봤다. 난도된 남편은 성기가 잘려 있었다. 혜경이의 입은 굳은 핏자국처럼 단단히 닫혔다.

경찰서와 병원에서 돌아온 이후에도 혜경이는 입을 열지 않았다. 표정도 사라졌다. 혜경이는 온종일 컴퓨터 앞에 앉아 있었다. 그도 아니면 휴대전화기에 코를 박고 있었다. 혜경이가 말을 잃어버린 건 아니었다. 늦은 밤이나 새벽, 웅얼거리는 혜경이의 목소리가 방문 밖에서 들리곤 했다. 그러나 문을 열어젖히면 매서운 정적뿐이었다. 컴퓨터 화면이 금세 어두워졌다. 혜경이는 충혈된 눈으로 나를 노려봤다. 나는 조용히 문을 닫았다. 살아 있는 것이 용한 아이였다.

혜경이가 집에 온 이후로 달라진 건 병운이었다. 병운은 가끔 수제 소시지를 구해 오거나 나 몰래 혜경이에게 용돈을 쥐여주는 눈치였다. 컴퓨터를 안긴 것도 병운이었다. 밥 먹는 혜경이를 물끄러미 쳐다보다 성급히 방으로 들어가곤 했다. 더 이상 여자들을 부르지 않았으며 늦은 귀가도 사라졌다. 술에 취하지도 않았고 집 안에서 담배를 태우지도 않았다. 과식도 하지 않았으며 나를 때리지도 않았다. 나와 몸을 섞지도 않았다.

"네가 키울 거냐?"

혜경이가 사라진 새벽이었다. 혜경이가 없어졌다. 감쪽같았다. 지난밤에도 문밖에서 웅얼거리는 혜경이의 목소리를 들었던 터였다. 방에는 혜경이의 짐이 그대로 있었다. 그래봤자 그날 들고 온 가방이 전부였다. 나는 처음으로 가방을 열어보았다. 역한 냄새가 폐부에 박혔다. 나도 모르게 얼굴을 돌렸다. 가방 안에는 옷가지와 공책 몇 권이 있었다. 가장 밑에는 입을 꽁꽁 묶은 검은 비닐봉지가 있었다. 냄새의 진원지였다. 그때, 병운이 등 뒤에서 물었다. 네가 키울 거냐? 나는 고개를 숙였다. 책임 못 지는 일을 벌이지 마라. 한 번이면 됐다. 병운의 목소리가 낮게 깔렸다. 나는 검은 봉지에 무엇이 있는지 궁금했지만 열어보지 못했다. 꺼낸 것들을 도로 가방에 넣었다. 나는 혜경이가 펼쳐놓았던 이불 속으로 들어갔다. 이불에서 흐릿한 비린내가 났다.

첫 손님은 불콰하게 낮술이 오른 노인들이었다. 나는 동백 아가씨, 갈대의 순정, 고향역, 영영을 불렀다. 노인들은 점잖게 마이크를 건네주었다. 한 시간이 다 되어갈 때쯤 노인 하나가 손목을 잡았다. 노인의 손등 가득 검버섯이 돋아 있었다. 혜경 엄마는 방실 잘 웃었지만 나는 그럴 수 없었다. 온통 아이 생각뿐이었다. 한 시간이 끝나자마자 뛰쳐나와 바로 집으로 달려갔다. 그러나 아이는 나설 때처럼 곤하게 자고 있었고 혜경이는 엎드려서 만화책을 보고 있었다. 안녕히 다녀오셨어요? 혜경이는 손에 만화책을 들고 일어났다. 나는 혜경이를 꼭 껴안았다. 고맙다, 고마워. 혜경이는 영문도 모른 채 나에게 안겨 있었다.

혜경 엄마는 9시 뉴스가 끝나자 돌아왔다. 콧잔등이 번들댔다. 잠이 든 혜경이를 업고 가는 혜경 엄마의 걸음이 위태로워 보였다. 이혼 후에 혼자 애를 키우는 일은 매일 생활고와 마주하는 극한의 일상이었다. 혜경 엄마가 뒤돌아섰다. 할 만하겠니? 나는 주저했다. 혜경 엄마의 허리가 점점 앞으로 숙여졌다. 빨리 대답해야 했다. 내일도 올까? 혜경 엄마가 업힌 혜경이를 추슬렀다. 끄응, 혜경 엄마의 거친 숨소리가 골목에 울렸다. 나는 고개를 끄덕였다. 혜경 엄마가 몸을 돌려 앞으로 걸어갔다. 혜경 엄마가 전해준, 한 시간 동안 노래를 부르고 받은 만 원을 꼭 쥐었다. 어두운 골목 속으로 사라지는 혜경 엄마와 혜경이에게 손을 흔들었다. 업혀 있던 혜경이가 꿈틀댔다.

혜경이는 젖병을 물리는 일을 제법 잘 해냈다. 나는 한 시간에서 두 시간, 세 시간…… 점점 더 연장했다. 혜경이가 잘 해내고 있으니까, 나는 더 신나게 노래를 부르고 더 열심히 엉덩이를 흔들었다. 어차피 시간을 채워야 받을 수 있는 돈이었다. 첫날의 걱정이나 두려움은 쉽게 잊혔다. 나는 손님들의 나이에 맞게 곡을 고를 줄 알게 되었고, 손바닥이 붓지 않게 탬버린을 치는 방법도 터득했다. 간간히 받게 되는 술은 빠른 노래를 불러 깨고, 옷에 밴 담배 냄새는 탈취제로 없앴다. 중년의 사내들, 젊은 회사원들, 대학생이나 동남아 남자들을 만났다. 가지각색의 남자들이 내 몸을 더듬었다. 나는 그들을 향해 상냥하게 웃었다. 장미, 와와, 도레미노래방을 전전하다 귀가할 때면, 젖은 딴딴한 돌덩이처럼 굳어 있었다. 집에 와 앞섶을 펼치면 아이가 숨이 넘어가듯이 젖을 빨았다. 젖꼭지까지 터질 듯이 불었던 젖은 금세 말랑해졌다. 아이는 하루가 다르게 자랐다. 남편의 벌이는 늘지 않았다. 갚지 못하는 이자와 아이에게 필요한 것들만 늘었다. 아이의 첫돌이 다가오고 있었다. 돌 복, 돌 반지, 돌 사진에, 돌상도 푸짐하게 차리고 싶었다. 다 지난 일이다. 죽은 아이는 돌잔치를 못 했고, 혜경이는 사라졌다.

나는 혜경이가 돌아올 때까지 혜경이의 방에 틀어박혀 있었다. 배도 안 고팠고 졸리지도 않았다. 병운은 예전처럼 나를 몇 번 걷어찰 뿐 그 뒤로는 거들떠보지도 않았다. 혜경이는 이틀 뒤에 돌아왔다. 집에서 입고 있던 차림 그대로였다. 나는 혜경이의 뺨을 올려 쳤다. 곧이어 혜경이가 팔을 들어 나를 때리려 했다. 혜경이의 손목을 잡은 건 병운이었다. 병운이 혜경이의 어깨를 다독이며 방으로 들어갔다. 방문 저쪽에서 병운의 목소리가 우렁우렁 울렸다. 나는 부엌으로 들어섰다. 쌀을 안치고, 찌개를 끓이고, 호박을 볶고, 고기를 굽는 동안 마음이 고요해졌다. 상을 다 차리자 병운과 혜경이가 나왔다. 혜경이의 밥그릇에 밥을 많이 담았다. 혜경이는 그 밥을 모두 먹었다.

하루나 이틀, 길어봤자 사흘을 넘기지 않는 혜경이의 외박이 종종 이어졌다. 집에서 입고 있던 옷차림 그대로 나갔다가 그대로 돌아왔다. 나는 뺨을 때린 날 이후로 어떤 반응도 하지 않았다. 혜경이는 여전히 입을 굳게 다물었고 나도 더 이상 혜경이에게 말을 걸지 않았다. 다시 나타난 것만으로도 만족했기 때문이었다. 돌아온 날이면 병운은 혜경이를 따라 방에 들어갔다가 상을 다 차리면 함께 나왔다. 내가 할 수 있는 일이란 밥과 국을 더 많이 퍼 담는 것이었다. 혜경이는 아무 소리 없이 꾹꾹 누른 밥을 다 먹었다. 그리고 깊은 잠을 잤다.

*

검은 봉지를 열어본 건 소문 때문이었다. 상가 사람들은 혜경이를 봤다는 이야기를 은밀하게 건네고 갔다. 상가모임이 있는 날에만 가게를 비우던 병운은 종종 나를 불러냈다. 머리나 곱창, 족발, 염통 같은 부산물이 들어오는 시간에도 자리를 비웠다. 모임이 없는 날에도 나는 멀뚱히 앉아 있곤 했다. 그럴 때면 상가 사람들이 기웃거리며 말을 걸어왔다. 그들은 혜경이의 이야기를 하고 싶어 안달이 나 있었다. 한때 나를 화냥년 취급하던 사람들이었다. 그런데 어느새 나를 병운의 아내로 여기며 말을 걸었다. 젊은 치들은 사모님이라고도 불렀다. 타인의 기억에 대해 예의가 없는 족속들이었다. 그러나 그들의 이야기에는 의연할 수 없었다.

혜경이와 병운이 함께 있는 모습이 자주 띈다. 혹은 여러 명의 사내들과 어울린 병운이 혜경이를 감싸고 다니기도 한다. 때로는 혜경이 혼자서도 할인마트 뒤의 여관 골목을 배회한다. 나에게 이야기가 전해질 정도면 소문이 아니라 사실일 것이었다.

혜경이가 또다시 사라졌을 때, 나는 당장 혜경이의 가방부터 열어젖혔다. 가방을 여는 내 뒤에 병운이 묵묵히 서 있었다. 검은 봉지에는 구겨진 채 딱딱하게 굳은 옷이 있었다. 한눈에 봐도 피에 전 옷이었다. 나는 병운의 발치에 옷가지를 던졌다.

"이런 애잖아!"

"근데?"

"정도껏 해야지."

병운이 옷을 줍더니 내 앞에 앉았다. 그 옷을 내 손에 쥐어줬다.

"네 딸이냐?"

병운이 소리 내서 웃었다. 나는 병운을 노려봤다. 병운이 내 목덜미를 후려쳤다. 몸이 홱 젖혀졌다. 옷을 잡고 있던 손아귀에 힘이 들어갔다. 미끈거리는 점액이 문신처럼 손바닥에 박힐 것 같았다. 차마 옷을 놓을 수 없었다. 커다란 손이 다시 목덜미를 휘감았다. 병운이 목소리를 낮췄다. 너 같은 년이 주제넘게 뭐? 고개를 들 수가 없었다. 구역질이 났다.

혜경이는 이틀 만에 돌아왔다. 이번에도 나는 혜경이에게 아무 말 하지 못했다. 얼굴을 바로 쳐다볼 수도 없었다. 병운이 혜경이의 어깨를 감싸며 방으로 들어갔다. 나는 식칼을 움켜쥐었다. 우그린 손가락이 하얗게 변했다.

나는 가끔 아이를 막 낳았을 때를 떠올리곤 한다. 쑤욱, 아이의 머리가 나왔을 때의 느낌이 아랫도리에 새겨진 듯했다. 아이를 내놓자 해방감이 들었다. 끝났다는 생각이 들었기 때문이었다. 할 일을 다 마친 듯 허탈하기까지 했다. 태반을 빼내고 절개한 회음부를 꿰매는 삼십여 분 동안 어렴풋이 시작의 고통에 대해서 절감하고 있었다. 끝이 아니라 시작이기 때문에 괴롭고 아팠다. 늙은 의사는 내 아랫도리에 고개를 숙이고 찢어진 살을 꿰매는데, 내 정신은 명료하다 못해 투명했다. 커다란 공포가 진통처럼 몰려왔다. 그제야 나는 눈물을 흘렸다. 아이의 울음소리를 들은 기억이 나지 않았다.

혜경이가 고통스러운 표정을 짓고 있었다면 나는 병운의

등을 찔렀을 수도 있다. 남편이 칼을 떨어뜨린 건 나를 죽이기 위해서였다는 걸, 나는 병운의 허연 엉덩이를 보고 깨달았다. 바지와 속옷을 무릎까지만 내린 병운은 허리를 움직이며 신음을 내뱉었다. 혜경이는 앙상한 알몸이었다. 혜경이와 눈이 마주쳤다. 칼을 쥔 손에 힘이 빠졌다. 혜경이가 웃었다고 생각한 건 내 착각이었을 것이다.

병운이 혜경이의 어깨에 손을 얹고 집을 나섰다가 깊은 밤이 되어 돌아왔다. 병운의 옷에서 고기 누린내가 났다. 혜경이 방 문이 닫히는 소리가 들렸다. 병운은 방에 들어서자마자 옷을 다 벗고 나를 잡아끌었다. 혜경이가 온 뒤로 처음이었다. 병운이 내 가슴을 세게 쥐었다. 병운의 손톱 밑에 검푸른 때가 두껍게 껴 있었다. 병운이 거칠게 내 위로 올라탔다. 나는 그가 시키는 대로 허리를 비틀면서 신음했다. 씨발년아 훔쳐보니까 좋아! 병운이 내 뺨을 쳤다. 소리를 더 내란 말이야! 좋아요, 아, 아, 좋아요. 너도 좋지 씨발년아, 좋다고 말해 이 미친년아! 그윽 퉤, 젖가슴 위에 침을 뱉었다. 서방 죽이고 새끼 잡아먹은 년아! 또 그럴 거야, 어엉? 병운은 사정이 가까워질수록 욕설이 심해지고 내 목소리는 점점 커졌다. 병운이 내 어깨를 움켜잡았다. 나는 두 눈을 꾹 감았다. 병운의 정액이 얼굴에 흩뿌려졌다. 좋아요, 아, 너무 좋아요. 병운이 두루마리 휴지를 툭 떨어뜨리고 씻으러 갔다. 열린 문틈으로 혜경이가 서 있는 게 보였다. 좋아요, 아, 좋아요. 그때까지 나는 두 손을 계속 비비며 애원하고 있었다.

 겨울이 되었다. 병운은 이제 거리낌 없이 혜경이와 나 사이를 왔다 갔다 했으며, 혜경이는 계속 입을 봉하고 있었다. 나는 여지없이 밥을 산처럼 수북이 담았다. 일주일 중에 나흘은 돼지고기를 넣은 김치찌개를, 이틀은 무를 문드러지게 익힌 소고기국을, 하루는 오징어 비린내가 나는 해물탕을 끓였다. 해물탕을 올리면 병운은 여지없이 상을 엎었다. 나는 욕을 먹으면서 바닥에 쏟아진 벌건 국물을 걸레로 훔쳤고 혜경이는 묵묵히 제 방으로 들어갔다.
 닫힌 방문 너머로 혜경이의 목소리가 들렸다. 병운이 돌아오기 전이었다. 나는 방문에 기대앉았다. 바닥에서 한기가 올라왔다. 그날처럼 무릎이 시렸다. 다만, 죽지만 않게 해줘. 아이스크림을 먹는 혜경이를 물끄러미 바라보던 혜경 엄마가 내 손을 잡았다. 키워달라는 말이 아냐, 죽지만 않게. 손을 뿌리쳤다. 내가, 왜? 어린 게 불쌍하잖아. 네가 더 불쌍하다. 나는 벌떡 일어나 공원을 나섰다. 자꾸 혜경이의 눈빛이 떠올랐다. 그럴 거면서 저는 먼저 죽나. 독한 년. 어떻게 자식을 두고 죽을 수가 있어. 제 몸에 자식을 품고 어떻게 죽어. 거실에 햇빛이 짧게 들어찼다가 이내 사라졌다. 방문에 귀를 댔다. 알아들을 수 없는 혜경이의 목소리가 멀리서 들리는 듯 작게 울렸다. 아득한 거리감이 느껴졌다. 거기서 뭐 하니, 혜경아. 방문이 벌컥 열렸다. 나는 중심을 잃고 방 안쪽으로 쓰러졌다. 혜경이가 발로 나를 툭 찼다. 혜경이는 속옷 차림이었다. 컴퓨터 화면 가득 남자 성기가 움직이고 있는 것이 보였다. 나는 벌떡 일어났다. 혜경이가 입을 열었다.

"아줌마, 돈 있어?"

나는 멀뚱히 혜경이를 쳐다봤다. 혜경이는 기대도 하지 않았다는 듯이 무표정한 얼굴로 말했다. 됐어. 방문이 닫혔다. 나는 방문을 세게 두들겼다. 왜 그러는데! 얼마면 되는데! 아무리 소리쳐도 혜경이는 대꾸하지 않았다. 정신을 차려보니 병운이 내 앞에 우뚝 서 있었다. 나는 소스라치게 놀랐다. 병운이 나를 밀치고 혜경이의 방으로 들어갔다. 몹시 어지러웠다. 나는 가진 돈이 하나도 없었다.

혜경이처럼 나도 입을 다물었다. 병운과 몸을 섞을 때도 소리 내지 않았다. 병운은 입을 열라고, 말을 하라고 아무 때나 윽박질렀다. 내 입술이 더 굳건하게 붙을수록 더 세게 때렸다. 욕설은 두말할 나위가 없었다. 그래도 나는 입을 열지 않았다. 병운의 고함이 없으면 집은 무거운 침묵으로 가라앉았다. 병운은 지치지 않았다. 혜경이는 다시 입을 닫았고 나도 고집스럽게 입을 앙다물었다. 한마디도 하지 않으니 혜경이를 이해할 수 있을 것 같았다. 그래서 나도 집을 나섰다.

예전에 살던 동네를 어슬렁거리고, 시장을 배회했다. 어둡고 음습한 곳은 시간이 지나도 그대로였다. 아이들의 울음소리가 방치되는 골목, 죽은 고양이가 썩어가는 시장의 뒤편, 하루 벌이를 위해 어둠 속에서 종종거리는 초로의 사내들이 모이는 해장국집의 누린내도 여전했다. 그러나 남편이 했던 종계장은 사라지고 거대한 물류창고가 세워져 있었다. 건물 사람들 몇몇이 나를 흘깃댔다. 나는 뒤돌아섰다. 바람이 매서웠다. 어디든 갈 수 있었지만 가고 싶은 곳이 없었다. 어디를 가더라도 아무것도 느낄 수 없을 것이었다.

다만 혜경이 또래의 아이들과 마주칠 때마다 나는 깜짝깜짝 놀라곤 했다. 목도리를 친친 감고 눈발을 맞는 아이, 어린 동생의 손을 잡아끌며 걸음을 재촉하는 아이, 인기척을 느끼고 바퀴벌레처럼 우르르 사라지는 좁은 골목의 아이들, 지하도에서 눈을 내리깔고 구걸하는 아이들, 엄마와 손을 잡고 가는 아이들과 학교에서 쏟아지는 아이들, 아이들. 아이들과 느닷없이 맞닥뜨리면 혜경이가 번쩍 떠올랐다. 그때마다 나는 그 자리에 주저앉았다. 바닥에 쪼그려 앉아 있다 보면 코끝이 매큼해졌다. 사이렌 소리도 들리고, 가까이 불기둥이 솟는지 온몸이 화끈거렸다. 나는 고개를 다리 사이에 깊게 파묻었다. 재라도 날리는지 눈도 따가웠다. 눈물이 났다.

나는 집으로 돌아왔다. 혜경이가 부엌에서 라면을 먹다 말고 나를 멀뚱히 쳐다봤다. 별짓을 다 하는구나. 병운은 손찌검도 없이 나를 한 번 쳐다볼 뿐이었다. 집 앞에 잠깐 나갔다 온 기분이었다. 나는 옷을 갈아입고 쌀을 안쳤다. 하지만 배가 고픈데도 통 먹을 수가 없었다.

혜경이가 집을 나간 건 놀랄 일이 아니었지만 이번엔 좀 달랐다. 가방이 사라졌다. 빈방 앞에서 우두커니 서 있는 나에게 병운이 말했다. 밥 차려.

그날 밤, 나는 병운이 가지고 온 사골을 밤새 고았다. 핏물을 빼낸 사골을 끓는 물에 넣었다 건져내 깨끗이 씻었다. 그걸 다시 찬물에 넣어 끓이기 시작했다. 뚜껑을 열어 잡내를 없애고, 거품을 걷어내며 국물이 반쯤 줄어들 때까지 끓였다. 식혀 기름을 걷어내고, 다시 찬물에 넣어 끓이기를 반복한다. 세 번 끓인 국물을 모두 모아 다시 약한 불에 고았다. 새벽이 되자 냄비 속에 뽀얀 국물이 한가득 찼다. 혜경이에게선 연락이 없다. 입안의 침을 모아 퉤, 뱉고 뚜껑을 닫았다.

네가 숨긴 거 아냐? 병운은 두 대접을 들이켜고서야 트림을 했다. 삭은 김치 냄새가 났다. 어서 데리고 와라. 나는 숟가락을 내렸다. 왜 안 먹어! 밥이 먹히게 생겼어? 병운이 눈을 흘겼다. 상을 치우는 내 뒤에 대고 병운이 냅다 소리쳤다. 사람은 다 밥값을 하고 사는 거야! 나는 병운을 노려봤다. 병운이 주먹을 치켜들며 성큼성큼 다가왔다. 아침부터 이럴래? 나는 상을 닦다 말고 행주를 든 채 혜경이의 방으로 뛰어들었다. 쿵, 요란하게 현관문이 닫혔다. 육중한 컴퓨터가 창문 앞에 놓여 있었다. 대체 이걸로 뭘 한 걸까. 나는 컴퓨터를 켤

줄도 몰랐다. 그저 먼지를 쓸어주는 것이 내가 할 수 있는 전부였다. 그때, 전화벨이 울렸다.

―저 좀 데려가주세요.

그날 했던 말과 똑같았다. 나는 숨이 멎는 것 같았다.

혜경이는 배를 드러낸 채 눈을 감고 바닥에 누워 있었다. 머리맡에는 낡은 가방이 놓여 있었다. 납작한 가슴이 희미하게 움직였다. 드러내놓은 배는 붉게 부어 있었다. 집 안에는 아무것도 없었다. 음습한 벽면 군데군데에 피 얼룩이 검게 말라 있었다. 그날의 기억이 선명하게 되살아났다. 혜경아, 가자. 몸이 으슬으슬 떨렸다. 혜경이를 흔들었다. 얼음처럼 차가웠다. 번쩍 눈을 뜬 혜경이가 갑자기 주먹을 꽉 쥐더니 제 배를 쳐댔다. 텅텅, 제 배를 때리는 소리가 빈집에 공허하게 울렸다. 나는 혜경이를 일으켰다. 내 가슴에 혜경이의 박동이 분명하게 느껴졌다. 혜경이는 두 눈을 부릅뜬 채 계속 제 배만 쳐댔다. 막무가내였다. 혜경이는 급기야 자기를 말리는 나를 때리기 시작했다. 가슴과 머리, 팔, 다리, 아무 데나 제 손이 닿는 대로 팔을 휘둘렀다. 맞고, 말리고, 때리고, 피하느라 혜경이와 나는 한몸이 되었다. 방 안을 뒹굴었다. 땀이 차올랐고 곧 지쳐 널브러졌다. 혜경이의 가뿐 숨소리가 반가웠다.

누구의 발에 채었는지 저기까지 가버린 가방이 입을 쩍 벌리고 있었다. 가방 앞에 검은 봉지가, 봉지에서 나온 피 묻은 옷가지 옆에, 썩어 뭉개진 살점 덩어리가 놓여 있었다.

생파를 얹고 후추를 뿌렸다. 득득 긁어모은 마지막 국물이었다. 보는 사람은 넌더리가 났는데 병운은 아랑곳없이 후루룩, 단숨에 들이켰다. 늦지 마. 상가 모임이 있는 날이었다. 달력을 보니 동지였다. 팥죽 좀 쑬까? 너나 먹어. 입천장이 데도록 뜨거운 동지팥죽을 먹고 나면 긴 겨울이 두렵지 않을 것이다. 곧 새해가 된다. 상을 치우면서 나는 혜경이가 입을 내복을 사야겠다고 생각했다.

7호 청년이 비죽 고개를 내밀면서 인사를 했다. 안녕하세요, 사모님. 열린 냉장고 문에서 냉기가 쏟아졌다. 지금 간다! 병운이 얼굴도 내밀지 않고 소리쳤다. 청년이 꾸벅 인사를 하고 돌아갔다. 삐걱, 문이 또 어긋난 모양이었다. 나는 발치의 공구함을 열어 망치를 꺼냈다. 경첩은 녹슬어 있었다. 텅텅, 텅. 나는 몇 번 세게 두들겼다. 지랄한다! 병운이 소리쳤다. 열린 냉장고 안은 어둑했다. 터널처럼 깊숙이 이어진 구멍 같았다. 나는 망치를 슬그머니 진열장 위에 내려놓았다. 병운이 고기를 한 아름 들고 나왔다. 발로 냉장고 문을 닫고 고기를 도마 위에 올렸다. 야스리에 칼을 슥슥 긋더니 고기를 큼지막하게 잘랐다. 칼이 번쩍였다. 멍청하게 앉아 있지만 말고, 팔아. 자른 고기를 진열장에 넣고서야 병운은 나섰다. 문은 소리 없이 닫혔다. 병운은 상인회 사무실 건너편의 포장마차 촌이나 가공장 뒤편의 식육점 거리로 갈 것이다. 혹은 내가 노래를 부르던 공판장 먹자골목으로 갈 수도 있다. 어디로 가든 해가 져야 돌아올 것이다. 병운이 사라진 것을 확인하고서 나도 상가를 나섰다. 병운이 사라진 반대 방향의 사거리를 건넜다. 할인마트 뒤편의 여관 골목은 대낮인데도 사람들이 제법 많았다. 나는 골목에서 가장 큰, 백화점처럼 화려한 모텔로 들어갔다. 혜경이가 거기에 있었다.

침대 중앙에 혜경이가 앉아 있었다. 구석에 가방이 보였다. 가자. 혜경이가 아무 말 없이 일어섰다. 병원은 멀지 않았다. 수술실로 들어간 지 이십여 분 뒤에 회복실로 옮겨졌다. 아직 깨어나기 전이었다. 영양제를 맞기 시작하자 눈을 떴다. 오줌 마려워요. 목소리가 갈라졌다. 원래 그런 거니까 좀 참아봐요. 간호사가 말했다. 쌀 것 같아요. 혜경이가 간절하게 쳐다봤다. 처음 보는 눈빛이었다. 나는 혜경이를 일으켜 세웠다. 제대로 걷지도 못해 끌다시피 했다. 화장실에 들어간 혜경이가 울기 시작했다. 왜 그래? 오줌이, 마려운데, 안, 나와요. 혜경이의 울음소리를 들으니 힘이 났다.

남기지 말고 이거 다 먹어. 모텔로 돌아온 혜경이와 나는 침대에 어정쩡하게 앉았다. 오는 길에 사온 설렁탕을 혜경이 앞에 놓았다. 내가 올 때까지 여기 있어. 어디 가지 말고. 혜경이는 고개를 끄덕였다. 몇 번이나 똑같은 다짐을 받은 다음에야 일어났다. 혜경이에게 숟가락을 쥐여주고 방을 나섰다. 방문을 잠그고 나오는데 옆 호실로 들어서는 여자와 눈이 마주쳤다. 친숙한 얼굴이었다. 어디서 봤더라, 기억이 날 것 같은데 잘 떠오르지 않았다. 안에서 남자 목소리가 들렸다. 여자가 성급히 방으로 사라졌다. 나도 서둘러야 했다. 복도에 내 발소리가 또박또박 울렸다.

 병운은 육절기를 손보고 있었다. 기계들은 주기적으로 레일에 기름을 발라야 했다. 병운은 꼭 양지기름으로 문질렀다. 나는 문 앞에 우두커니 섰다. 숨이 턱 막혔다. 벽에 걸린 시계를 보니 병운이 일찍 온 건 아니었다. 병운이 나를 힐끗 쳐다봤다. 팔을 뒤로 돌렸다. 혜경이의 내복이 담긴 비닐이 바스락 소리를 냈다. 병운이 무심한 표정으로 나에게 걸어와 뺨을 한 대 올려 쳤다. 네가 이제 환장을 했구나. 그러고는 하던 일을 마저 했다. 더 이상 말이 없었다. 병운은 진열장의 고기를 냉장고로 옮기기 시작했다. 나는 망치를 잡았다.

 마지막 남은 고기를 모조리 그러모아 안은 병운이 냉장고 속으로 들어갔다. 성큼 따라갔다. 있는 힘을 다해 팔을 휘둘렀다. 어깨까지 둔중한 느낌이 고스란히 전달되었다. 병운이 쓰러졌다. 칼이면 불가능했을 것이다. 한기가 급속히 파고들었다. 병운이 벌떡 일어나 나에게 달려들 것 같았다. 입술을 깨물고 속으로 열까지 셌다. 병운은 꿈쩍도 안 했다. 발로 툭 건드려도 움직이지 않았다. 노끈을 찾아 병운의 손과 발에 칭칭 감았다. 냉장고 가장 안쪽으로 끌고 갔다. 힘겹게나마 질질 끌리는 병운의 뒤통수를 보니 그제야 실감이 났다. 나는 숨을 크게 들이켰다. 냉장고에서 나오기 전에 한 번 더 병운을 쳐다봤다. 여하튼 나를 거둬 먹여 살린 남자였다. 세상에 불감하게 만든 남자이기도 했으며 혜경이를 내치지 않은 사람이기도 했다. 그래서 나는 아무렇지 않게 망치를 들 수 있었다. 다행이었다.

나는 매일 얼어붙은 병운을 볼 것이다. 병운 앞에서 염통을 꺼내고 머리를 꺼내고 곱창과 족발, 살과 뼈를 꺼낼 것이다. 혜경이의 가방은 병운 옆에 두어야겠다. 그럼 다시는 열리지 않을 테니까. 나는 냉장고 문을 닫았다. 손잡이에 야스리를 끼워 넣었다. 우웅— 냉장고 소리가 났다. 나는 망치를 공구함 속에 넣고, 조용히 손을 씻었다. 불을 모두 끈 다음 가게 문을 닫았다.

어린 혜경이를 업은 혜경 엄마가 어두운 골목에서 나에게 했던 말은 '할 만하겠니?'였다. 내 손에는 그때 만 원이 쥐어져 있었다. 까슬한 지폐의 감촉이 생생하다. 손에 땀이 찼다. 그런데 나는 그 질문을 자꾸 살 만하겠니,로 떠올리곤 했다. 업힌 혜경이가 내 어깨에 고개를 묻었다. 커다란 애가 하나도 무겁지 않았다.

집에 돌아와 혜경이를 방에 눕혔다. 자정이 가까워지고 있었다. 쌀을 안치고 미역국을 끓였다. 구수한 고깃국 냄새에 허기가 몰려왔다. 하루 종일 아무것도 먹지 못했다. 혜경이는 땀을 흘리며 자고 있었다. 엉덩이에 붉은 얼룩이 번지고 있었다. 동그랗게 동그랗게 퍼지는 모습이 마치 꽃이 피는 것 같았다. 아가야, 일어나. 밥 먹자. 혜경이가 말간 얼굴로 일어났다. 나는 새 내복으로 갈아입혔다. 상을 들고 방으로 들어갔다. 혜경이는 찬물을 한 대접 마신 뒤에 숟가락을 들었다. 혜경이와 나는 이마를 맞대고 미역국을 마셨다.

나는 히죽거리며 짐을 꾸렸다. 만 이 년 만의 고시원 탈출이었다. 끈질기게 엄마를 조른 보람이 있었다. 매형의 해외 파견 근무에 앞서 누나와 조카는 일 년 전부터 캐나다에 가 있었다. 나는 매일 엄마에게 전화했다. 엄마가 한번 와봐, 이젠 여기서 도저히 못 살겠어. 거길 내가 가라고 했니? 네 발로 갔지. 그렇게 말하면서도 조금만 기다려봐, 라고 꼭 덧붙였다. 엄마는 누나를 들볶았고, 야멸차지 못한 누나는 국제전화를 선뜻 끊지도 못했을 것이다. 언제까지 늦둥이인 줄 알아요? 누나의 볼멘소리가 들리는 듯했다. 엄마가 감싸니 걔가 아직도 그 꼴이라고요. 딱하잖아— 엄마는 일부러 말을 흐리고, 누나는 어쩔 수 없이 허락을 했을 터다. 그렇게 나는 누나네로 들어가게 되었다. 여하튼 기쁜 일이었다.

내가 할 일이란 그저 사는 일뿐이었다. 모든 공과금은 자동 이체되었다. 현관 밖에 신문이 쌓이지 않도록, 사람이 들락거리고, 우편함이 미어터지지 않게 한다. 그러므로 배달되는 우유와 오렌지 주스를 받아 마시는 것도 포함되어 있었다.

43평 아파트는 여전히 단조로웠다. 누나가 떠나기 전까지 곧잘 들락거리던 집이었다. 밤을 새우고 부스스한 몰골로 찾아가면 아침밥을 차려줬다. 밥을 다 먹고 나면 누나는 씻으라고 나를 욕실로 밀어 넣었다. 또다시 점심을 먹고 티브이 앞에서 졸다 보면 누나가 깨웠다. 얘, 아인이 올 시간이다. 조카가 오기 전에 집을 나서야 했으므로 나는 일부러 더 뭉그적댔다. 누나가 지폐를 쥐여주며 혀를 찼다. 언제까지 이러고 살래. 네 나이가 서른하나다. 서른하나는 서른둘로, 서른셋, 서른넷으로 바뀌었다. 아파트 단지 입구에 노을이 붉게 몰려오고 있었다. 나는 어깨를 웅크리고 서둘러 걸었다. 학원에 다녀오는 아인이와 마주칠 수 있었다. 나는 쪽팔리는 삼촌이며 부끄러운 처남, 동생이며 자식이기도 했다. 그러므로 알아서 눈을 내리깔았다. 그 정도의 양심은 있었다.

겨우 일 년 지났을 뿐인데, 마치 남의 집에 와 있는 기분이었다. 그게 싫지 않았다. 우선 컴퓨터가 있는 서재로 들어갔다. 컴퓨터 전원을 넣고 시스템 정보를 확인했다. 메이저급 브랜드인데도, 그래픽 카드가 따로 장착되지 않은 메인보드

일체형이었다. 이걸로 게임은 불가능했다. 나는 공유기를 주문했다. 이틀 뒤면 내 노트북으로 게임을 할 수 있을 것이다. 부부 침실, 아인이 방, 서재 외에 텅 빈 방 하나가 있었다. 나는 그 방에 짐을 풀었다. 내 짐은 단출했다. 노트북과 주변기기들, 옷가지가 다였다. 나는 벌렁 누웠다. 기분이 들떴다. 뭐든지 다 할 수 있을 것 같았다. 그러나 정작 할 일도, 하고 싶은 일도 없었다. 아주 잠깐, 공유기를 사러 나갈까, 생각했다. 직접 나가 사면 한 시간 이내에 게임을 시작할 수 있었다. 그런 것을 이삼 일이나 걸려 배송되는 인터넷 쇼핑을 했다. 인터넷 쇼핑의 맹점이었다. 잠깐 주저했으나, 나는 그냥 집에 있기로 했다. 밖에 다시 나가는 것이 성가셨다. 게으름을 이길 수 있는 건 세상에 아무것도 없었다. 먹을 걸 찾아 우물거리며 집 안을 어슬렁거렸다. 베란다 창밖을 쳐다보고, 거실에 있는 대형 티브이의 모든 채널을 다 돌려봤다. 어쩔 수 없이 컴퓨터 앞에 앉았다. 할 만한 일이라곤 그것밖에 없었다.

즐겨찾기, 인터넷 주소창, 프로그램 목록을 훑었다. 특별할 게 없다. 최근 문서와 미디어 플레이어 최근 재생 목록을 열었다. 대딩알바녀(단발머리가예쁨), 알몸화상채팅 같은 제목이 보였다. 젊은 직원들에게 새로운 거 없냐고 늘 치근대던 곽 차장이 떠올랐다. 명색이 IT 회사였는데도 곽 차장은 야동 하나 다운 받을 줄 몰랐다. 회사 경영진의 친인척이라는 것을 숨기지도 않던 뻔뻔한 인간이었다. 그런 곽 차장과 매형의 얼굴이 자꾸 겹쳤다. 매형은 말수가 적은 사람은 아니었지만 나와는 말을 섞지 않았다. 매형의 무표정은 사람을 괜히 주눅들게 했다. 그건 아버지도 마찬가지였다. 나에게 윗사람이란 모두 같은 이미지인지도 모를 일이었다. 나는 내친김에 다운로드 폴더와 개인 저장 폴더도 열었다. 야동만 모은 폴더가 있는 것이 이상한 일은 아니었다. 다만 야동 폴더 안에 수간 폴더가 따로 있는 건 흥미로웠다. 어쩐지 매형이 친근하게 느껴졌다.

결국 나는 공유기가 도착한 순간까지 매형의 컴퓨터 앞에 있었다. 공유기를 손에 들고서야 빈방에 상을 펴고 노트북 자리를 잡았다. 인터넷은 쉽게 연결되었다. 나는 서재 문을 닫았다. 물론 매형의 컴퓨터에서 내 흔적을 모조리 지우는 걸 잊지 않았다.

누나는 일주일에 한 번씩 전화를 했다. 별일 없지? 응. 참, 화분에 물은 주고 있니? 마치 갑자기 생각이 난 듯 묻곤 했지만 누나의 관심은 화초 외에는 없는 것 같았다. 어쩐 일인지 잔소리를 하지 않았다. 전화를 끊으면 곧바로 베란다로 가 화분에 물을 주었다. 창밖을 보는 유일한 시간이었다. 아파트 단지는 늘 한적했다. 고층 건물은 오래 감상할 만한 풍경이 못 되었다. 나는 서둘러 창가에서 벗어났다.

맥주가 떨어지면 할인마트에 갔다. 여러 종류의 라면과 참치, 즉석 밥과 국 종류를 먼저 고른다. 그리고 맥주 세트, 마른안주나 담배, 두루마리 화장지 등으로 카트 하나를 가득 채웠다. 맥주와 담배도 인터넷으로 살 수 있었다면 굳이 바깥에 나가지 않아도 되는 세상이었다. 술을 사기 위해 마트에 가는 일마저도 없다면 집에서 나갈 일이 없었다.

엄마에게 뺏다시피 한 현금카드는 간당간당하게 잔액이 유지되었다. 아버지 몰래 생활비를 넣어주는 계좌였다. 통장에 찍힌 숫자를 볼 때마다 나는 아버지 공장에서 금가루를 훔친 기분이었다. 아버지는 평생 금 세공 공장을 했다. 금싸라기 하나라도 가지고 나갈까 봐 퇴근하는 종업원들을 발가벗기다시피 검사하는 아버지였다. 악착같고 악랄한 사람이었다. 어떤 상황에서도 끝까지 살아남을 줄 아는 인간이었다. 시대가 바뀌고 사정이 변해도 공장은 굳건했다. 사람을 자르고, 부지를 줄이고, 탈세나 불법고용도 서슴지 않으며 삼십 년을 버틴 아버지였다. 그런 아버지 몰래 생활비를 빼내는 엄마가 어쩌면 더 대단한지도 몰랐다. 일을 그만뒀다고 했을 때 아버지의 첫마디는 미친 새끼, 였다. 아버지다운 발언이었다. 한동안 좀 쉬겠다고 하자 빌어먹을 새끼, 라고 했다. 그것이 아버지와의 마지막이었다. 아버지가 금가루를 훔치다 발각된 직원들을 어떻게 처분했는지 모르겠다. 다만 나는 아버지의 유산을 조금 빨리, 분할로 받고 있는 것이라 여기기로 했다. 아버지 말처럼 빌어먹는 놈이었다.

주기적이지는 않으나 한 달에 두어 번은 채팅으로 여자를 불렀다. 대학생이거나 회사원, 주부나 여고생이기도 했던 여자와의 섹스는 건조했지만 나는 대체로 만족했다. 여자들과 보내는 두어 시간만큼은 적어도 오프라인이기 때문이었다. 통화나 채팅은 온라인이어야만 했다. 이미지와의 대면이었다. 그러니 대상을 직접 보고, 직접 만지는 것이 의미심장한 일이 되었다. 여자가 와 있는 동안에는 온 집 안의 코드를 다 뽑아야 할 것 같은 기분마저 들었다.

소리가 언제부터 들렸는지 모르겠다. 잠결이었거나, 라면 물을 올려놓고 가스레인지의 불을 켤 때, 혹은 처음 만난 여자애의 팬티를 벗기던 중이었을 수도 있다. 어쩌면 맞고 사이트에서 사이버 머니를 다 잃고 쫓겨나 신경질적으로 담배를 문 순간이기도 했을 것이다.

그날도 여느 날과 다를 바 없었다. 아침에 잠들어 늦은 오후에 일어나 자장면을 시켰다. 자장면을 먹으면서도 노트북 앞을 떠나지 않았다. 몇 달째 공들이고 있는 법사 캐릭터의 만렙을 찍기 위해 경험치를 올려야 했다. 자정이 넘어 마른 김에 캔 맥주를 마시기 시작했다. 네 개째 비웠을 때는 구직 사이트를 돌아다니고 있었지만 오랜 습관일 뿐이었다. 업데이트 리스트만 훑고 창을 닫았다. 평생 일하지 않고 살 수 있다면 얼마나 좋을까. 나는 어떻게든 무직 생활을 오래 끌고 싶은 사람이었다. 물론 불가능하다는 것을 명확히 알고 있다. 아버지처럼 돈을 벌어야 인간 구실을 한다는 것도 모르는 바가 아니었다. 그래서 자주 술을 마셨다. 맥주 캔을 구겨 쓰레기통으로 던졌을 때였다. 철컥, 턱. 나는 청각만 살아 있는 사람처럼 온 신경이 곤두섰다. 새벽 네 시가 넘은 시간이었다. 방문을 열고 나가 두리번거렸지만 아무 이상이 없었다. 더 이상 어떤 소리도 들리지 않았다. 열린 방문 앞의 내 그림자가 거실에 길게 드러났다.

몸을 돌려 방으로 들어가려는 순간, 나는 소리의 근원을 알게 되었다. 현관에는 200밀리리터 우유 두 개가 가지런히 놓여 있었다. 소리는 처음부터 이 집에 포함된 사항이었다. 내가 인식하지 못하는 사이에도 분명 실재했던 것이다. 평생 내 어깨에 붙어 다니던 귀신과 눈이라도 마주친 것처럼 섬뜩했다.

메일 확인, 기사 검색, 다운 받은 영화를 보고, 온라인 게임 후에 구직 사이트를 뒤적인다. 다시 채팅이나 게임을 반복하는 것이 일반적인 일과였다. 반복이 지겨워지면 티브이 프로그램 다시보기를 했다. 스포츠 뉴스와 오락 프로그램을 번갈아 보면 며칠이 금세 지나갔다. 클릭과 클릭만으로 이십사 시간은 언제나 분주했다. 잠시라도 생각할 틈을 만드는 것을 경계해야 했다. 스스로 때려치운 회사였다. 귀가를 포기한 연일 밤샘 작업 때문에 생활은 깡그리 사라졌다. 그래도 윗선은 프로그래머를 소모품으로 취급했다. 면접관이었던 그들 앞에서 제 능력을 마음껏 펼치겠습니다, 라고 소리쳤던 내 자신이 매일 부끄러웠다. 능력 발휘를 처음부터 차단시키는 구조적 모순에 먼저 질리고 말았다. 나는 취업을 못 하는 실패자나 낙오자가 아니었다. 그래도 나는 내가 선택한 무직자다, 라는 자위가 무너지면 곧바로 우울해졌다. 그러므로 잡념이 끼어들지 않는 일이라면 뭐든 마다하지 않았다. 그것이 영화든, 게임이든, 채팅이든 상관없었다. 몇 년에 걸쳐 몸에 밴 습관이었다. 나의 하루는 매일 똑같으나 매일 다른 셈이었다. 변함이 없는 건 소리뿐이었다.

소리가 균열을 만든 것은 예정된 우연이었다. 바지춤을 올리며 화장실에서 막 나오던 참이었다. 나는 소리를 목격했다.

현관문 왼쪽 하단의 우유 구멍 덮개가 열리며 손이 하나 들어왔다. 아주 잠깐, 순식간이었다. 불쑥 들어온 손은 창백했다. 환영 같았다. 덮개를 여닫는 소리는 진작 사라졌는데 손의 잔상이 쉽게 사라지지 않았다. 현관은 아무 일도 없었다는 듯이 어두웠다. 달라진 것이 있다면 구멍 앞의 우유 두 개뿐이었다. 나는 우유를 집어들 엄두가 나지 않았다. 팔을 뻗으면 손이 다시 튀어나올 것만 같았다. 나는 꼼짝할 수 없었다. 소리를 보았다는 사실이, 무엇보다도 저 작은 우유 구멍이 안과 밖을 잇는 통로가 되었다는 사실이 믿기지 않았다. 굳게 닫힌 현관문을 가운데 두고 나와 타자가 소리로 연결되었다니. 기이한 기운이 엄습했다.

이제 더 이상 소리를 무의식중에 들을 수 없었다. 잠결이면 구멍으로 튀어나오는 손이 떠올라 잠이 번쩍 깼다. 때론 어이없게도 방어강화를 누르지 않거나, HP를 채우지 못해 반나절치의 경험치를 잃기도 했다. 예상치 못한 상태에서 듣는 소리는 단말마의 비명처럼 날카롭거나 둔탁한 파찰음처럼 들렸다. 구멍으로 나온 손은 죽, 죽, 뻗어 나에게 다가왔고, 내 눈앞에서 거대하게 부풀어 올랐다. 비대해진 손은 내 목을 조르거나 내 뺨을 후려치곤 했다. 환상의 줄기가 마음대로 뻗어나갔다. 어느 날은 나를 향해 구원을 요청하는 처연한 여인의 손이 연상되었다. 피를 철철 흘리며 쓰러진 여인이 간신히 구멍에 손을 밀어넣어 살려달라고 외친다. 여인은 강간당했거나, 화살을 맞았을 수도 있다. 여인은 세계를 구원할 아이를 잉태했을 가능성이 높고, 나는 여인을 구해야 한다는 천명에 시달린다. 나는 당장이라도 문을 열고 나가 여인을 덥석 안아줘야 한다. 소리는 여인의 재생을 위한 몸부림이었으므로 비장하게 들렸다. 아니다. 어쩌면 거대한 음모가 드러나는 찰나가 아닐까. 손을 잡자마자 기괴한 사건에 휘말려 이유 없이 쫓기는 일이 벌어지고, 나도 알 수 없는 권력의 힘에 조종되는 것이다. 나는 살인의 누명을 쓸 수도 있다. 그렇다면 손을 외면해야 한다. 손이 들어오는 저 소리를 묵살해야 한다. 그것이 내가 살 수 있는 유일한 방법이 될 것이다. 그뿐인가, 내 성기를 발기시키는 여자들의 손이었으며, 말대꾸했다고 목덜미를 후려친 아버지의 손이기도 했다. 거친 악력으로 내 팔다리를 잡고 강제로 사정하게 한 고참들의 손이었으며, 집을 떠나는 아들의 얼굴을 쓸어주던 엄마의 손이기도 했다.

하루에 한 번, 급작스럽게 꺼드는 소리는 외부로부터의 침입이나 마찬가지였다. 내 공간에 대한 예의 없는 침범이며 내 무의식을 훼방하는 소음이었다. 매일 밤 어두운 현관에 손 하나가 살아 움직인다니! 단 한 번의 목격이 과도한 망상의 뿌리가 되었다. 망상은 벗어나고 싶은 과거를 만나게 하는 동시에 얻지 못하는 열망을 이루게도 했다. 그러므로 정확한 시간에 들리는 소리가 싫은 것만은 아니었다. 사실은 하루도 빠지지 않는 방문이 고맙기도 했던 것이다. 마치 나에게 달려오는 연인의 가쁜 호흡처럼 느껴지기도 했다. 나는 어느새 소리를 기다리고 있었다. 네 시가 되고, 십 분이 지나고, 이십 분이 지나고…… 삼십 분! 소리가 들리는 그 순간 온몸이 경직되었다가, 소리가 사라지면 힘이 쭉 빠졌다.

멀뚱하게 누워 손을 떠올리는 시간이 늘어났다. 게임도 채팅도 지루해졌다. 티브이 다시보기나 여자를 부르는 것도 재미가 없었다. 몇 년간 자발적으로 매몰되었던 사각의 모니터에 신물이 났다. 의도하지 않았지만 손의 목격이 내 일상을 뒤흔드는 큰 사건이 된 셈이었다. 누나의 전화를 받고도 베란다로 가지 않았다. 왜 돈도 안 찾느냐고 묻는 엄마에게 대꾸하지 못했다. 나는 무기력했다. 눈을 감고 손을 생각하며 잠들고, 배가 고파야 눈을 떴다. 열병에 걸린 것처럼 온몸이 뜨겁고 오한이 들었다. 정신을 차려보니 나는 현관문 앞에 쪼그리고 앉아 있었다. 신열은 어느새 사라지고 없었다.

딩동, 엘리베이터 소리가 들렸다. 탁탁탁, 발소리. 철컥, 우유 구멍이 열리고. 쓱, 흰 손이 들어왔다.

손을 보았다. 그 순간 손이 사라졌다. 구멍 앞에는 우유 두 개가 나를 조롱하듯이 놓여 있었다. 어둑한 현관 앞에 쪼그리고 앉아 있는 내가 더 괴기하게 여겨졌다. 우유가 손의 존재의 흔적이었지만 내가 기다린 것은 증거가 아니었다. 실체 그 자체여야 했다. 나는 다음 날도 똑같이 기다렸다. 여전히 손은 찰나에 사라졌다. 다음 날, 다음 날, 다음 날도 마찬가지였다. 일주일쯤 지나서야 나는 카메라를 챙겼다. 진작 생각해내지 못한 것이 아쉬워 더 조바심이 났다.

네 시 반. 딩동, 탁탁탁, 철컥, 툭. 번쩍, 플래시가 터졌다. 어둠 속의 섬광으로 시세포가 잠시 굳어졌다. 모드를 변경해 확인하니 사진 속에는 우유 구멍과 두 개의 우유만 찍혀 있었다. 손은 없었다.

다음 날은 셔터 스피드를 조절했다. 철컥, 툭, 번쩍. 이번에는 손이 화면에 잡혔다. 화이트 밸런스가 맞지 않아 약간 붉은 기운이 돌았다. 조금 흔들렸지만 손은 찍혔다. 분명 내가 본 바로 그 손이었다.

  나는 매일 사진을 찍었다. 연사 촬영도 하고, 실내의 조명을 밝혀 붉은 기운을 없애기도 했으며, 클로즈업을 하기도 했다. 열흘간 열 장의 사진을 얻었다. 사진의 하단에는 날짜를 적었고, 창문에 차례대로 붙였다. 흑백 인쇄물은 흰 손을 더욱 도드라지게 했다. 막 구멍에서 나오는 손, 우유를 바닥에 놓는 모습이나, 우유에서 손이 떨어지는 순간, 구멍으로 사라지는 손가락 두 개 등의 사진을 보면서 나는 묘한 성취감에 빠졌다. 이제 나는 언제든지 마음껏 손을 볼 수 있다. 손등에 작은 점이 있었다. 매니큐어는 칠하지 않았지만 손톱 정리를 마친 손이었다. 마디가 굵고 살집이 있어도 손목은 가늘었다. 손이 모르게 손을 알아간다는 사실이 새삼 흥분됐다.

  열한번째 사진 속에는 약지 손톱이 부러져 있었다. 살이 부어오르도록 짧고 뭉툭했다. 왜 이렇게 됐을까. 얼마나 아팠을까. 나는 손을 들고 이불 속으로 들어갔다. 고단해 보이는 손을 내 혀로 핥아주고 싶었다.

  손을 기다리는 시간만큼은 내가 사진작가라도 된 듯했다. 몇십 년간 한 골목의 사람들을 찍거나, 매년 같은 시각에 동일한 바닷가를 찍는, 자매들의 탄생부터 성장, 노년의 모습까지 찍었다는 작가들처럼, 소명 의식으로 무장한 사람이 된 기분이었다. 매일, 매 순간 경건한 마음으로 사진을 찍었다. 사진은 창문에 계속 붙여나갔다. 언뜻 보면 비슷해 보이지만 단 한 장도 같은 사진은 없었다.

처음엔 분명 소소한 일이었다. 고루한 일상에 재미있는 소일거리라 여겼다. 창문의 부분에서 절반으로, 다시 전체 창문을 다 채워가면서 나는 이것이 단순한 재미가 아니라는 것을 깨달았다. 사회는 내가 들인 시간과 노력에 비례한 결과가 나오는 곳이 아니었다. 업무란 예측을 할 수 없는 결과와 불확실한 결과를 감수하는 구조였다. 나는 그것이 못마땅했다. 부당한 현실이 답답했다. 온라인 게임은 그런 면에서 정직한 구조였다. 오 분을 투자하면 그 오 분에 해당하는 결과물을 반드시 얻을 수 있었다. 완벽한 결과란 바로 그런 것이어야 했다. 게임의 세계는 노력에 대한 완벽한 결과가 보장되는 공간, 헛된 노력이라는 좌절감이 존재하지 않는 곳이었다. 식물도 마찬가지였다. 꼬박꼬박 물을 주면 꼬박꼬박 자랐다. 불쑥 자란 이파리를 발견하면 성실하게 물을 준 내가 새삼 대견스러워졌다. 하루에 한 장씩 붙여간 사진이 창문을 빼곡히 뒤덮었을 때, 그래서 빛을 완전히 차단할 수 있게 되었을 때도 같은 느낌이었다. 정직한 결과물을 얻었다는 충만감이 가슴을 벅차게 했다.

하루 종일 방은 어둑했다. 남아 있던 마지막 빈자리에 그날의 사진을 붙였다. 그리고 여자를 불렀다. 근 석 달 만이었다. 여자의 아이디는 흰우유였다.

"왜 흰우유야?"

나는 까무잡잡한 여자애의 작은 가슴을 움켜쥐었다.

"책상 위에 있길래, 아무 생각 없이 그랬는데요."

여자애는 몸을 비틀었다. 나는 무릎으로 여자애의 허벅지를 벌리며 물었다.

"이름은 뭐니?"

"그건 알아서 뭐 하게요? 그런데 아저씨는 사진작가예요?"

"그건 알아서 뭐 하게."

여자애가 낄낄댔다. 갓 스무 살이나 되었을까. 그래, 그런 걸 알아서 뭐 하겠니. 나는 비실비실 웃으면서 삽입했다. 흰우유, 흰우유, 나는 여자애의 아이디를 부르면서 사정을 했고, 여자애는 기념이라면서 창문에 붙어 있던 사진 한 장을 떼 갔다.

두어 시간 남짓 지저귀던 흰우유가 가버리자 빈집이 갑자기 적막해졌다. 사진 한 장이 빈 창문을 보면서 맥주를 마셨다. 빈자리가 점점 푸른색으로 변해갔다. 노곤한 피로가 몰려왔지만 머릿속은 점점 명료해졌다. 채, 각, 채, 각, 초침 소리가 유난히 크게 들려 일 초 일 초가 거대한 시간의 흐름처럼 느껴졌다. 그 초침 소리를 따라가지 못하는 호흡은 점점 가빠졌고, 내 심장 박동 소리마저 소음처럼 들렸다. 참을 수가 없었다. 나는 방문을 벌컥 열고 나갔다. 집 안의 불이란 불은 다 켜고, 티브이와 오디오, 노트북의 MP3 파일까지 재생시

켰다. 하지만 공허감이 더욱 깊게 몰려왔다. 나는 밝고 소란스러운 실내를 서성였다. 빌어먹을, 나는 대체 여기서 뭣 하는 거야! 빈집에 울리는 목소리가 내가 혼자라는 사실을 절실하게 깨닫게 했다. 나는 주저앉아 고개를 숙였다.

네 시 반이 되자 여지없이 손이 왔다. 손에게 나를 알려야겠다는 생각이 든 건 그때였다. 자의로 나에게 다가오는 존재는 오로지 손뿐이었다는 사실을 깨달았다. 손을 본 것만으로도 위로받은 기분이 들었다. 그래서 나도 보답하고 싶었다. 나도 손에게 다가가고 싶었다. 나는 순례자처럼 내가 켜놓은 집 안의 모든 빛과 소리를 차례대로 껐다.

아파트 입구에 숨어 손을 보는 일은 어려운 일이 아니다. 혹은 도어스코프에 눈을 대고 있어도 볼 수 있을 것이다. 하지만 그것은 옳지 않다. 불공평하다. 나 혼자 훔쳐보는 행위는 비겁하다. 나 역시 손으로 손에게 가야 했다.

딩동, 엘리베이터 소리가 들렸다. 심장이 터질 것 같았다. 구멍이 열리고 우유를 내려놓는 손이 보였다. 흡, 나는 숨을 들이쉬며 팔을 뻗었다.

손을 잡았다. 작고 차가웠다. 놀라 버둥거리는 손을 나는 힘껏 쥐었다. 벗어나려고 세차게 움직일수록 나는 더 힘을 주었다. 손은 내 손아귀를 이기지 못했다. 손은 결국 포기하고 내 손에 잡혀 가만히 있었다. 현관문을 사이에 두고 나와 손이 마주 보고 앉아 있는 셈이었다. 시간과 공간이 멈춰버린, 정지 화면 속의 주인공이 된 기분이었다. 시간이 흐를수록 내 손에 잡힌 손이 느껴지지 않았다. 그저 나 혼자 주먹을 쥐고 있는 듯했다. 나는 현관문에 귀를 댔다. 아무 소리도 들리지 않았다. 나는 손의 힘을 조금씩 풀었다. 문밖의 손이 미세하게 떨렸다. 쪼그린 다리가 저렸다. 나는 슬그머니 손을 놓았다. 손이 확 풀렸다. 타다닥, 부리나케 엘리베이터로 뛰어가는 발소리가 들렸다. 나는 기뻤다. 드디어 손에게 나의 존재를 알린 것이다.

나는 그동안 찍은 백여 장의 사진을 모두 다시 프린트했다. 두툼한 사진 뭉치를 하나로 묶은 뒤, 현관 밖에 놓았다. 얼마나 정성들여 사진을 찍어왔는지 보여주고 싶었다. 손을 바라보며 손을 생각한 일 외에는 아무것도 할 수 없는 나날들이었다고 고백하고 싶었다.

딩동. 탁탁탁. 잠시의 침묵. 철컥. 우유 두 개가 들어왔다. 조금 빠른 손놀림이었을 뿐, 다른 날과 똑같았다. 나는 변함없이 사진을 찍었다. 손이 사진을 가지고 갔을까? 조심스럽게 현관문을 열었다. 사위는 고요했다.

나는 맨발로 문밖으로 나갔다. 사진 묶음은 없었다. 나는 문을 닫았다. 복도의 센서 등이 곧 꺼졌다. 나는 어둠과 정적 속에 우두커니 서 있었다. 늘 안에만 있던 내가 바깥에 있었다. 내가 손이 되는 것이었다.

나는 우유 구멍 앞에 쭈그려 앉았다. 뚜껑을 열었다. 열린 구멍으로 집 안의 불빛이 설핏 보였다. 나는 내 손을 구멍 속으로 천천히 집어넣었다. 금속성의 구멍 표면에 손목이 닿자 갑자기 소름이 돋았다. 손을 다 내밀자, 번쩍이는 검에 손목이 잘려 나갔다. 붉은 피가 사방으로 튀었다. 나는 두 눈을 꾹 감고 조금 더 깊숙이 팔을 뻗었다. 후욱, 화염이 내 손목을 휘감았다. 나는 이를 악물고 손가락 다섯 개를 차례대로 펼쳤다. 손등 위로 초록색 점액이 뚝뚝 떨어지고, 손가락 사이로 엉겨 붙었다. 온몸이 부들부들 떨렸다. 손은 매일 이 고통을 참아왔다는 것인가. 검도, 화염도, 괴물도 사라져 드디어 조용해졌다. 나는 천천히 손을 빼고 집 안으로 들어왔다. 그리고 내 손을 살펴보았다.

거뭇한 손등, 길게 자란 손톱, 곧은 열 개의 손가락. 나는 이 손으로 프로그램을 짰고, 서버 관리도 했으며 한때는 웹 디자인도 했다. 주먹질도 했고, 여자의 질 안으로 집어넣기도 했고, 폭음을 한 날에는 입에 넣어 속을 게우기도 했다. 밥을 먹기도 하고, 똥을 닦기도 한다. 어느 누구의 손과 다를 바 없는 손. 하지만 이제는 달라진 손이었다. 손을 잡은 손이었고, 손이 돼버린 손이기 때문이었다. 그러자 손이 몹시 그리워졌다. 나는 서둘러 프린트한 손을 들고 이불 속으로 들어갔다. 사진 속의 손은 잔뜩 겁먹어 보였다. 내 손에 잡혀서 얼마나 놀랐을까. 안쓰러워라. 하지만 용기 있게 다시 찾아온 손이 눈물겹도록 고마웠다. 이불을 머리까지 뒤집어쓰고 나는 방금 전에 찍은 사진을 품에 안았다. 손의 촉감이 떠올랐다. 작고 차가웠던 손. 내 손안에서 살아 꿈틀거렸던 손. 나는 그 손을 들고 천천히 수음을 했다.

다음 날도, 다음 날도 똑같은 시간에 똑같은 소리를 내며 우유는 배달되었다. 나 역시 변함없이 사진을 찍었다. 창문은 벌써 포화 상태였다. 새로 찍은 사진을 붙이기 위해서는 이미 붙어 있던 사진을 떼내야 했다. 떼어낸 자리에 새 사진을 붙여두고, 떼낸 사진은 비행기를 만들어 거실에 날렸다. 사진 위에 빽빽하게 내 이름을 적어나가거나 끊임없이 입맞춤을 하기도 했다. 잘게 찢어 라면에 넣어 끓여 먹기도 했고, 신경질적으로 사진을 구겨 항문을 닦기도 했다. 그도 아니면 손 사진을 들고 누워 지그시 눈을 감았다.

현관에 입을 벌리고 누워 손이 나의 입속으로 들어오게 하는 건 어떨까. 뜨겁고 미끈거리는 구멍 속으로 자신의 손이 들어갔다는 걸 알아채면 소스라치게 놀라겠지. 오, 그 방법은 좋지 않다. 나는 손에게 고통을 주고 싶지는 않다. 그렇다면 손을 꼭 잡고 동그란 손톱에 매니큐어를 칠해줄까. 다섯 개 모두 다른 색깔로 칠하거나, 아니, 손톱을 깎아주는 건 어떨까. 현관 밖에서 그 과정을 견뎌야 하는 시간이 무척 지루하겠지만 나의 부드러운 손놀림에 손도 점차 평온을 찾겠지. 그러면 벨을 누를지도 모른다. 자신의 손을 경배하는 나에게 감사의 인사를 하는 것이다. 그런 공상을 하다 보면 나는 무척 기분이 좋아졌다. 나는 손을 울게 만들었고, 희열에 빠지게도 했으며, 공포에 떨게 했다가 안도의 미소를 짓게 할 수 있기 때문이었다.

손을 한 번 더 잡고 싶었지만 그래서는 안 된다는 것도 나는 알고 있었다. 다시 잡게 되면 절대 놔주지 않을지 모른다. 나는 손에 집착하고 있는 것이 아니었다. 손에 집착하고 있다면 손목을 잘라 손만 가지면 된다. 소유하는 것은 무의미하다. 중요한 건 소유가 아니라 존재 그 자체를 인정하는 것이다. 그것이 관계의 가장 이상적인 행태다. 손과 나는 이제 서로를 인식하게 됐다. 손은 무한의 시간을 통해 자신을 알려왔다. 쌍방을 꿈꾸는 전언이었던 것이다. 그러므로 나도 무한의 시간을 걸쳐 손에게 다가가야 한다. 그것이 진정한 존재 확인을 완성하는 방법이 될 것이다. 그래서 나는 내 손도 찍기 시작했다.

담배를 든 손, 활짝 펴거나 주먹을 쥐고. 혹은 손가락만 찍기도 했다. 거울을 이용해 네 개의 손을 찍기도 하고, 타이머를 이용해 양손도 찍었다. 그중에서 한 장을 골랐다. 창문에 붙어 있던 손 사진 한 장도 떼내, 내 손 옆에 나란히 붙였다. 두 개의 손이 서로를 향해 마주 보고 있었다. 악수를 하기 위한 포즈 같았다. 아름다웠다. 나는 우리의 손 사진을 현관 밖

우유 구멍에 붙여놓았다.

  우유가 들어오고 엘리베이터 소리가 나면 나는 곧바로 현관문을 열고 나갔다. 우리의 사진은 매일 사라졌다. 손은 내 의지를 순순히 받아들이고 있었다. 기쁘다 못해 감격스러웠다. 이제는 손도 내 손을 보고 있을 것이었다.

  ―원하는 것이 뭡니까?

  우유와 함께 툭, 떨어진 종이를 보자마자 나는 그만 얼어붙었다. 나를 향한 메시지라니. 메모는 짧았다. 원하는 것?

  나는 메모를 읽고 또 읽었다. 혼란스러웠다. 먼저 다가온 건 손이었다. 나는 손을 외면하지 않았다. 뒤늦게나마 손을 받아들이고, 손에게 나를 증명하고자 했다. 나는 너를 알고 있으니, 너도 나를 알아라. 혹은 나에게 너를 알려왔듯이, 나도 너에게 나를 알리고 싶다. 우리의 손 사진이 그 메시지를 대변한다고 나는 생각했다. 손이 우리의 손을 가지고 간 것은 나의 메시지를 수용한 것이기 때문이라고 여겼다. 그런데 이제 와서 원하는 것을 말하라니. 조금 더 절대적이고 절명적인 무엇이라도 있어야 한다는 말인가. 아무리 생각해도 떠오르는 것이 없었다. 하루 종일 메모가 머릿속을 맴돌았다. 손이 올 시간이 다가오고 있었다. 초조했다. 창문의 손들이 나를 쳐다보고 있었다. 저 시선에 나는 반응해야 한다.

  ―당신이 원하는 모든 것. 그 외에는 없습니다.

나는 원하는 것이 없다는 것을 깨끗이 인정했다. 다음 날도 메모가 있었다.

―왜 이러는 겁니까?

왜냐고? 내가 기다린 것은 그런 질문이 아니었다. 단도직입적으로 원하는 것을 적었다면 나는 응했을 것이다. 사진을 붙이지 않거나, 사진을 찍지 않을 수도 있었다. 아예 구멍을 막을 수도 있었다. 나는 메모지를 떨어뜨리는 손 사진을 오래 들여다봤다. 왜 그러느냐고, 아직도 모르겠냐고, 오히려 내가 묻고 싶었다. 괴로웠다. 그럴수록 마주 잡았던 손만 떠올랐다. 내 손안에서 꼬무락거리던 손의 느낌이 생생했다. 나와 금세 같은 체온이 되었던 작은 손에게 내가 도대체 뭘 더 바라야 한다는……, 아! 나는 급하게 펜을 찾았다.

―당신의 체온!

내가 그동안 왜 이렇게 앉아 손을 기다렸는지, 그리고 진정 내가 원하는 것이 무엇이었는지, 그제야 나는 깨달았다. 나는 메모와 사진을 붙이고, 여느 날과 다름없이 카메라를 들고 현관 앞에 앉았다. 손을 기다렸다. 내가 할 수 있는 일이란 그것 외에는 없었다.

엘리베이터 문이 열리는 소리가 들리자 심장이 터질 것처럼 뛰었다. 탁탁탁, 번쩍. 나는 습관대로 셔터를 눌렀지만 구멍은 열리지 않았다. 무슨 일일까. 번쩍, 셔터를 또 눌렀지만 아무 반응이 없었다. 번쩍, 번쩍, 계속된 플래시 불빛에 나는 잠시 시력을 잃어 어둠 속에 갇혔다. 그때였다. 철컥, 툭. 그 소리가 들렸다. 고요한 어둠 속에서 들리던 소리. 그동안 손을 바라보느라 잊었던 소리가 다시 들렸던 것이다. 200밀리리터 우유 두 개가 놓여 있었다.

다리를 펴고 일어서니 신발장 거울에 내가 보였다. 구레나룻까지 수염이 자라 있고, 머리는 덥수룩했다. 고개를 들이밀어 자세히 보니 두 눈은 실핏줄이 터져 흰자위가 온통 붉었다. 핏빛 눈의 내가, 카메라를 꼭 쥔 내가, 자폐아처럼 굳은 입술을 앙다문 내가, 나를 응시하고 있었다. 손을 내밀어보았다. 거울 속 나도 손을 내밀었다. 악수는 원래 불가능한 것이었다. 나는 팔을 거두고 셔터를 눌렀다. 번쩍, 플래시가 터졌다. 사진의 정중앙에는 원형의 플래시 불빛이 찍혔으나 그 빛 외에는 온통 어둠이었다. 내가 그 어둠에 속해 있었다. 나를 찍었으나 내가 사라진 사진을 보았다. 마음이 평온해졌다.

나는 창문의 사진들을 모두 뜯어냈다. 청소를 한 뒤에 면도를 하고 샤워를 했다. 누런 잎밖에 없었지만 화분에 물도 주었다. 그리고 가장 깨끗한 옷으로 골라 입었다. 새벽 네 시. 나는 문을 열고 나갔다. 그리고 현관문에 등을 기대고 섰다. 어서 엘리베이터 문이 열리기를, 손이 나타나기를, 그래서 손에게 정중하게 인사할 수 있기를 기다렸다. 내 손에는 우리의 손이 한 움큼 쥐어 있었다.

엘리베이터가 움직였다. 마침내 손이 온 것이다. 1층, 2층, 3층, 나는 끔찍하게 빨리 변하는 붉은 숫자를 주시했다. 딩동, 엘리베이터 문이 열렸다. 어두운 복도에 눈부신 빛이 쏟아졌다.

엘리베이터의 불빛 앞에 검은 실루엣이 드러났다. 나는 심호흡을 했다. 엘리베이터에서 발을 막 내민 사람이 기다렸다는 듯이 나에게 달려들었다. 나는 숨이 멎었다. 손에 쥔 사진 묶음이 툭, 떨어졌다. 정신이 들었을 때, 내 몸은 몸집이 육중한 상대에게 잡혀 제멋대로 흔들리고 있었다. 수많은 손들이 복도 바닥에 가득 흩어져 나를 향해 손짓했다.

똑같은 하루가 되풀이되었다. 계절이 여섯 차례 변했지만 누나는 돌아오지 않은 채 전화만 걸어 화분의 안부를 묻곤 했다. 이미 까맣게 타 죽었지만 나는 잘 자라고 있다고 했다. 맥주가 떨어지면 마트에 가고, 한 달에 두어 번은 여자를 불러들였다. 사이버머니는 줄었다 늘기를 반복했고, 습관적으로 구직 사이트에 들락거렸지만 어디에도 이력서를 내지는 않았다. 소리는 하루도 거르지 않았다. 나는 소리를 듣고서야 부스스 이불 속으로 들어갔고, 매일 꼬박꼬박 400밀리리터의 우유를 마셨다.

나는 경미한 진술서를 쓰고 풀려났다. 손을 만나게 해달라고 점잖게 부탁했지만 아무도 내 이야기를 귀담아 듣지 않았다. 경찰서를 들락거린 것도 좋다. 손과 대면하지 못한 것도 상관없다. 내가 억울한 건, 내가 진정 원하는 것이 무엇인지, 내가 왜 그래야만 했는지 아무도 궁금해하지 않았다는 것이다.

소리는 하루에 한 번, 정확히 새벽 네 시 반에 들린다. 내가 언제부터 들어왔는지 기억하지 못하는, 처음부터 이 집에 포함되었던 소리를 들으면서 나는 일상으로 돌아갔다. 내 목소리를 잊은 채 나는 그렇게 살고 있다.

막

그래서? 경찰에서 연락이 갈 거야. 알고 있으라고. 오빠는 예사롭게 말했다. 전화를 끊기 전에 나는 다급하게 물었다. 신불은 풀렸어? 오빠는 대답하지 않았다. 어떻게든 내 것부터 해결해. 이내 전화가 끊겼다.

발신자 지역 번호를 보니 지난달까지 공연을 했던 곳이었다. 시립회관 두 곳과 군민회관을 순회했다. 내내 오십 석을 채우지 못했다. 마지막 공연에는 아이 하나가 무대 위로 뛰어올라왔다. 흔한 일이었다. 부모는 뭐 하고 있었는지 화를 낼 필요도 없었다. 그런 아이를 제지할 사람 하나 무대 앞에 세우지 못한 극단의 책임이었다. 갑자기 튀어나온 아이 때문에 객석에서 웃음이 터졌다. 신데렐라였던 내가 부엌 귀퉁이에서 울던 순간이었다. 나는 대사를 놓쳤고, 곧 이어진 노래와 입이 맞지 않았다. 대수롭지 않은 실수였다.

눈썹이 점점 짙어졌다. 언제 멈춰야 할지 몰라 자꾸 덧칠만 되었다. 배가 아팠다. 공연 전에 화장실에 가는 습관은 좀처럼 고쳐지지 않았다. 나는 비닐치마를 둘둘 말아 쥐고 쪼그려 앉았다. 할머니가 죽었다. 삼 년 만에 돌아온 아버지가 할머니를 죽였다. 후크 선장이 나를 찾았다. 웬디야, 시간 다 됐다. 퉤. 나는 바닥에 침을 뱉고 일어섰다.

"난, 이제 집에 가고 싶어."

"왜? 여긴 어른이 없는 세계야. 우리와 함께 여기서 살자."

"엄마 아빠가 보고 싶은걸."

나는 피터를 바라본다. 대본의 괄호 안에는 간절하게, 라고 적혀 있었다. 피터가 골몰한다.

"좋아, 웬디. 여기는 네버랜드. 네가 원하면 언제든지 올 수 있는 나라니까."

"네가 보고 싶으면 꼭 다시 찾아올게."

포그가 깔린다. 엄마, 아빠, 저희가 왔어요! 녹음된 내 목소리가 사라지며 암전. 박수 소리가 끝나기도 전에 인솔 교사들의 목소리가 들린다. 기념사진을 찍어야 한다. 나는 생수를 마시고 다시 무대로 나간다. 아이들이 한 줄로 서 있다. 엄마들은 저마다 플래시를 터뜨린다. 촬영 시간은 언제나 끔찍했다. 계속 웃어야 하고, 아이들을 안아줘야 한다. 짓궂은 아이들은 치마를 들치고, 엄마들은 시시했다는 말을 무대까지 들리게 떠든다. 오천 원짜리 공연에서 뭘 더 바라겠다는 것인지. 배가 다시 아파왔다. 나는 팅커벨에게 눈짓을 하고 무대 뒤로 뛰어갔다. 전화가 걸려왔다. 경찰이었다. 나는 아랫배에 힘을 주며 삼십 분 뒤에 공연이 하나 더 있다고 말했다. 목소리가 화장실에 울렸다. 후드득, 전화를 끊자마자 묽은 똥이 쏟아졌다.

경찰서에서 간단한 조사를 받았다. 그러나 아버지를 만나지는 않았다. 마지막으로 본 게 오 년 전이었던가, 그마저도 가물거렸다. 할머니와 밥을 먹는데 아버지가 불쑥 들어섰다. 나는 벌떡 일어났다. 아버지는 배짝 말라 부러질 것 같았다. 아버지는 할머니가 내민 밥공기를 세 번이나 비웠다. 상을 치우고 이불 속으로 들어간 아버지와 눈이 마주쳤다. 넌 왜 거기 서 있냐? 그게 아버지에게 들은 마지막 말이었다.

엄마가 집을 나간 뒤로 아버지는 몇 년씩 종적을 감췄다 나타나곤 했다. 돌아와서는 며칠 동안 잠만 잤다. 헬쑥한 얼굴로 눈을 뜨면 제대로 앉기도 전부터 할머니에게 고함을 쳤다. 엄마가 도망가도록 부추긴 게 할머니였다고 우기는 것이었다. 밥술부터 떠라. 할머니는 단 한 번도 바람난 며느리에 대해서 말하지 않았다. 어린 오빠와 나조차도 엄마가 왜 집을 나갔는지 알고 있었다. 떠돌이 아버지는 집에 들를 때마다 한바탕

난동을 피웠다. 매번 동네 사람들의 신고로 파출소에서 찾아왔다. 그런 집이 좋을 리 없었다. 열댓 살부터 집 밖을 들락거렸던 오빠는 언젠가부터 아예 들어오지 않았다. 나 역시 고등학교를 졸업하자마자 집을 나갔다.

질문을 하는 형사에게 내가 제일 많이 했던 말은 법대로, 라는 말이었다. 그때마다 형사가 고개를 들었다. 오빠랑 얘기하든지요. 나는 무심하게 그의 시선을 받았다. 아버지는 제 발로 경찰서에 찾아왔다. 할머니를 쓰러뜨린 후에 때리고 밟았다. 술이 깼을 때, 이미 할머니는 숨이 끊어져 있었다. 가난한 노인은 죽고 부랑자 아버지의 거처는 확실해졌다.

경찰서 입구에서 오빠와 마주쳤다. 퀭하게 들어간 눈이 아버지와 닮았다. 퀴퀴한 냄새가 났다. 가, 하고 뒤돌아섰다. 일 년에 얼굴 한 번 보기 어려운 나도, 연락 두절된 아버지도 신불자로 만든 오빠였다. 할머니가 살던 열댓 평짜리 집까지 넘겨 칠순 노인네 길거리에 나앉게 한 장본인이었다. 그러니 오빠가 알아서 할 일이었다. 하늘이 흐렸다. 곧 눈이라도 내릴 기세였다.

곧바로 뒤풀이 자리로 갔다. 정국은 내 가까이 오지 않았다. 며칠 전, 정국이 사랑이라는 단어를 꺼냈을 때 나는 그만 큰 소리로 웃고 말았다. 몇 번 잔 것으로 애인 행세를 하려 들었다. 정국은 나보다 일곱 살 아래였다.

좀처럼 술이 취하지 않았다. 며칠 뒤에 오디션이 있다. 중앙에 들어서려면 오디션을 통과해야 한다. 서른다섯 살, 지방 소극단 출신에게 주어지는 자리가 아니었다. 불가능을 인정하자 체념도 쉬웠다. 그러나 오디션마저 포기할 순 없었다. 그마저도 포기한다면 나는 정말 아무것도 아닌 게 될 것 같았다. 해를 거듭할수록 지원자들은 많아졌다. 그들의 실력은 훌륭했다. 반주자를 대동하거나 직접 악기를 다루는 응모자들, 시디에 자작곡을 녹음해 오는 지원자도 점차 늘었다. 대기실에 앉아 있으면 극단 직원은 지원자들이 내민 시디 케이스에 응시자 번호와 트랙 번호를 메모했다. 나는 늘 고개를 저었다. 반주 시디도 준비해오지 않은 지원자는 흔치 않았다. 나는 내 목소리에 자신이 있다고 고집을 부리고 싶었다. 여하튼 십 년이 넘도록 극단에서 구른 몸이었다. 연기도 기본 이상은 된다고 생각했다. 그런 뻔뻔함이 필요했다. 끊임없이 오디션을 찾아다니는 건 내가 제대로 살기 위해 애쓴다는 자위였다. 떨어진 것이 뻔한데도 전화기를 손에서 놓지 못했다. 결국 전화를 걸어 내 이름이 없다는 걸 확인한 뒤에야, 다음 오디션에 집중할 수 있었다. 실패도 일종의 중독이었다. 맞은편에 앉은 김 팀장이 술을 따랐다. 나는 서둘러 잔을 비웠다. 그새 정국은 보이지 않았다.

 정국의 허리는 단단했다. 안경을 벗으면 부리한 눈매가 더 짙게 드러났다. 정국은 하룻밤에도 몇 차례 나를 탐했다. 나는 소년을 달래는 늙은 창녀처럼 정국을 조절했다. 정국의 이마에서 떨어지는 땀을 핥을 때, 아주 잠깐, 내가 삼십대라는 사실이 억울하기도 했다. 사정을 마치고 내 위로 널브러진 정국을 밀치며 숨 막힌다고 낄낄대던 밤이, 그리 나쁜 건 아니었다. 어느새 김 팀장이 테이블에 엎드렸다. 뒤풀이는 파장이었다. 그런데도 나는 취기가 오르지 않았다. 할머니가 죽은 날이었다. 상원에게 전화를 걸었다.

상원은 텔레비전을 켜놓고 리포트를 쓰고 있었다. 대필 아르바이트였다. 보습학원은 오후에 출근해 자정 무렵에 퇴근했다. 돌아와서 아침까지 줄곧 컴퓨터 앞에 앉았다. 몇 년째 똑같은 생활이었다. 그런데도 외가에서 크는 아이 둘의 양육비를 보내고 아내가 남긴 빚을 조금 갚고 나면 최소한의 생계도 힘들었다. 다단계에 빠졌던 아내는 빚을 감당하지 못해 18층 아파트에서 떨어졌다. 와이프는 왜 아이들과 같이 떨어질 생각은 못했을까. 상원은 가끔 혼잣말을 하며 웃었다. 나는 세수를 하고 상원의 옷으로 갈아입었다. 불 꺼진 방, 소리를 죽인 텔레비전 불빛만 번쩍였다. 여자 셋이 자신들의 음모를 잘라넣은 햄버거를 먹는다. 달리는 차 안에서 토사물과 오줌, 똥을 누가 더 많이 모으는지 시합한다. 화면은 여자들이 남자들 앞에 서서 바지를 입은 채 오줌을 누는 장면으로 이어졌다. 등장인물들은 계속 떠드는데 방 안은 고요했다. 상원은 텔레비전을 보며 맥주를 마셨다. 나는 상원의 성기를 주무르다 잠이 들었다.

상원의 방은 지하여서 불을 끄면 언제나 밤이었다. 머리맡을 더듬어 전화기를 찾았다. 부재중 전화가 많았다. 김 팀장과 정국이 한 번씩, 나머지는 모두 낯선 번호였다. 낯선 번호는 대체로 오빠를 찾는 전화였다. 그런 전화에 놀라지 않은 지 오래였다. 경찰서에 제 발로 간 걸 보면 사기죄에 걸려들 정도는 아닌 건지, 도대체 오빠에 대해서 짐작할 수 있는 것이 없었다.

녹음 스케줄을 알리는 김 팀장의 문자가 들어왔다. 이번에는 「백설공주」, 새로운 걸 해본 게 언제였는지 기억도 없다. 신데렐라, 콩쥐팥쥐, 흥부놀부, 피터 팬…… 뻔한 레퍼토리가 반복됐다. 이번엔 왕비와 난쟁이다. 자주 옷을 갈아입는 수고를 하려면 진땀깨나 흘릴 것이다. 무대에 오르는 배우는 많아야 네댓이었다. 인물은 곧잘 생략되었다. 그래서 모두 일인 다역을 해야 했다. 효율적이지 못한 다역은 늘 내가 맡았다. 경험이 많다는 이유였다. 숙취로 머리가 터질 것 같았다. 전화가 울렸다. 낯선 번호였다. 나는 눈을 감은 채 푹 꺼진 목소리로 전화를 받았다.

*

엄마는 먼저 와 있었다. 이십여 년 만에 재회할 수 있는 계기를 결국 아버지가 만들었다. 엄마는, 내가 기억하는 엄마와 많이 달랐다. 생각보다 곱상한 얼굴이었다. 군살도 없는 데다가 화장 때문인지 나이보다 젊어 보였다. 남편과 두 아이를 버리고 집을 나갔던 엄마였다. 무능한 가장 때문에 생활고를 겪으면서도 다른 남자를 만났던 엄마였다. 엄마 때문에 남은 식구들이 고단했어도 이제 와서 엄마를 탓할 이유는 없었다. 그런다고 달라질 것이 없는 까닭이었다. 원망해본 적은 없어요. 내가 꺼낸 첫마디였다. 엄마가 웃었다.

"미안하다는 말이 뭐 어렵겠니. 그런데 미안한 감정도 시간이 지나니까 잊히더라. 그게 더 미안한 일인 것 같고."

"살다 보면 다 그렇죠."

살면서 한번쯤은 만나게 될 줄 알았다. 불미한 일이 계기가 되었지만, 나쁠 것도 없었다. 어찌 사느냐고 묻지 못했다. 그건 엄마도 마찬가지였다. 사람을 처음 만났을 때 묻지 않는 것들이 있기 마련이다. 왜 보자고 하셨는지.

엄마가 물 잔을 들었다. 사실은, 엄마가 기다렸다는 듯이 운을 뗐다. 네 오빠와는 계속 연락을 하고 살았다. 군대에 간다고 찾아온 이후부터였다. 처음에는 용돈처럼 건넨 돈이었는데, 나중에는 아예 노골적으로 요구했다. 엄마의 새 식구들을 찾아가겠다고 위협을 했다. 그 정도는 엄마 혼자 감당할 수 있었다. 사업을 해보겠다고 말한 다음이 문제였다. 금액도 금액이지만 잦은 요구가 엄마를 힘들게 했다. 엄마는 남은 물을 마저 다 마셨다. 오빠에게 사기당한 피해자의 하소연을 듣는 기분이었다. 제가 다 면목이 없습니다, 라고 말해야 할 것 같았다. 결혼 안 했지? 나는 고개를 끄덕였다.

"작년엔 네가 결혼한다고 하더라. 대견하기도 하고, 한편으로는 안됐기도 해서 찾아가려고 했다. 그런데 네 오빠가 말렸다. 이제 나타나서 어쩌겠냐는 것이지. 그것도 틀린 말은 아니어서 돈만 전했다. 그 돈을 받아들고 가는 네 오빠를 바라보다가, 내가 속아왔다는 걸 그제야 알았다. 네 아버지나 할머니가 아프다고 해서 몇 번, 네가 대학에 간다고, 졸업한다고 해서 몇 번 돈을 건넸는데, 그게 다 저 수중에서 끝난 거지. 수시로 뜯어간 사업 자금은 얼마인지 나도 모를 지경이고. 이게 다 무슨 소용인가. 결국 나는 줄곧 내 과거를 보상하기 위해 빚을 지고, 빚을 갚느라 허덕이며 살았더라."

엄마는 빈 물 잔을 만지작거렸다. 나는 내 물 잔을 내밀었다. 나는 더 이상 갈 곳이 없단다. 엄마가 봉투를 내 앞으로 내밀었다. 이게 마지막이야. 이제 오빠의 전화를 안 받겠다고 전해달라고 했다. 엄마가 길게 숨을 내쉬었다.

"이번엔 할머니가 위독하다고 했다. 경찰이 나에게 직접 연락할 줄은 몰랐던 거야. 여하튼 산 사람이, 결국 남은 사람이 불쌍한 거다. 네 아버지가 제일 딱한 거지."

엄마가 입을 꾹 다물었다. 얼마간의 침묵이 흘렀다. 잘 지내라. 먼저 일어나마. 나는 엉거주춤 일어나는 것으로 엄마를 배웅했다. 건강하시라는 말을 하고 싶었는데 나오질 않았다. 봉투를 열어보았다. 제법 큰돈이었다.

그길로 백화점에 갔다. 흰색 겨울 코트를 샀다. 백만 원이 조금 넘는 금액이었다. 지하 푸드코너로 가다가 다시 엘리베이터를 타고 맨 위층의 식당가로 갔다. 때아니게 냉면이 먹고 싶었다. 함흥냉면을 시켜놓고, 뜨거운 육수를 마셨다. 불룩한 쇼핑백을 보니 씁쓸했다. 보상치고는 볼품없었다. 더 볼품없는 의미로 전락시키지 못해 분했다. 냉면은 매웠다. 그런데도 겨자를 잔뜩 넣었다. 실처럼 가느다란 면발이 목구멍에 넘어갈 때마다 코끝이 찡했다. 자꾸 눈물이 고였다. 달걀 반쪽만 남기고 깨끗하게 비웠다. 냉면을 먹는 동안 오빠에게 전화가 왔지만 받지 않았다.

백화점 마트에서 장을 봤다. 그리고 상원의 방으로 갔다. 밥을 해놓고, 찌개를 끓였다. 상원의 귀가 시간에 맞춰 생선구이를 데우고 반찬을 덜어 상을 차렸다. 자정이 넘어도 상원은 오지 않았다. 두 시가 되는 걸 보고 상을 치웠다. 상원이 불쑥 들어섰다. 뒤에는 여자가 서 있었다. 둘은 이미 만취 상태였다. 나는 이부자리를 폈다. 상원과 여자가 이불 위로 고꾸라졌다. 여자의 한쪽 스타킹 발꿈치에 구멍이 나 있었다. 허옇게 굳은 살이 검은 스타킹 때문에 도드라져 보였다. 나는 여자의 스타킹을 벗기고 이불을 덮어주었다. 상원이 알아들을 수 없는 말을 지껄이더니 방바닥에 토하기 시작했다. 진이 빠지게 게워내는 걸 물끄러미 쳐다봤다. 상원은 곧 널브러졌다. 붉은 토사물을 치우고 상원의 입가를 닦아주었다. 나는 새 코트를 꺼내 입고 상원의 방을 나섰다. 정류장에 앉아 어둑한 빈 도로를 바라보았다. 정국에게 문자가 왔다. 오디션 잘 보세요. 한참 뒤에야 첫차가 도착했다.

오디션은 보지 않기로 했다. 길고 오랜 잠을 자고 싶었다. 오빠에게 계속 전화가 걸려왔지만 끝까지 받지 않았다. 잠이 좀처럼 오지 않았다. 할머니의 유해를 뿌리는 날이었다.

"거울아, 거울아. 이 세상에서 누가 제일 예쁘니?"

녹음 부스에서 정국이 들어서는 것이 보였다. 아직도 죽지 않았단 말이냐! 정국과 눈이 마주쳤다. 박자를 놓쳤지만 김 팀장은 계속 진행하라는 손짓을 했다. 나는 숨을 몰아쉬었다. 죽이지 않았으면서 죽였다고 거짓말을 해? 어서 사냥꾼을 잡아오너라! 대사가 끝나자마자 노래가 이어진다. 나는 세상에서 제일 아름다운 마녀, 예쁘고 착한 것들을 참을 수 없어. 고음부에서 약간 흔들렸지만 김 팀장은 오케이 사인을 했다. 완벽할 필요가 없었다. 세 곡을 더 불렀다. 전부 한 시간도 걸리지 않았다. 다음 순서는 백설공주였다. 이제 갓 스물이 넘은 여자애였다. 이번이 세번째 무대라고 했다. 나보다 젊고 예쁜 애였다. 수고했어, 김 팀장이 내 어깨를 두드렸다. 정국이 음료수를 건넸다. 백설공주의 첫 곡이 시작됐다. 엄마를 잃고 부르는 슬픈 노래였다. 연습 때보다 나아진 게 없었다. 김 팀장이 머리를 긁으면서 노래를 중단시켰다.

"밥 먹고 와. 보니 좀 걸리겠어."

"팀장님은요."

"쟤 저러고 있는데 밥이 먹히겠어?"

그런데도 김 팀장은 웃었다. 대본 작업, 연기 연습은 물론이고 조명, 음향을 포함한 세트업까지 모두 혼자 해내는 사람이었다. 원래는 외주 인력인 크루였다. 그래서인지 공연의 디테일한 부분을 과감하게 무시했다. 연기하고 싶으면 대학로로 가. 김 팀장이 나에게 자주 하는 잔소리였다. 그래도 김 팀장이 극단을 인수할 때 나는 남을 수 있었다. 첫 면담 때 그가 가슴을 주무르는 걸 거부하지 않았기 때문이었다. 기회가 생길 때마다 그는 성기를 꺼내 내 입에 넣곤 했다. 거기가 연습실이든, 조명실이든, 화장실이든 상관없었다. 나는 단 한 번도 얼굴을 찡그리지 않았다. 나는 극단에서 가장 오래된 사람이 되었다.

나는 정국에게 물었다. 밥 먹었어? 정국이 고개를 저었다. 먼저 먹고 올게요. 김 팀장이 쳐다보지도 않고 고개를 끄덕였다. 백설공주가 다시 노래를 부르기 시작했다. 저대로라면 시간 내에 끝내지 못한다. 무대에서 직접 녹음을 따는 시절이 아닌 게 얼마나 다행인지 여자애는 모를 것이었다. 정국은 아무 말 없이 나를 따라왔다. 담배 사와! 문을 닫기 전에 김 팀장이 외쳤다.

건물 앞의 편의점에서 담배와 주전부리 할 것을 골라 스튜디오로 올려 보냈다. 정국이 내려오기도 전에 나는 먼저 걷기 시작했다. 허기진데 식욕은 없었다. 정국의 발소리가 들렸다. 나는 골목 뒤편의 모텔로 들어섰다.

한낮의 정사는 이를 드러내며 서로의 가장 깊은 곳까지 파헤치고 나서야 끝이 난다. 막 사정을 마친 정국이 내 몸에서 떨어졌다. 나는 천장을 보고 누웠다. 정국의 거친 숨소리가 들렸다. 내 숨도 가빴다. 허벅지 안쪽이 미세하게 떨렸다. 정국이 나를 안더니 내 정수리에 대고 속삭였다. 선배를 다시 안을 수 있어서 기뻐요. 정국의 가슴팍에서 비린 땀내가 났다. 갈증이 느껴졌다. 넌 나를 왜 좋아하니? 정국이 목덜미에 대고 속삭였다. 그로테스크한 마스크. 나는 정국의 어깨를 살짝 깨물었다. 흐릿하게, 벌어진 내 앞니 자국이 남았다. 함부로 우울해하는 성격도 마음에 들어요. 풍만한 몸도 어쩐지 측은하게 느껴지고 말이죠. 예술 하기 딱 좋은 조건인데. 나는 키득거리며 정국을 다시 안았다. 가요. 정국이 벽에 걸린 시계를 가리켰다. 시간이 없어요.

세트업 작업은 물론이고 극단의 거친 일은 도맡아 하는데도 정국의 손은 언제나 말끔했다. 고가의 전문가용 작업장갑을 끼는 탓이었다. 사고나 부상이 빈번한 일이니 반팔도 반바지도 입지 않았다. 정국의 보얀 손등을 볼 때마다 나는 열등감을 느꼈다. 나와 다른 세계의 사람이라는 걸 절감했다. 이목구비는 물론이고 손가락 마디, 걸음걸이, 말투나 표정, 치열도 나와 다른 부류임을 나타냈다. 무난한 가정환경, 경제적 안정, 교육 혜택을 충분히 받고 자란 사람들과의 구분을 그런 사소한 것에서부터 찾아내는 내 피해의식이 너무 노골적이었지만 사실이었다. 세상은 늘 두 가지였다. 있거나 없거나. 그건 예쁜가 안 예쁜가, 정상이냐 비정상이냐로 구분되었고, 결국 승자와 패자로 나뉘게 했다.

그릇 바닥이 보일 때까지 자장면을 맛있게 먹는 정국은 소탈해 보였다. 내가 저렇게 먹는다면 식탐 내는 사람처럼 보일 것이었다. 먹기 싫으면 나 줘요. 정국이 내 자장면의 반을 덜어갔다. 우물거리면서 정국이 말했다.

"극단 하나 차려볼까 하는데, 같이할래요?"

"뜬금없긴."

오래전부터 생각해왔던 건데, 실험극 집단과 네트워크를 조성해서…… 나는 말문을 막았다. 그래서, 예술 하겠다고?

"굳이 말하자면."

정국이 연극과 출신이라는 건 알고 있었다. 정국의 얼굴에 튄 춘장을 닦아주며 내가 물었다.

"돈이 벌리니?"

"벌리겠어요?"

"먹고사는 것과 상관없는 사람이나 해."

"평생 선배처럼 살 수도 없어요."

그건 그렇다. 곧 사십대다. 그런데 예술이라니.

"돈이 안 되는 건 할 수 없어."

극단에서 받는 돈만으로는 생계를 해결할 수 없었다. 월세를 내는 것도 빠듯했다. 처음, 배역도 없이 극단의 허드렛일을 하며 따라다닐 때는 그마저도 없었다. 다른 돈벌이를 찾아야 했는데, 지방 투어 때문에 제대로 된 일자리를 구하기도 불가능했다. 운이 좋아야 겨우 며칠이나마 할 수 있는 아르바이트를 찾을 수 있었다. 대체로 야식집이나 술집에서 그릇을 닦거나 홀을 치웠다. 사정을 아는 김 팀장의 소개로 시작한 일이 도우미였다. 말처럼 뭐든 도왔다. 술을 마시게 돕고, 취하게 돕고, 흥이 나게 돕고, 그러다 내키면 사정을 하도록 도왔다. 나를 찾는 남자들은 내가 직업여성이 아니어서 좋아했다. 처음부터 옷을 벗는 여자가 아니어서, 금액을 흥정하는 여자가 아니어서 마음에 든다는 것이었다. 그들의 이중 잣대가 가끔은 처연하기도 했다. 여하튼 나는 그들이 원하는 대로 했다. 그들의 요구는 나에게 대본과 같았다. 나는 친절한, 난폭한, 때로는 무지하거나 순진한 여자를 연기했다. 김 팀장은 친구가 찾는다, 는 표현을 썼다. 덕분에 친구 하나 없는 내게 무수한 친구들이 생겼다. 극단 일보다 훨씬 수월하며 수입도 좋았다. 내가 살아갈 수 있는 건 아이들 앞에서 노래를 부르는 배우여서가 아니라, 밤마다 나를 안는 남자들 덕분이었다.

상원의 요구는 간단했다. 되도록이면 말을 하지 마. 술을 마시는 동안 정말 아무 말도 하지 않았다. 어렵지 않았다. 여관방에서도 마찬가지였다. 상원은 누운 내 안에 아주 잠깐 들어왔다가 나갔다. 그게 다였다. 이런 남자라면 백 명을 만나도 상관없을 것 같았다. 상원에게서 다시 연락이 온 건 보름쯤 뒤였다. 나는 역시 아무 말 없이 상원을 안고 다리를 벌렸다. 상원이 비죽 웃었다. 죽은 아내의 사십구재라 했다. 나는 상원이 웃음을 멈출 때까지 기다렸다. 상원이 곧 무표정한 얼굴로 삽입을 했다. 그 뒤로 상원은 종종 연락을 했다. 때로는 나도 연락을 했다. 돈은 서로 주고받았다.

"돈을 생각하면 예술이 되나요."

정국은 자판기 커피를 내밀었다. 중국집의 미닫이문으로 쏟아지는 겨울 햇빛이 눈부셨다. 기름진 공기 속에서 마시는 단 커피는 맛있었다. 할머니는 설탕을 많이 넣은 커피를 좋아했다. 하루에 꼭 석 잔씩 마시곤 했는데. 나에게 언제 테레비에 나오냐, 고 묻곤 했다. 할머니가 죽기 전엔 나오겠지. 그건 불가능하다는 걸 할머니도 아는지 내 대답을 듣기도 전에 부엌으로 들어가버렸다. 한 계절에 한 번씩 들르는 나에게 할머니가 해줄 수 있는 건 따뜻한 밥밖에 없었다. 이제는 할머니의 생활비를 보내지 않아도 된다. 미안해 할머니, 어깨가 가

벼워진 거 같아. 오빠가 할머니를 어디에 뿌렸는지 모르겠다. 마지막 가시는 길에 꽃이라도 뿌리지 않은 건 도리가 아니었다. 하지만 할머니를 보는 대신 내가 감당해야 할 것들이 싫었다. 나는 언제나 그 자리 그대로였다. 누추해지는 것도 언제나 나였다. 아버지를 상기하거나 오빠와 대면하는 것 자체가 나에게 그런 의미였다.

「백설공주」는 방학이 시작되면서 그럭저럭 관객이 들었다. 첫날, 공주의 드레스 지퍼가 뜯기는 바람에 곤혹을 치르고, 사냥꾼의 마이크가 잘못되어 생목으로 소리를 질렀던 걸 제외하고는 별 사고 없이 무난했다. 금, 토, 일 공연을 목요일까지 늘렸는데도 객석의 절반 이상이 들어찼다. 공연이 끝난 뒤에는 즉석사진을 찍어주는 서비스도 시작했다. 아이들은 왕비였던 나를 무서워하며 백설공주 옆에서만 사진을 찍으려 했다. 나는 백설공주를 노려보는 걸로 부모들의 웃음을 샀다. 공연 전에 꼭 화장실에 갔고, 투어 중에는 상원을 한 번도 만나지 못했다. 정국은 김 팀장에게 이번 공연을 마지막으로 그만두겠다 전했고, 언제부턴지 키 큰 남자애 하나가 정국을 따라다니면서 일을 배웠다. 오빠에게 종종 전화가 걸려왔지만 나는 받지 않았다.

투어의 마지막은 남쪽 도시였다. 남쪽 도시로 떠나기 전날 밤, 오빠가 찾아왔다. 집을 나와 산 이후 처음 있는 일이었다.

문이 벌컥 열렸다. 오빠는 신발을 신은 채 방으로 들어왔다. 얼굴이 벌겋게 달아올라 있었다. 다짜고짜 서랍장을 열어젖혔다. 화장품이 깨지고, 팬티와 브래지어가 바닥에 널브러졌다. 뜯긴 대본이 사방에 날렸다. 돈, 어디 있어! 돈! 엄마가 건넨 돈 때문이었다. 그게 왜 오빠 돈이야, 내가 받았으니 내 돈이지. 나도 지지 않았다. 쌍년이, 이제 돌았구나. 오빠가 내 목덜미를 세게 쥐었지만 나는 밀리지 않았다. 수작 부리지 말고 내 돈 내놔! 소리 지르지 마, 이미 다 썼어. 오빠는 옷장과 화장대, 앉은뱅이책상을 모두 헤집었다. 나는 몇 번이고 내동댕이쳐졌다. 아버지에게 맞아 나가떨어지던 할머니나 엄마처럼 머리가 헝클어지고 매무새가 흐트러졌다. 오빠는 결국 돈 봉투를 찾아냈다. 지갑의 푼돈까지 독독 긁어 제 주머니에 쑤셔넣은 뒤에야 사라졌다. 나는 구석에 쪼그려 앉았다. 대체 어디까지 가야 하는 걸까. 온몸이 욱신거렸다. 난장이 된 방을 노려볼 힘도 없었다.

와중에 변의가 느껴졌다. 끙, 신음 소리를 내며 일어섰다. 배가 아파 온몸이 뒤틀렸다. 그런데도 똥은 나오지 않았다. 아무리 힘을 주고, 신음을 토하고, 고함을 질러도, 꿈쩍도 하지 않았다. 손가락으로 만져봤다. 항문은 벌어져 손가락에 똥이 묻어났다. 그런데도 나오지 않았다. 변비 아니면 설사. 오래된 질병에 진절머리가 났다. 나는 아랫도리를 내린 엉거주춤한 자세 그대로 방 안으로 들어갔다. 굴러다니는 대본을 펼처 바닥에 깔았다. 그 위에 쭈그려 앉았다. 손가락을 항문에 넣어 똥을 후벼 팠다. 눈물이 뚝뚝 떨어졌다.

남쪽 도시에는 눈 대신 비가 내렸다. 객석이 텅 비다시피 했다. 군데군데 박힌 아이들과 조는 엄마들 사이에서 나는 백설공주를 죽이기 위해 무대를 휘젓고 다녔다. 벌을 받아 지하 세계에 갇히는 끝 장면에서 내지르는 고함 소리가 내 마지막 대사였다. 아악! 그날 밤, 나는 어느 소녀에게 전화를 받았다.

*

경찰서 마당 벤치에 초로의 사내와 남매가 앉아 있었다. 나는 주춤거리며 다가섰다. 사내가 일어나더니 내게 다가왔다. 소년이 낮게 욕설을 뱉었다. 나는 고개를 숙였다. 소녀와 눈이 마주쳤다.

엄마는 서둘러 밀가루 반죽을 시작했다. 가스레인지에는 멸치 다시 국물이 끓고 있었다. 저녁이 늦어져 마음이 급했다. 곧 식구들이 들이닥칠 시간이었다. 초인종 소리가 들렸다. 엄마는 덥석 문을 열었다. 오빠였다. 엄마는 시계를 쳐다봤다. 일단 앉아라. 엄마는 얼른 집 안의 현금을 헤아렸다. 불청객과 대화는 이뤄지지 않았다. 언성이 높아졌다. 불청객은 식탁 위의 컵을 냅다 집어던졌다. 유리 파편이 튀고, 엄마는 뒤로 물러섰다. 열린 문 안으로 사내가 들어섰다. 불청객은 칼을 휘두르며 사내에게 달려들었다. 엄마는 가스레인지 위의 냄비를 오빠에게 던졌다.

 그나마 다행이네요. 사내가 고개를 끄덕이더니, 오빠의 협박에 대해서 알고 있었느냐고 물었다. 얼마 전에요. 사내도 다행이라고 말했다. 경찰 앞에서도 그렇게 말해달라고 했다. 나는 고개를 끄덕였다. 혹시. 사내가 머뭇거렸다. 엄마의 빚에 대해서도 아느냐 물었다. 사내는 구취가 심했다. 나는, 모르는 일이라고 단호하게 말했다.

 조사를 받고 나서는데 소녀가 뒤따랐다. 아버지가 가시는 거 보라고 해서요. 고등학생쯤 되었을까. 큰 눈이 붉었다. 눈은 사내를 닮고, 입술과 콧날은 엄마를 닮아 있었다.

 "엄마가 가끔 언니 이야기를 했어요. 굳이 과거까지 들춰내면서. 나는 언니 이야기를 좋아하진 않았어요. 마치 내가 언니에게 죄를 짓는 기분이 들었거든요. 그런데 지금은 공평해진 거 같아요. 좀 후련하기도 하고."

 소녀는 담담했다. 나는 잠깐 내가 사과를 해야 하는지 고민했다. 엄마를 이해하라고, 용서하라고 말할 수도 없었다. 나는 가방을 열고 티켓을 꺼냈다. 다음 주부터 시작되는 「오즈의 마법사」 티켓이었다. 소녀가 받아들고 멀뚱히 나를 쳐다봤다. 구경 와. 어느새 빈 택시가 내 앞에 멈췄다.

 김 팀장에게 전화가 온 건 택시 안에서였다. 나는 기사에게 방향을 바꿔야겠다고 말했다. 다음 신호에서 유턴을 하고 출발했던 경찰서를 지났다. 벤치에 앉아 담배를 피우고 있는 소녀가 보였다.

소개로 왔습니다. 남자가 힐끔 나를 올려다봤다. 사십대 후반의 남자는 저가의 양주를 마시고 있었다. 나에게 한 잔을 내밀며 그가 말문을 열었다. 별로 예쁘진 않네. 나는 웃었다.

"젊고 예쁜 아가씨들은 다른 데 더 많죠. 일어설까요?"

"예민하게 굴 것까지야."

나는 내 잔을 마시고 대답했다. 쇼트타임, 롱타임 있어요. 선불이구요. 남자가 벌떡 일어났다.

"그런 여자 아니라고 하더니만."

"그런 여자면?"

"이봐, 아가씨. 난 대화를 나눌 친구가 필요할 뿐이야. 이상한 사람 만들지 말라고."

나는 남자의 술을 들이켰다.

"친구? 친구 좋아하네. 씨발."

옆 테이블의 연인이 힐끔 쳐다봤다. 남자가 서둘러 자리를 떴다.

"술값은 내고 가!"

나는 남자의 뒤편에 대고 소리쳤다. 남자가 나를 노려보며 김 팀장에게 전화를 걸었다. 나는 자꾸 웃음이 났다.

중환자실 앞은 조용했다. 대기실에는 몇몇이 새우잠을 자고 있었다. 새벽 면회까지 서너 시간이 남아 있었다. 의자 위에 무릎을 세워 앉았다. 내 술 냄새가 지독했다. 구부린 몸이 다시 펴지지 않을 것처럼 무거웠다. 시간이 되어도 면회는 불가했다. 입구에 서서 간호사가 가리킨 침상을 바라봤다. 호흡기를 단 오빠는 얼굴과 팔, 상체 전부에 붕대가 감겨 있었다. 죽지 않아 괴로울 터였다.

집에 돌아와서 정말 기뻐! 도로시의 목소리는 가느다랗게 떨렸다. 발성이 늘 불안했는데 김 팀장은 어쩐지 별 지적을 하지 않았다. 지난번 백설공주에서 이번의 도로시까지, 아마 이 여자애가 계속 주인공이 될 모양이었다. 공연이 끝나고 촬영시간이 되었다. 여지없이 배가 아팠고, 끝나자마자 화장실로 갔다. 요정이었던 나는 바닥까지 끌리던 망토만 간신히 벗은 채였다. 힘을 줄 때마다 쓰고 있던 뾰족한 모자에 달린 방울이 딸랑거렸다. 의사들은 과민성대장증후군은 질병이 아니라고 말했다. 스트레스와 환경, 심리 상태, 의지에 민감하게 반응하는 현상이라고 했다. 그런 건 나도 아는 바였다. 처방약도 소용없었다. 나는 배를 움켜쥐었다. 저절로 신음 소리가 나왔다. 묽은 똥이 주룩 흘렀다.

분장을 지우는데 낯선 번호가 떴다. 다짜고짜 오빠 이름을 대면서 아느냐 묻는 전화였다. 나는 병원과 호실을 말했다. 전화를 끊고 수신 거부를 설정했다. 금세 전화벨이 또 울렸다. 소녀였다.

단무지를 하나 집어먹으면서 물었다.

"공연 봤니?"

"네."

"너한테는 유치했겠다."

"뮤지컬을 처음 봤는데, 생각보다 재밌네요."

"처음 보는 뮤지컬이 삼류 공연이었으니 네가 운이 없다."

뜨거운 우동이 나왔다. 소녀가 후룩 면을 먹었다. 먹고 싶은 게 뭐냐고 물었을 때 소녀는 우동, 이라고 짧게 대답했다. 소녀와 나의 우동 그릇 가운데 떡볶이도 놓였다. 나는 삶은 달걀을 소녀 앞으로 밀었다. 계란 못 먹어요. 소녀가 내게 달걀을 내밀었다. 삶은 달걀은 나도 좋아하지 않았다.

"그 아저씨, 위독하다고요."

오빠를 말하는 것이었다. 잘된 일이지. 네. 소녀는 그릇을 들고 국물을 마셨다. 뜨거운 면도 젓가락으로 휘휘 감아 잘 넘겼다. 나도 소녀처럼 국물을 마셨다. 입천장을 조금 데었지만 온몸이 덥혀지는 기분이 나쁘지 않았다.

경찰서를 들락거리며 조사를 받다보니 연말이 되었다. 그 사이 연초에 있을 오디션 준비를 했다. 오디션은 많았다. 날짜가 가장 가까운 오디션이 「이상한 나라의 앨리스」였다. 연예인을 내세우는, 어린이날 특수를 노린 뮤지컬이었다. 내가 뽑힐 가능성은 없었지만 오래된 습관을 포기하지 않기로 했다. 놀라운 일은 소녀를 만난 것이었다. 몇백 명의 응시자 중에서 소녀를 마주친 건 화장실에서였다. 담배연기 속에서 소녀가 고개를 꾸벅 숙였다. 지정 대사, 지정곡 한 소절, 그리고 자유발표 하나를 하는 데 걸린 시간은 채 이 분이 넘지 않았다. 대기실에서 소녀를 기다렸다가 함께 우동을 먹고 헤어졌다. 첫눈이 내린 날이었다.

첫눈치고는 포실하게 내렸다. 일반병동으로 옮겼다는 연락을 받은 지 꽤 되었는데 그제야 발걸음이 떨어졌다. 눈 때문이었을 것이다. 혹은 오디션이 끝난 뒤의 허무함 때문이었을 수도 있다. 침상맡에서 오빠를 내려다보았다. 호흡기는 뗐지만 숨이 거칠었다. 얼굴과 가슴, 팔, 손이 온통 붕대와 거즈로 칭칭 감겨 있었다. 거즈 아래로 엉겨붙은 살이 보였다. 괴사된 살은 면도칼로 긁어낼 것이었다. 죽을 줄 알았는데 살았다. 살아나도 반길 사람이 아무도 없다. 오빠가 꿈틀댔다. 결국 내가 오빠를 건사해야 하는 걸까. 나는 오빠 발치에 뭉친 홑이불을 빼내 둘둘 말았다. 이불뭉치를 오빠의 얼굴과 가슴팍 위에 내려놓았다. 그리고 있는 힘껏 눌렀다. 너를 위한 일이야. 나는 낮게 읊조렸다. 엘리베이터를 기다리는데 오빠의 괴성이 들렸다. 곧 간호사 두엇이 복도를 뛰어갔다.

그날 밤, 나는 상원에게 같이 살자고 했다. 내가 밥 하고 찌개 끓이고, 너의 아이들도 키워줄게. 텔레비전을 보던 상원이 고개를 돌려 나를 쳐다봤다. 네가 왜?

사는 게 무대 위에서처럼 만만한 것이 아니라는 것쯤은 나도 알고 있다. 무대에 오르면 내가 연기를 하고 있다는 것이 절실히 환기되었다. 끔찍한 곳은 오히려 분장실이었다. 거울 앞에 앉아 분장을 지운 얼룩덜룩한 얼굴이 정말 내 얼굴인지 갸웃거리는 순간이 반복되었다. 내가 선택한 것이었는데도 불구하고 이렇게 세월을 견뎌도 되는 것인지, 묵묵히 참아내는 것이 잘 사는 것인지, 알 수 없었다. 그것이 가장 무서웠다.
 상원은 다시 화면으로 시선을 옮겼다. 소리를 없앤 화면에서는 예의 그 여자들이 입을 벙긋거리고 있었다. 노인들과 키스를 하다가 몸을 섞는 장면으로 넘어갔다. 상원의 대답이 서운하지 않았다. 마치 방금 오디션을 끝낸 기분이 들었다.

*

 김 팀장은 미안하다고 했다. 내 나이가 너무 많았다. 체력의 한계도 진작 느끼던 터였다. 무대에 오르지 않으면 과민성대장증후군이 사라질지 모른다. 사람들이 모이기 전에 서둘러 극단 사무실을 나섰다. 전화기를 만지작거리다가 정국에게 전화를 걸었다.
 예술극단을 만들겠다던 정국은 육 개월 만에 기획사 명함을 내밀었다. 규모가 큰 유명한 연예기획사였다. 뜻밖이었다. 여전히 정국의 손등은 말갰다. 시간 있어? 정국은 자꾸 큭큭 웃어댔다. 저, 애인 생겼는데. 나는 인파 속으로 사라지는 정국의 뒷모습을 바라보았다. 예술,이라는 단어를 몇 번 발음해보다가 정국이 남긴 커피를 한번에 다 마셨다. 테이블에는 정국이 놓고 간 티켓 두 장이 있었다. 신인 가수를 세우느라 후원하게 된 공연이라고 했다. 「이상한 나라의 앨리스」였다.

시작하기 직전까지 아이들이 자글자글 떠들었다. 그사이에 소녀와 나는 아무 말 없이 앉아 있었다. 공연은 곧 시작됐다. 내가 오르던 무대와 비교할 수 없을 만큼 장중한 규모였다. 앨리스 역의 신인가수는 예뻤지만 연기력이 부족했고, 토끼를 맡은 남자 개그맨은 분장 때문에 실제 얼굴을 알아보기 힘들었다. 오디션에서 주어졌던 대사 부분에서 잠깐 얼굴이 뜨거워지기도 했으나 공연은 재밌었다. 매끄러운 대사, 대사와 조화를 이룬 노래, 배우들의 연기, 사운드와 조명, 심지어 배우들의 분장도 모두 수준급이었다. 그러나 부럽지 않았다. 저기는 여기와 전혀 다른 세계였다.

공연이 끝난 뒤에는 당연한 듯 우동을 먹으러 갔다. 소녀는 조금 수척해 보였다. 무슨 일 있었니? 얼마 전부터 뮤지컬아카데미에 다녀요. 재밌니? 네. 소녀는 뜨거운 면을 후루룩 소리 내며 맛있게 먹었다. 나도 부지런히 젓가락질을 했다. 엄마가 방을 얻어 나갔어요. 갈라선대요. 소녀는 국물을 남기지 않았다.

버스를 기다리는데 소녀가 혼잣말처럼 말했다. 며칠 전에 아버지가 어떤 여자를 데리고 왔어요. 저 혼자서 집안일을 안 하게 돼서 잘됐다고 생각하기로 했어요. 마침 버스가 도착했다. 소녀가 버스에 올랐다. 버스가 시야에서 사라질 때까지 나는 그 자리에 서 있었다. 바람이 불었다. 겨울이 금방 끝날 것 같지 않다. 김 팀장에게 전화가 왔다. 친구가 찾아. 불러 줄 때 부지런히 가야 한다. 빈 택시가 다가왔다. 목적지가 어디였는지 기억나지 않았다.

하루

아이가 품으로 파고들었다. 자기 전에 마신 우유 때문에 아이에게서 입내가 났다. 슬쩍 밀어냈는데 떨어지지 않았다. 오히려 내 팔을 세게 부여잡았다. 힘껏 아이를 떨쳐냈다. 아이가 몸을 돌려 등을 보였다. 전기밥솥 버저 음이 들렸다. 예약취사가 완료됐다는 소리였고, 여섯 시 반이라는 뜻이었다. 욕실 문 여는 소리가 들렸다. 남편은 언제나 정확한 시간에 일어났다. 남편의 오줌발 소리가 길게 들렸다. 나는 손으로 머리를 빗어 올렸다. 창문에 물방울이 맺혀 있었다. 비가 온 모양이었다. 아랫배가 뻐근했다. 남편과 잠자리를 하고 나면 언제나 아랫배가 당겼다.

배추된장국, 애호박나물과 계란찜, 김과 오이소박이로 아침 식탁을 차렸다. 나는 아침에 물 한 모금도 마시지 않는다. 하루 세 끼를 다 먹어서는 몸매 관리가 되지 않았다. 그래도 아침밥은 꼭 차렸다. 아침밥도 못 얻어먹는 남편의 아내가 되기 싫었다. 아이가 일어나 비척거리며 걸어 나왔다. 우리 민서 잘 잤어? 남편이 아이를 번쩍 안아 올리며 볼에 뽀뽀를 했다.

"오늘 늦어. 저녁 먼저 먹어."

남편은 내가 건넨 붉은 스트라이프를 마다하고 감색 체크무늬 넥타이를 골랐다. 군청색 셔츠를 입은 남편은 말끔했다. 내년이면 마흔인데 삼십대 초반처럼 보였다. 남편은 자기가 젊어 보인다는 것을 잘 아는 남자였다.

아이는 분홍색 원피스에 분홍색 머리 핀, 분홍색 반짝이 구두를 신었다. 나는 이제 아이에게 다른 색을 권하지 않는다. 남편이 상담 이야기를 꺼낸 이후로, 적어도 아침에는 아이에게 윽박지르거나 울리지 않기로 한 것이다. 병원에 가보자고 했을 때, 소아정신과를 말하는 줄 알았다. 내가 보기에 문제는 당신한테 있어. 어이없었다. 말을 잇지 못하자, 남편이 계속 퍼부었다.

"멀쩡한 애를 왜 못 잡아서 안달이야. 그러니 애가 바싹바싹 마르잖아. 남들한테는 천사처럼 살랑대면서 왜 애한테만 예민하고 날카로워. 고작 여섯 살이잖아."

"그러는 당신은! 그래서 여섯 살짜리한테 손찌검을 하니?"

"저 벽 좀 봐라. 분홍색 물감으로 떡칠을 한 걸 보고도 그런 말이 나오냐?"

"거봐, 당신도 알잖아. 분홍색에 집착하는 게 문제라고. 내 탓만 하지 말고 현실을 좀 직시해!"

"아, 그럼 마음대로 해. 내 말 들을 것도 아니잖아."

그 뒤로 나는 분홍색에 관해서라면 남편에게 말하지 않기로 했다. 입을 꾹 다물고 참았다. 민서 이야기도 최대한 자제했다. 그러니 부부 사이에 할 말이 없어졌다.

올 들어 처음 영하로 내려간다고 했다. 아이에게 코트를 입히고 마스크를 해줬다. 둘 다 지긋지긋한 분홍색이었다. 나는 지난밤에 미리 꺼내놓았던 니트 원피스를 입었다. 엷게 파우더도 발랐다. 아이가 빨리 나가자고 보챘다. 조용히 좀 못해! 엄마가 안 예쁘게 하고 나가야 좋겠어? 금세 얼굴이 굳어버린 아이는 현관 앞에 꼼짝도 하지 않고 서 있었다. 아이를 보내고 요가원까지 다녀오려면 추울 테니, 양털 재킷도 꺼내 입었다. 아이 손을 잡고서 부스스하게 나타나는 여자들이 나는 제일 못마땅했다. 대놓고 자신의 게으름을 보이다니, 이해할 수 없었다.

ㄷ자 배열 아파트의 가운데는 주차장과 작은 광장이 있다. 화단과 정자, 짧은 산책로를 만들어놓은 광장에는 아침마다 엄마들과 아이들이 모여들었다. 유치원 버스가 서는 곳이었다. 장미 화단 앞은 민서네 유치원 자리였다. 겨울인데도 철

모르는 장미 몇 송이가 활짝 펴 있었다. 아이들은 벌써 화단을 넘나들며 까불었다. 아이가 내 손을 뿌리치고 먼저 달려갔다. 얘, 얘! 우체부 오토바이가 아슬아슬하게 아이를 비켜갔다. 김민서! 나는 엄하게 이름을 불렀지만 아랑곳하지 않고 아이들 사이로 달려들었다. 친구들 앞에서는 혼나지 않는다는 걸 아이는 알고 있었다. 민서와 같은 반인 혜빈이와 용규가 민서에게 장미 꽃잎을 던지며 장난을 쳤다. 7세반 지환이는 입을 내밀고 있었다. 무리에 끼고 싶은데 지환 엄마가 지환이의 손을 잡고 놓지 않은 탓이었다. 지환 엄마의 손등에 푸른 핏줄이 도드라졌다. 참다못한 지환이가 제 엄마의 바지를 잡아 흔들며 빙빙 돌았다. 지환 엄마가 몇 번 주의를 주었지만 막무가내였다. 그 와중에 지환 엄마가 내 아이에게 인사를 건넸다. 민서야, 잘 다녀와. 아이가 꾸벅 고개를 숙였다. 지환 엄마가 웃으며 아이의 등을 한번 쓸어내렸다.

지환 엄마는 평소와 달랐다. 요가원에 가지 않을 모양인지 가방이 없었다. 늘 입던 꽉 끼는 청바지 대신 회색 트레이닝 바지에 헐렁한 점퍼 차림이었다. 얼굴도 조금 부어 있었다. 몰랐는데, 화장기가 없으니 눈가에 기미가 빼곡했다. 머리도 하나로 묶어 각진 턱이 두드러졌다. 왜 저러고 나온 것인지, 나는 슬쩍 뒤로 물러섰다. 말을 섞기도 싫었다. 빙빙 돌던 지환이는 결국 넘어졌다. 그럴 것 같더라니. 산만한 데다가 어눌해 보이는 표정하며, 아이마저도 마음에 들지 않았다. 유치원 버스가 아파트 입구에 들어서는 게 보였다. 지환 엄마가 지환이를 안아 일으켜 세웠다. 무릎과 가슴팍이 시커멨다. 지환이는 제 엄마 손을 뿌리치고 화단으로 달려갔다. 기어이 장미 꽃잎을 따 엄마에게 뿌리고서야 버스에 올랐다. 버스에 올라가서도 옆자리에 앉은 아이와 장난을 치느라 제 엄마에게 인사도 하지 않았다. 그래도 지환 엄마는 지환이를 보며 웃었다. 다른 엄마들도 버스에 오른 자기 아이들에게 손을 흔들었다. 나도 민서와 눈을 마주치며 활짝 웃었다. 금방 다시 비가 내릴 것처럼 흐려 어둑했지만, 자글자글한 아이들의 목소리는 여느 아침과 다르지 않았다.

지환 엄마는 벌써 아파트 현관으로 들어서고 있었다. 늘 먼저 말 걸어오던 사람이 인사도 없이 먼저 가버리니 괜히 무안했다. 괘씸하기도 했다. 저건 무례한 거야. 나는 눈을 한 번 흘겼다. 혜빈 엄마와 용규 엄마도 나처럼 지환 엄마를 쳐다보고 있었다.

"왜 저래?"

"몰라. 나, 먼저 가. 좋은 하루 보내."

"그 원피스 예뻐요!"

"그래? 땡큐!"

용규 엄마는 그제야 내 원피스를 쳐다봤다. 아직 할부도 안 끝난 옷이었다. 무리 중에서 제일 나이가 어린 혜빈 엄마는 눈썰미가 좋았다. 이미테이션만 안 걸치면 좋을 텐데. 그것 때문에 오히려 천박해 보였다. 용규 엄마에게 내 원피스 브랜드를 말하며 가격을 어림잡아 말하는 게 들렸다. 나는 일자 걸음이 흐트러지지 않게 신경을 썼다. 혜빈 엄마가 마음에 드는 건 저럴 때였다.

요가를 끝내고 나왔을 때 전화벨이 울렸다. 유치원이었다. 가슴이 덜컥 내려앉았다. 보름 전쯤, 민서가 짝의 치맛자락을 가위로 자른 일이 있었다. 치마는 분홍색이었다. 선생님은 걱정스럽게 말했지만, 나는 이제 겨우 여섯 살 아니냐고 되물었다. 나는 그 아이 엄마에게 전화해서 정중하게 사과를 했다. 선생님을 통해 선물도 건넸다. 물론 편지도 동봉했다. 다음 날, 그 엄마에게 감사하다는 전화를 받았다. 전날과 달리 호의가 담긴 목소리였다. 선생님에게도 쿠키 세트를 선물했다. 편지에는, 내가 부족한 엄마여서 그런 것이니, 선생님이 조금 더 민서를 보듬어주고 관심 있게 지켜봐달라고 썼다. 민서에게는 벌을 주었다. 아이가 좋아하는 분홍색 치마를 직접 골라 오게 했다. 그리고는 아이 앞에서 그 치맛단을 가위로 잘랐다. 서걱, 치마 조각이 바닥에 떨어졌다. 아이가 자지러지게 울었다. 이제 네 친구 마음이 어땠는지 알겠어? 또 그럴 거야? 아이는 부들부들 떨면서 다시는 안 그러겠다고 했다.

―안내문 보내드린 거 받으셨지요?

다음 주에 있는 초청 강사 강연회를 말하는 것이었다. 독서

교육에 관한 책을 낸 저자였는데, 이미 불참 의사를 밝힌 뒤였다.

―그래도, 유명한 분이시니까, 들어두는 게 나쁘진 않을 거예요, 어머님.

―제 교육관과는 조금 달라서요.

―어머, 벌써 책도 읽으셨어요?

기분이 상했다. 책 한 권도 안 읽는 아줌마로 취급받은 게 아닌가. 게다가, 유명은 무슨. 검색창에 이름만 넣으면 다 알 수 있는 걸 저렇게 포장하는 것도 마뜩잖았다. 누굴 바보로 아나. 그래도 전화를 끊을 때는, 시간을 내보겠다고 유순하게 대답했다. 사무실에서 나오는 요가 강사가 나를 보더니 주춤주춤 다가왔다.

"지환 어머님이 안 오셔서, 무슨 일이 있나 해서요."

"글쎄요, 저도 잘 모르겠네요."

"결석이 처음이라서……"

강사가 그 자리에서 출석부를 들고 전화를 걸었다.

"계속 안 받으시네요. 지환 어머님이랑 친하니까 아실 줄 알았어요."

이래서 지환 엄마랑 같이 다니기가 싫었다. 친하긴 누가 친해. 괜히 나만 나쁜 사람이 된 것 같았다. 지환 엄마는 왜 연락도 없이 결석을 해서 나를 애꿎게 만드는지 모를 일이었다. 마음에 안 들어. 친한 줄 알았다는 말도 머릿속에서 떠나질 않았다.

"지환 아빠가 내 첫사랑이에요. 생전 처음 만난 남자랑 평생 같이 살게 된 건데, 요즘은 그게 참 억울하다는 생각이 들어요."

앞뒤 설명 없이 불쑥 이야기를 꺼내는 건 지환 엄마의 특기였다. 나는 늘 그랬듯이 대꾸 없이 앞만 보고 걸었다. 요가를 마치고 돌아오던 길이었다.

"고등학교 졸업하자마자 애 아빠를 만났어요. 오빠 친구의 동생이었는데, 인연이 돼서 연애를 했지 뭐예요. 그 나이면 대학도 가고, 좋은 데 놀러 다니고 그랬어야 하잖아요. 뭐가 급하다고 살림부터 차렸는지 모르겠어요. 하다못해 아르바이트 한번 못 해본 거 있죠."

"남들이 부러워할 만한 일이네."

"민서 엄마는 그때 뭐 했어요?"

"스무 살이면, 대학교 다녔지."

"거봐요."

"이제 기억도 안 난다."

건물 하나가 학교의 전부였지만 그래도 사 년제였다. 일 년 내내 공사를 하느라 수업이 진행되기 힘들었다. 매년 신입생을 유치하느라 몸살을 앓는 학교였다. 그래도 졸업장은 있어야 했으니 열심히 다녔다. 용돈을 마련하기 위해 아르바이트를 했고, 방학마다 컴퓨터 학원에 다녔다. 두어 번의 연애와 실연을 거쳤다. 졸업했지만 이름 없는 지방대 출신에게 취업은 쉽지 않았다. 간신히 학원에서 아이들을 가르치는 일을 구했다. 그 일은 결혼 전까지 계속했다. 남편은 엄마 친구의 조카였다. 나는 대체로 시집 잘 갔다는 평을 들었다. 남편의 외모가 수려했고, 무엇보다도 신접살림을 내 집에서 시작할 수 있었기 때문이었다. 자존심 때문에 내 쪽에서도 돈을 보탰다는 것은 말하지 않았다. 나도 결혼 잘했다는 말이 싫지 않았다.

그 얘기 끝에 지환 엄마가 그랬다. 친구가 없어 쓸쓸하다고. 아파트 여자들은 자기가 대학도 못 나온 데다가 뚱뚱해서 가까이 오는 것도 꺼린다고. 살을 이십 킬로그램이나 뺐는데도 마찬가지더라고. 그런데 나는 자기를 거부하지 않았다는 것이다. 평범하게 대해줬다, 그게 참 고맙다고 했다.

"그래서, 나는 민서 엄마랑 친해지고 싶어요. 우리 친해져요, 네?"

어린애처럼 두 눈을 크게 뜨고 나를 쳐다봤다. 입이 다물어지지 않았다. 저런 유치한 발상은 어디서 나오는 걸까. 나는 대답 대신 입꼬리를 끌어올렸다. 대놓고 친해지자는데 대놓고 싫다 할 수도 없고. 억지 미소밖에 보여줄 것이 없었다. 지환 엄마의 얼굴이 환해졌다. 심지어 나에게 팔짱까지 끼려고 들었다. 이런 여자와 함께 요가원을 다녀야 한다는 것이 스트레스가 될 게 뻔했다.

아파트로 돌아오는 십여 분 동안 지환 엄마는 신이 나서 계속 떠들었다. 주로 지환 아빠와 지환이 얘기였다. 주말 부부라는 것과 살이 많이 쪄서 둘째를 가지지 못했다는 것, 지금이라도 둘째를 낳고 싶다는 것, 딸이면 좋겠다는 이야기를 두서없이 내뱉었다. 어머, 너무 내 얘기만 했죠? 그러더니 민서가 유치원 말고 다른 수업을 받는 것이 있는지, 내 옷을 어디에서 사는지, 남는 시간엔 무엇을 하는지, 이것저것 물었다. 글쎄……, 난 그런 거 일일이 말하고 다니는 성격이 아니라서. 그러거나 말거나 지환 엄마는 종종거리며 내 뒤를 따랐다. 아파트 입구에서 나는 우뚝 멈췄다. 상가 마트에서 나오던 앞집 아주머니와 마주친 것이었다. 하필이면 아는 사람까지 만나다니. 나는 반갑게 인사를 건넸다. 앞집 아주머니가 나와 지환 엄마를 번갈아 쳐다보며 내 인사를 받았다.

"그럼, 안녕히 가세요."

나는 지환 엄마에게 깍듯이 인사를 건넸다. 지환 엄마는 갑작스러운 내 태도에 놀라, 말도 못 하고 꾸벅 고개를 숙인 뒤 상가 안으로 들어갔다. 헬스장으로 갈 것이었다. 하루의 대부분을 운동하는 데에 소비한다고 했다. 이태 전까지만 해도 지환 엄마는 고도비만이었다. 아파트 단지에서 지환 엄마를 모르는 사람은 없었다. 그런 사람이 지환이를 유치원에 보내면서 운동을 시작했다. 지환이는 엄마 없이 자기 혼자 유치원에 가겠다고 매일 아침 생떼를 썼다. 아이들이 엄마를 돼지괴물이라고 놀린다는 것이었다. 다른 건 몰라도 지환이가 창피하다는 데 도리가 없었다. 이를 악물었다. 그런데 목이 짧고 가슴이 큰 체형이어서, 이십 킬로그램을 뺐다는데도 표도 안 났다. 내 체구의 두 배는 더 되는 것 같았다. 게다가 갑자기 뺀 살이어서 피부는 탄력이 없는 데다 검고 거칠었다. 서른다섯인데 그보다 훨씬 더 들어 보였다. 지환 엄마는 스스로에게 사람 됐다,라는 표현을 했지만, 여전히 같이 다니기 꺼려지는 외모였다. 사람들이 쳐다본다는 걸 지환 엄마만 모르는 것 같았다. 어떻게 아는 사이야? 같이 오른 엘리베이터에서 앞집 아주머니가 물었다.

"요가원에서 만났어요. 그 집 애가 저희 애랑 같은 유치원에 다니더라고요. 친하진 않아요."

"어쩐지, 자기 같은 고상한 여자랑은 별로 안 어울리더라. 언제 밀크티 마시러 와. 자기가 가르쳐준 영국 찻잔도 샀거든."

네, 나는 고상하게 웃었다. 앞집 아주머니가 먼저 현관으로 들어갔다. 벌써 일 년 전의 일이었다.

요가 강사의 뒷모습을 보며 그날을 떠올렸다. 일 년여 동안 지환 엄마와 같이 요가원을 다녔으니 전보다야 친해지기는 했을 터다. 그러고 보니 그사이 지환 엄마의 인적 사항에 대해 알게 된 게 제법 많았다. 나보다 두 살 아래였고, 삼남매 중에 둘째였으며, 지방 소도시 출신이었다. 몇 해 전부터 금전적인 문제 때문에 오빠네와 의가 상해 친정에 가지 못하고 있다는 것도, 주식에 실패해서 빚이 늘었다는 것도, 지금 살고 있는 집이 전세라는 것도 알고 있었다. 심지어 지환 엄마의 생리 주기와 습관에 관해서도 들은 기억이 있다. 전화를 해봐야 하는 걸까, 하는데 남편에게 전화가 걸려왔다.

—나 늦어.

—아침에 말했어.

—그랬나? 뭐 해?

—요가.

—알았어.

왜 누차 강조하는지 모를 일이었다. 아무튼 나는 저녁 한 끼 해결하고 들어온다는 것만으로도 족했다. 아파트 상가 마트에 들러 간단히 장을 봤다. 계란과 무순, 모듬 버섯 한 팩, 두부 한 모, 식빵과 베이컨을 골랐다. 믹스 커피와 유기농 녹차 티백도 샀다. 희미하게 사이렌 소리가 들렸다.

앞 동 앞에 응급차가 서 있었다. 하여튼 아파트 여자들이란. 구경거리도 아닌데 여기저기 모여서 기웃거리고 있었다. 나는 힐끔 쳐다보고 아파트 현관으로 들어섰다. 우편함에서 고지서를 꺼내들었다. 그때 막 경찰차가 광장으로 들어왔다. 응급차 옆에 멈추더니 경찰 두 명이 내렸다. 나는 우편함 앞에서 앞 동을 한 번 더 쳐다보았다. 경찰들은 느린 걸음으로 앞 동으로 들어갔다. 나도 엘리베이터에 올랐다. 대낮에 경찰들이 아파트에 들락거릴 일이 뭐가 있을까. 13층 버튼을 누르고, 관리비 고지서를 펼쳤다. 전기세가 지난달보다 더 나왔다. 새로 들인 공기청정기 때문이었다. 딩동, 엘리베이터 문이 열렸다.

옷도 갈아입지 않고 컴퓨터를 켰다. 얼음물 한 잔을 마시고, 믹스 커피를 탔다. 블로그에 들어가 방문자 수를 확인하고 댓글을 확인했다. 답글은 밤에 남긴다. 식구들이 잠든 밤에 나 혼자 깨어 있는 설정을 고수하고 있었다. 시도 때도 없이 접속하는 것으로 보이면 안 되었다. 나는 일상이 시들해서 블로그에 목맨 아줌마가 되기 싫었다.

블로그 스킨은 최대한 심플하게 꾸몄다. 카테고리는 많지 않았다. '혼자 읽는 편지'는 나의 독서록인데 요즘 재미 붙인 일본 추리소설보다는 힘겹게 읽고 있는 프랑스 문학 시리즈를 우선으로 기록하고 있었다. 내 일기는 '외로운 일기' '망울진 너'는 민서의 육아 일기였다. 육아 일기는 너무 아줌마처럼 보일 것 같아 업데이트를 일부러 더디 했다. 메인 페이지는 '아무도 없는 곳에서 웅얼거리기'였다. 책이나 웹 서핑에서 찾아낸 명문장과 그림, 사진을 매치해 엽서처럼 만드는 페이지였다. 이건 하루에 한 편씩 업데이트를 했다.

어제 올린 글에 댓글이 다섯 개뿐이었다. 왠지 분했다. 정성 들여 올린 글이었는데, 너무 밋밋했나 보다. 내 글을 음미하듯이 몇 번이나 읽었다. 나쁘지 않은데…… 문득 떠오른 문장이 있어 메모장을 열었다. '외롭다는 말은 어쩐지 불행하다, 처럼 들렸다.' 아, 괜찮다. 오늘 일기에 올려야겠다고 생각했다. 빈집의 한 구석에 혼자 오도카니 앉아 있는 내 모습을 상상해보았다. 블로그 배경 음악의 볼륨을 조금 높였다. 나른한 뉴에이지 음악이 흘렀다. 책장 꼭대기에 숨겨놓았던 담배와 라이터를 꺼냈다. 단 커피를 마시면서 담배를 피웠다. 외출복을 입고 컴퓨터 앞에 앉아 있으면, 마치 프리랜서라도 된 것 같았다. 뭔가 떠오를 것 같은데……, 메모장에 마저 적었다.

'번듯한 남편과 총명한 아이가 있는데 내가 외롭다고 말하는 건 어쩐지 그들에게 누가 되는 것 같았다. 내가 당신들의 이야기를 묵묵히 들을 수 있는 건 나 또한 당신만큼 외롭기 때문이었다.' 이 표현도 마음에 들었다. 즐겨찾기를 훑으면서 글에 마땅한 그림이나 사진을 찾아두었다. 휴지에 침을 뱉어 꽁초를 끈 다음, 창문을 열어두고 서재를 나왔다.

집 안은 온통 남편과 아이의 물건들로 정신이 없었다. 친정 엄마는 세상 남자들이란 다 그렇다고 말했다. 나도 그러려니 하고 살았다. 그래도 가끔은 신경질이 나고 짜증도 났다. 면도기 하나 제자리에 둘 줄 모르고, 스킨 뚜껑 한번 제대로 닫은 적이 없었다. 속옷은 꼭 화장대 옆에 허물처럼 벗었다. 마음에 안 든다고 입었다가 벗은 셔츠 두 벌은 침대 위에 던져져 있었다. 아버지 꽁무니를 졸졸 따라다니면서 치우던 엄마를 보면서 저렇게 살아야 하나, 혀를 찼는데, 나 또한 영락없었다. 처음부터 길을 잘못 들인 내 잘못이었지만, 잔소리가 안 먹힐 바에야 마음 좋은 와이프가 되는 게 모양새가 좋았다. 셔츠를 옷장에 걸기 위해 까치발을 서다가 풀썩 주저앉았다. 둔탁하게 살집을 파고든 통증 때문이었다. 발바닥에 박힌 부서진 아이의 플라스틱 반지를 빼냈다. 일자로 그어진 상처가 천천히 벌어지며 이내 붉은 피가 맺혔다. 아이가 좋아하는 반지였다.

그 반지가 들어 있는 화장품 세트 장난감을 사준 건 지환 엄마였다. 작년 여름, 아이의 생일 선물이었다. 고맙지 않았다. 역할놀이를 내세워 어쭙잖게 어른 흉내를 부추기는 장난감은 내 취향이 아니었다. 그러나 아이는 포장지를 뜯으며 환호성을 질렀다. 그 옆에서 지환이는 민서의 블록 상자를 제멋대로 뒤집어 모양을 만들어나갔다. 지환 엄마가 민서를 보면서 흐뭇한 표정을 지었다.

"엄마도 없고, 여자 형제도 없어서 내 마음을 알아주는 사람이 하나도 없었어요. 세상에 내 편이 하나도 없는 기분이랄까. 그래서 나는 정말 딸을 낳고 싶었어요."

후루룩 소리 내며 커피를 마시는 지환 엄마는 민서에게서 눈을 떼지 못했다. 교양 없는 그 후루룩 소리가 영 거슬렸다. 손님용인 비싼 원두를 내려 대접한 것이 후회됐다. 민서는 장난감 화장품들을 일렬로 세웠다. 로션과 크림을 바르고, 분을 두들기고, 눈 화장과 립스틱을 발랐다. 반지와 귀걸이를 했다. 지환이는 어느새 칼을 만들어 제 엄마에게 휘두르기 시작했다. 조악한 플라스틱 반지를 끼고서 예쁘지, 엄마? 하고 묻는 아이에게 나는 대꾸하지 않았다. 웃어주지 않았다. 지환엄마를 집에 들락거리게 한 것이 새삼 후회됐다. 몇 달 뒤, 지환이의 생일 선물로 나는 화장품 장난감 가격만큼 그림책을 선물해야 했다.

발바닥에 밴드를 붙였는데도 계속 욱신거렸다. 걸을 때마다 디디는 자리가 쓰라렸다. 나는 절룩이면서 부서진 반지 조각들을 치웠다. 아무렇게나 널려진 옷가지들, 아이의 인형과 장난감을 제자리에 넣었다. 빨래를 돌리고, 설거지를 했다. 청소를 시작했다. 윙, 위윙— 청소기가 종종 먼지를 빨아들이지 못했다. 사람이든 기계든 시간이 흐르면 늙기 마련이었다. 하나둘씩 고장 나는 집안 살림살이들을 볼 때마다 나는 내 나이를 가늠해보곤 했다. 서른일곱, 내 나이는 언제나 새삼스러웠다. 남들에게 흉잡히지 않을 만한 내 위치가 그나마 다행이었다. 외곽이지만 소유의 아파트가 있고, 남편의 회사는 비교적 안정적이었다. 시댁과 친정 어른들도 큰 병 없었다. 큰 욕심만 부리지 않으면 불행이나 불운이라는 단어는 내 일상에 끼어들지 않을 것이었다. 발바닥의 상처가 자꾸 신경을 건드렸다. 아무래도 걸레질은 생략하는 게 좋을 것 같았다. 빨래를 널고, 베란다 화분에 물도 줬다. 재활용 쓰레기 수거 날이어서 양손에 쓰레기를 들고 나갔다. 응급차와 경찰차가 그대로 있었다.

사람들도 여전히 모여 있었다. 저기 혜빈 엄마와 용규 엄마도 보였다. 알은체를 할까 하다 말았다. 사람들이 왜 모여 있나 궁금하기도 했지만, 그냥 뒤돌아섰다. 할 일 없는 동네 여자가 될 순 없었다. 어느새 구름이 걷혀 하늘이 맑았다.

물 빠진 화분을 정돈하다가, 내친김에 베란다 물청소를 했다. 하다 보니 베란다 창문까지 닦았다. 그러니 걸레질을 하지 않은 것이 찜찜했고, 결국 방 세 개와 거실, 현관과 다용도실까지 닦았다. 걸레 세 개를 빨고 삶았다. 땀이 범벅이다. 샤워를 하려고 욕실에 들어갔다가 그냥 변기에 주저앉았다. 샤워기를 들 힘조차 없었다. 담배 생각이 간절했다. 욕실에는 생리대 칸 뒤가 숨겨놓는 자리였다. 담배 연기를 길게 내뿜었다. 가슴속이 좀 후련해지는 것 같았다.

끝도 없는 집안일은 늘 허무에 쌓이게 했다. 매일 하는 거 적당히 해도 된다는 지환 엄마의 말은 그런 점에서 일리가 있었다. 그래도 지환 엄마의 집은 언제나 말끔했다. 체질적으로 살림을 잘하는 여자였다. 무엇보다도 직접 김치를 담가 먹는다는 말에 나와 차원이 다른 여자라는 걸 깨달았다. 결혼하고 엄마가 되면 저절로 부지런해지는 줄 알았다. 그런데 그게 아니더라고 말하자, 지환 엄마는 맞아요 맞아, 맞장구를 쳤다. 조금 얄미웠다. 네가 어떻게 아느냐고 묻고 싶었다. 나는 양말 한 짝 내 손으로 빨아본 적이 없었다. 생전 해보지 않은 집안일을 결혼을 하고 곧바로 시작했다. 남들은 아무렇지 않게 하는 일이 나는 너무 힘들었다. 하지만 그것도 잘해내고 싶었다. 네 엄마 흉보이게 하지 말라고 늘 잔소리하던 엄마 때문이기도 할 것이었다.

별일 없지? 라고 시작한 통화는 삼십 분도 좋고 한 시간도 좋았다. 엄마가 이렇게 말이 많은 여자라는 걸 결혼을 하고서야 처음 알았다. 통화 내용의 대부분은 아버지의 허물에 관한 것들이었다. 뜬금없이 이십 년 전에 아버지가 한눈팔았던 여자를 향해 상욕을 퍼붓거나, 돈만 밝히는 아버지 형제들에게 서슴없이 저주를 퍼붓곤 했다. 제 어미한테는 꼬박꼬박 용돈 찔러주었으면서 마누라한테는 입때껏 양말 한 짝 사준 적 없는 야박하고 치사한 새끼라고 떠들었다. 아무리 딸이어도 듣기 민망했다.

결혼 전의 엄마는 그러지 않았다. 누가 봐도 헌신적이고 인자한 아내였다. 자식 앞에서 흐트러진 모습 한번 보이지 않던 사람이었다. 부지런하기도 남달라 하루 종일 쓸고 닦아 식구들이 넌더리를 칠 정도였다. 그러던 엄마가 내 결혼과 아버지의 정년퇴직을 기점으로 집안일을 접었다. 이제 마음 편히 노래나 배우러 다니겠다, 라고 말은 했지만 실제로 엄마는 아무것도 하지 않았다. 하루 종일 개지 않은 이불 속에 누워 텔레비전만 봤다. 안 보는 드라마가 없고, 모르는 연예인이 없었다. 명절과 생일 때 엄마 집으로 가게 되면 밥 한 끼 해주는 것도 귀찮아 해 내가 차리거나, 배달 음식, 아니면 외식을 하곤 했다. 그럴수록 아버지는 사위 보는 걸 멋쩍어했다. 우리가 왔다 가면 꼭 싸우는 모양이었고, 그럼 엄마는 전화를 끊을 줄을 몰랐다. 한 시간이 넘도록 아버지 욕을 듣다 보면, 엄마가 미친 건 아닌가 하는 생각이 들었다. 그래, 내가 죽어야 다들 편하지, 라는 궤변으로 결론을 내리고 일방적으로 전화가 끊길 때에는 차라리 돌아가시는 게 낫겠다는 생각마저 들었다.

올해 초였을 것이다. 통화 중에 엄마가 미수야, 라고 나를 불렀다. 미수는 내 이름이 아니었다. 미수는 한창 유행하던 저녁 드라마의 주인공 이름이었다. 불길했다. 아니나 다를까. 그 뒤로 몇 차례, 엄마는 내 이름을 바꿔 부르거나, 드라마 속 대사를 똑같이 따라하곤 했다. 현실과 드라마가 섞일 때도 있었다. 그럴 때면 나는 가만히 수화기를 내려놓았다. 아버지는 엄마 이야기라면 귀를 닫았다. 남편에게 토로할 수도 없었다. 직감은 틀리지 않을 것이다. 나는 결국 누구에게도 말하지 못했다.

간단한 점심상을 차리면서 시계를 보았다. 엄마에게 전화가 올 때가 지나 있었다. 어쩐 일이신가. 전화벨이 울렸다. 그럼 그렇지. 입안에 든 밥을 다 먹고, 느긋하게 전화를 받았다. 엄마가 아니라 윤영이었다. 나는 내려놓았던 숟가락을 다시 들었다.

윤영은 언제나 저기압이었다. 어제는 남편의 몇십만 원 술값이 문제였는데 오늘은 시댁 제사가 문제였다. 다음 날은 대출금 때문, 그다음은 말 안 듣는 아이들, 다음은 자모회에서 어울리는 엄마들 때문에 스트레스를 받을 터였다. 일주일쯤 뒤에는 점점 무식해지는 자신 때문에 우울해서, 딱 죽고 싶은 심정이라고 앓는 소리를 할 것이었다. 말할 틈을 주지 않고 제 말만 쏟아부을 터여서 나는 소리 나지 않게 밥을 꼭꼭 씹어 삼켰다. 윤영이 씩씩댔다.

─어휴, 그래도 너한테 말하니까 속은 편하다. 귀찮아도 네가 참고 들어줘야 한다, 애. 내 주변에서 그래도 네가 사는 게 가장 나아.

일상의 너저분함을 고스란히 보이는 걸로 자기 위안을 삼는 윤영에게 나는 경외심을 느낄 지경이었다. 우울하고 외로운 걸 쉽게 인정하는 사람들은 참 살기 쉬울 것이다. 웃고 싶지 않을 때 웃지 않고 산다는 건 부러운 일이었다. 윤영이가 재재거리는 동안 밥 한 공기를 다 먹었고, 커피도 한 잔 마셨다.

─근데 네가 알기나 하겠니. 하긴, 이게 다 무슨 소용이야. 네가 이런 인생을 상상이나 할 수 있겠어?

섬이 된 기분이 들었다. 실컷 떠들고 난 윤영은 통화 말미에는 꼭 저렇게 말했다. 걱정거리가 없이 산다고 부러움을 받는 건 좋다. 그러나 그런 오해가 가끔은 숨 막히게 했다. 세상에 고민 없는 사람이 어디 있나. 남편 몰래 만든 마이너스

통장, 치매가 의심스러운 엄마, 분홍색에 병적으로 집착하는 아이, 인물값 하는 남편. 그걸 다 꺼내 보일 수는 없었다. 섬처럼 외롭더라도 내 안의 이야기를 꺼내지 않는 것이 나를 위하는 길이었다. 그들에게 동정을 받거나 충고를 들을 바에야, 오해를 받으며 선망의 대상이 되는 게 차라리 나았다. 큰 걱정 없이 편안하고 무난하게 사는 여자처럼 보이고 싶었다. 그러니 은행 이자에 치이고, 애들 때리고 다니는 아들에, 지병을 앓는 친정아버지, 생활비를 대라는 시댁까지 끌어안은 윤영에게, '네가 알기나 하겠니'라는 말을 들을 때마다, 나는 코맹맹이 소리로 '미안해'라고 말할 수밖에 없었던 것이다.

오후 알람 소리가 울렸다. 오후 세 시 반. 아이 도착 시간은 세 시 오십 분이었다. 양치질을 하고 옷을 갈아입고 천천히 나서면 도착 시간에 맞았다.

아파트 현관을 나서자, 분위기가 아까와는 달랐다. 응급차와 경찰차가 그대로 있고, 경찰 승합차가 하나 더 세워져 있었다. 사람들도 더 모여 있었다. 그들의 수군거리는 소리가 아파트 광장에 울리는 것처럼 느껴질 정도였다. 이유를 알 수 없는, 어떤 모호한 공포가 전해졌다. 곧 아이가 도착할 터였다. 나는 상처 때문에 절뚝이며 걸었다. 아침에 버스를 태워 보낸 그 자리에서 아이들이 내린다. 나를 보자 혜빈 엄마와 용규 엄마가 다가왔다. 혜빈 엄마는 눈이 빨갰다. 내 팔을 잡아끌었다. 어쩌면 좋아요. 용규 엄마가 소리 죽여 말했다.

"지환 엄마가 죽었대."

무슨 소리야, 대체. 전화벨이 울렸다. 몸을 돌려 전화를 받았다. 지환이 엄마가 죽었다고? 믿기지 않았지만, 정말인 모양이었다. 수화기 너머의 상담원이 혼자 떠들었다. 아침에 전화를 걸지 않은 게 얼마나 다행인가 싶었다. 통화 기록에 내 이름을 남기지 않았으니 말이다. 그런데 이런 상황에서는 무엇부터 물어봐야 하는 걸까. 대꾸 없이 전화를 끊었다. 왜? 어떻게? 그런데, 정말이야?

"응, 진짜 죽었어. 목매고."

"자살이야?"

"네. 사람이 어쩜 이럴 수가 있어요."

"어떻게 발견된 거야? 지환 아빠는 왔어?"

용규 엄마가 빠르게 설명했다. 지환 아빠가 관리사무소에 전화를 걸어, 어제 크게 싸웠는데 아무래도 이상하다며 들여다봐달라고 했다는 것이다. 지환 엄마를 발견한 건 경비원이었다.

"어제 싸웠대? 그래서 죽은 거야?"

"그거야 우리도 모르지."

"그럼 지환이는?"

"지금 유치원에요. 방과 후 수업 있어요."

저기 유치원 버스가 들어오고 있었다. 안도의 숨이 나왔다.

지환이를 안 봐도 된다.

"어떻게 애를 유치원에 보내놓고 죽을 생각을 해."

"죽을 만했으니 죽었겠지. 애 있는 여자가 함부로 그랬겠어?"

"그래도 그러면 안 되죠. 지환이가 무슨 잘못이라고."

다녀왔습니다! 선생님과 아이들이 큰 소리로 인사를 하며 차에서 내렸다. 용규 엄마가 선생님에게 지환이 아빠에게 연락을 해보라는 말을 전했다. 선생님이 왜 그러느냐 물었지만 누구도 선뜻 말을 꺼내지 못했다. 용규 엄마가 재빠르게 덧붙였다.

"지환이 아빠 연락이 잘 안 되면, 다른 연락처를 다 찾으세요. 오늘 지환이 받을 사람이 아무도 없어요."

선생님이 당황해하며 버스에 올랐다. 노란 버스는 다음 광장으로 넘어갔다. 왜, 무슨 일이냐고, 엄마 손을 잡은 세 아이들이 종알거렸다. 그러다 금세 저희들끼리 키득거렸다. 혜빈 엄마가 자꾸 울었다.

"아침에도 멀쩡했던 사람이 왜 죽었을까요. 어젯밤에, 옥수수 쪄서 갖다 준 사람이 말이에요."

"그래? 난, 부침개 갖다 줬는데."

나에게도, 전화가 왔었다. 지금 잠깐 들러도 되느냐 물어서, 민서 아빠가 있다고 대답했다. 민서가 눈을 똥그랗게 뜨며, 아빠 없잖아! 라고 소리쳤다. 민서에게 눈을 흘기며 얼른 방으로 들어갔다. 민서의 목소리가 전화기 너머로 흘러들어 갔을 것이다. 왜? 무슨 일 있어? 나는 좀 전보다는 친절하게 물었다.

"아니, 그냥요. 알았어요."

나에게도 옥수수나 부침개를 갖다 주려던 것이었을까. 아니면 나에게 따로 할 말이 있었던 걸까. 우리 친해져요, 네? 라고 묻던 지환 엄마의 목소리가 생생하게 떠올랐다. 뻔뻔하고 눈치도 없는 여자, 그래서 만날 웃고 다니던 여자가 왜 죽어. 왜 그런 결심을 해. 아이가 물었다. 왜 그래, 엄마? 지환이 아줌마 죽었어? 여섯 시간 전에 내 아이에게 웃으면서 인사를 했던 여자였다. 내 아이의 등을 쓰다듬기도 했다. 그때도, 지환 엄마는 죽을 생각을 하고 있었을까.

"민서 엄마는 뭐 아는 거 없어?"

"내가 뭘?"

"만날 같이 붙어 다녔잖아. 자기에겐 무슨 언질 같은 거 없었어?"

"무슨 소리야. 누가 친했다고 그래!"

나는 민서의 손을 잡아챘다. 한 번 무리가 된 사람들은 좀처럼 움직이질 않았다. 먼저 집으로 돌아가는 게 어떤 연대에서 떨어져나와 방관자가 되겠다고 자청하는 기분이었다. 그래도 마냥 서 있을 수도 없었다. 아이의 손을 꽉 잡고 걸으며 고개를 들어 위를 쳐다보았다. 지환이네는 블라인드가 쳐 있었다. 어제만 해도 저 집에서 옥수수를 삶고 부침개도 지졌다는 거 아닌가. 죽기 전날 음식을 해서 나누는 여자였다니.

무서워 죽겠네. 우리 윗집이잖아. 그 여자가 그 여자 맞지? 어제 술 마셨다며? 아니, 오늘 아침부터 마셨다고 그러던데? 빚도 많았대. 남편이 변변치 않았다던데? 뭐라더라, 포클레인? 크레인? 그보다도 여자가 외로움이 많았다고 하더라고. 뜨내기인 데다가 주말 부부였으니 그렇기도 했겠다. 그 몸으로 외로움도 탔단 말야? 일도 안 하고 집에서 혼자 애만 봤으면 외롭긴 했겠다. 그런다고 죽어? 새끼 생각은 안 해? 저 경찰차는 언제까지 저러고 있는 거야. 아직 시신이 집에 있다잖아. 자살인지 타살인지 확인하고서야 시체를 치운대. 어머, 무섭다. 아파트 값 떨어지겠네. 이런 일로 아파트 값까지야. 왜, 계속 안 좋은 일이 생기잖아. 지난번 옆 동 애들 추락사고도 있었고, 아가씨 하나도 말이야, 그런 일 있었다고 하고. 그런 일은 무슨 일? 몰라? 후문 쪽에서…… 그런데 애는 몇 살이라고 했지? 여섯 살? 일곱 살? 저기요— 누군가 나를 불렀다.

"그 집 애랑 같은 유치원 다니는 애기 엄마 맞죠? 아니 왜 죽었대요?"

처음 보는 사람이었다.

"몰라요."

"지금까지 같이 얘기하고 왔잖아요."

힐끔 뒤돌아봤다. 용규 엄마와 혜빈 엄마가 나를 쳐다보며 수군거리는 것 같았다.

"아, 모른다고! 왜 다 나한테 그래! 사람 말이 말 같지 않아? 내가 만만해 보여?"

"아니, 여보세요."

나에게 말을 건 무리들을 노려보았다. 한마디만 더 하기만 해봐. 엄마, 엄마…… 민서가 내 손을 잡아끌었다. 나는 아이에게 이끌리듯 절뚝거리며 아파트 현관으로 들어섰다. 아이가 겁을 먹은 눈빛으로 나를 자꾸 쳐다봤다. 내 숨소리는 거칠었다. 나는 심호흡을 한 뒤, 표정을 바꿨다. 목소리를 나긋하게 낮췄다.

"괜찮아, 민서야. 별일 아니야."

나는 아이를 향해 말했지만, 그 말이 참 괴이했다. 별일이 아닌 일이라니. 나는 서둘러 엘리베이터에 올랐다.

아이를 씻기고, 옷을 갈아입히고서 간식을 챙겼다. 구운 식빵에 꿀과 치즈, 잼을 종류별로 발라 내줬다. 나는 창문에 붙어서서 바깥을 살폈다. 혜빈 엄마와 용규 엄마는 아직도 들어가지 않고 서성였다. 혜빈 엄마는 계속 우는 모양인지, 자꾸 손을 눈가에 댔다. 혜빈 엄마와 지환 엄마가 친했던가. 혜빈이와 용규는 광장을 뛰어다녔다. 하여튼 애들 안 챙기고 저희들 할 말만 하는 꼴이라니.

"지환이 아줌마 죽었어?"

어느새 아이가 내 뒤에 서서 물었다. 입가에 빵가루와 잼이 묻어 있었다. 나는 입가를 닦아주었다.

"어른한텐 돌아가셨다고 하는 거야."

"왜? 아팠대?"

"응. 편찮으셨대. 영어 디브이디 볼래?"

그러겠다고 했다. 디브이디를 넣어두고, 나는 다시 베란다에서 서성였다. 지환 엄마에게 돌려주지 못한 게 있다. 그릇장 구석에 놓인 유리 접시를 쳐다보았다.

그날이었다. 지환 엄마에게 전화가 걸려온 건 막 저녁상을 차리려던 참이었다. 문 앞이라는 것이었다. 현관문을 여니, 지환 엄마가 쟁반을 내밀었다. 두툼한 해물파전이었다. 너무 많이 해버렸지 뭐예요. 지환 엄마는 수줍게 웃었다. 접시를 받아들자 지환 엄마가 냉큼 엘리베이터 속으로 들어갔다. 접시는 다음에 주세요. 전은 두껍기만 하고 맛이 없었다. 밀가루가 덜 익은 부분은 도려내고 먹어야 했고, 오징어와 조개는 너무 질겼다. 그런 데다 설거지를 하다 유리컵과 부딪혀 접시의 이가 나가고 말았다. 친하게 지내자고 했다고 그날로 이런 걸 해오다니. 확 짜증이 났다. 다음 날 나는 지환 엄마에게 롤케이크를 건넸다. 나는 솜씨가 없어서 뭘 해주질 못하네. 예의상이라도 맛있게 먹었다는 말은 끝까지 하지 않았다. 지환 엄마도 접시에 대해 이야기하지 않았다. 어차피 천원숍에서 무더기로 쌓아놓고 파는 싸구려였다. 지환 엄마다웠다. 접시는 돌려주지도 못하고, 그렇다고 새로 사주지도 않은 채 어영부영 지나버렸던 것이다.

접시를 꺼냈다. 그릇장에 뒀던 건데도 먼지가 보얗게 앉아 있었다. 파인 홈 부분에 손을 대봤다. 날카로웠다. 그런데 저녁엔 뭘 해먹지?

"베이컨 구워줘. 엄마 하기 쉽잖아."

소파에 앉은 아이는 다시 화면으로 고개를 돌렸다. 계획대로라면 버섯을 볶고, 야채와 두부를 섞은 샐러드를 할 생각이었다. 그런데 아무것도 하기 싫었다. 믹스 커피를 타 아이 옆에 앉았다. 아이를 눕혀 내 무릎을 베게 했다. 지환 엄마는, 왜 그랬을까. 아이의 머리에서 희미하게 샴푸 냄새가 맡아졌다. 달콤한 냄새였다. 너희 부부에게 일이라도 생기면, 세상에 민서 혼자만 남는 거 아니냐. 형제를 만들어주는 것이 부모가 할 수 있는 최고의 선물이다. 민서 하나만 두겠다고 했을 때, 제일 많이 듣던 이야기였다. 그때마다 나는 당신들이 키울 거 아니니 제발 조용히 하시라고 말하고 싶었다. 나는 아이의 머리카락을 귀 뒤로 넘겨주며 물었다. 우리 민서, 동생 만들어줄까?

"싫어."

"왜?"

"내 장난감 나눠 가져야 하잖아. 그런데 엄만 왜 만날 똑같은 걸 물어봐?"

나는 후루룩 소리 내서 커피를 마셨다.

"첫 아이지요?"

민서의 첫 등원 아침, 버스를 기다리는 동안 처음으로 말을 건 사람도 지환 엄마였다. 민서만큼 나도 긴장하고 있었다. 매일 아침마다 얼굴을 마주할 엄마들과의 첫 대면이기 때문이었다. 지환 엄마의 입성을 보고 나는 긴장했던 스스로가 부끄러웠다. 시골 여자 하나가 서 있었다. 애도 마찬가지였다. 다른 엄마들이나 다른 아이들도 별반 다르지 않았다. 민서의 분홍색 투피스가 유난히 도드라져 보였다.

"걱정 마세요. 애들은 엄마 생각보다 더 의젓해요."

누굴 가르치려고 들어? 첫인상부터 좋지 않았다. 유치원 버스가 사라지도록 자리를 못 뜨는 나에게 요가원을 알려준 것도, 사실은 지환 엄마였다.

"아이 보내놓고 뭐 해요?"

"아직……"

"날개 달았는데 집에만 있지 마시고, 가까운 요가원이라도 다니세요."

맞는 말이었다. 매일 한 시간씩 요가를 다니니 숨통이 트이는 것 같았다. 결혼을 하고, 아이가 다섯 살이 되도록 대부분의 시간을 집 안에서만 보냈다는 것이, 그제야 후회됐다. 이제까지 왜 그런 생각을 하지 못했던 걸까. 요가원에서 지환 엄마와 마주쳤을 때는 아차 싶었지만, 어쩔 수 없었다. 여하튼 지환 엄마와 일 년여 동안 매일 같이 요가를 다닌 셈이었다.

요가원에 가고 오는 십여 분 동안 늘 지환 엄마가 자기 이야기를 꺼냈다. 명절 뒤에는 시댁 이야기를 했고, 오월에는 남편 월급이 적은 것에 대한 한탄을 늘어놨다. 동거부터 시작해 지환이를 낳고서야 결혼식을 올렸다는 이야기도 털어놓았다. 그런 얘기도 서슴없이 하는 지환 엄마의 얼굴을 빤히 쳐다봤다. 제가 사연이 좀 많아요. 그러면서 혼자 히죽댔다. 궁금하지도 않은 이야기여서 대꾸도 하지 않았다. 그럼 또 혼자서 주절주절 제 속을 꺼내곤 했다. 사고로 친정 엄마가 세상을 뜬 이야기 하며, 뚱뚱하다고 사람 취급 하지 않는 시댁과의 갈등이나, 간이 안 좋은데도 술을 끊지 못하는 지환 아빠에 대한 이야기가 이어졌다. 독하게 다이어트 했는데, 얻은 건 위장병과 탈모, 생리 불순밖에 없다는 탄식도 뱉었다. 그뿐이 아니었다. 용규 엄마가 용규 친엄마가 아니라는 것도, 혜빈 엄마가 노래방 도우미를 나가고 있다는 것도 알려줬다. 이건 비밀인데요, 라고 운을 떼는 순간 무슨 이야기일지 알았다. 지환 엄마가 알 정도면 내 눈치에 이미 알고 있을 법한 이야기였다. 하지만 나는 알고 있었다는 말을 하지 않았다. 물론 놀란 내색도 하지 않았다. 그게 뭐? 그런 표정으로 쳐다보다 말았다. 그때, 지환 엄마가 이런 말을 했다.

"나는 민서 엄마가 어떤 사람인지 잘 모르겠어요."

나는 당연하다는 듯이 답했다.

"어렵다는 말 많이 들어. 내 분위기가 좀 그런가 봐."

"그래서 더 많은 이야기를 하게 돼요."

"뭐?"

나는 지환 엄마가 나보다 못 배우고, 못살고, 못생겼으면서도 함부로 내게 친한 척하는 게 싫었다. 내 주변을 맴도는 게 싫었다. 길에 버려진 강아지가 뒤따라오는 것처럼 성가셨다. 그게 잘못이라고 생각지도 않았다. 자신보다 열등한 존재는 짓누르고 싶은 건 본능이라고 생각했었다. 가슴이 두근거리고 열이 오르는 것처럼 얼굴이 뜨거워졌다.

창문 밖을 쳐다봤다. 어느새 경찰차도, 응급차도 사라지고 없었다. 사람들도 보이지 않았다. 다 끝난 모양이었다. 나는 고개를 들어 지환이네를 쳐다보았다. 18층, 지환 엄마는 목을 매달았다. 블라인드가 쳐진 지환이 집 안을 상상해보았다. 광장으로 들어서는 유치원 차가 보였다. 네 시 오십 분. 지환이가 돌아와야 할 시간이었다.

십 분쯤 뒤에 학습지 선생님이 왔다. 첫마디가, 괜찮으냐는 물음이었다.

"지환이 어머님과 친하셨잖아요."

선생이 덥석 내 손을 잡았다. 그러더니 눈물을 글썽였다. 울지 마세요. 내 말이 끝나자마자 선생이 눈물을 뚝 떨어뜨렸다. 때마침 울 일을 기다렸던 사람 같았다. 제 감정에 취해 눈물을 멈추질 못했다. 엄마…… 민서가 울면서 품으로 달려드는 바람에 내 발을 밟았다. 십오 분씩 세 번 만났다는 선생님이 저렇게 울고 있는 것이었다. 미세하던 발바닥 통증이 다시 시작됐다. 나는 인상을 찌푸렸다.

 저녁을 먹고, 아이와 함께 샤워를 했다. 남편에게서는 전화도 문자도 없었다. 그림책 다섯 권을 읽어주고 불을 껐다. 아이는 곧 잠이 들었다. 나는 자리에서 일어나 거실로 나왔다. 시선이 자꾸 창밖을 향했다. 지환이네만 어둑했다. 오소소 소름이 돋았다. 나는 창문이 잠겼는지 확인했다. 그리고 블라인드를 내렸다. 거실의 커튼도 쳤다. 28평 내 집이 견고하게 느껴졌다. 삐릭, 전자음이 들리고 남편이 들어왔다. 술에 취해 있지 않았다.
 "늦었네."
 "응."
 "있지, 오늘……"
 "나 좀 씻고."
 남편은 곧장 욕실로 들어갔다. 이내 물소리가 들렸다. 나는 남편의 서류 가방을 열었다. 접이식 우산과 피엠피, 재테크 정보 책과 다이어리, 지갑이 들어 있었다. 지갑 속에서 카드 명세표를 찾았다. 휴제트, 남편 회사 근처의 레스토랑 이름이었다. 시간은 일곱 시 오 분으로 기록되어 있었다. 다이어리도 꺼내보았다. 오늘 날짜에는 아무것도 적혀 있지 않았다. 나는 모두 제자리에 넣어두고 서재에서 나왔다. 남편의 귀가 후 가방을 뒤지는 건 나의 오랜 습관이었다. 커피포트의 물이 금세 끓었다. 커피 마실래? 욕실에 대고 물었다. 응. 수건만 두르고 나온 남편이 욕실 앞에서 속옷과 잠옷을 입었다. 나는 식탁 앞에 앉았다. 뜨거운 커피 두 잔을 탔다. 남편은 젖은 수건을 식탁 의자 위로 휙 던졌다. 그리고 커피를 들고 서재로 들어가려고 했다.

"오늘, 일이 좀 있었어."

"뭔데?"

남편은 선 채로 커피를 마셨다.

"지환이 엄마 있잖아."

"누군데?"

"왜, 앞 동 사는. 나랑 요가 같이 다닌다는 엄마 말이야."

"근데?"

"오늘 죽었어."

"왜?"

"자살."

"당신이랑 친했어?"

또 그 질문이었다. 친한 사람이 죽었다면 소문을 전하듯이 이렇게 말하지는 않을 것이었다. 친하지 않은 사람이라면 굳이 남편을 붙들고 이야기할 이유가 없었다.

"친한 건 아니었지만……"

"그럼 됐어."

남편이 서재 문을 닫고 안으로 들어갔다. 그럼, 됐어. 남편의 말이 웅웅거리며 머릿속을 맴돌았다. 닫힌 문틈으로 담배 냄새가 새어나왔다. 남편이 서재를 나와 침실로 들어가며, 내 어깨를 매만졌다. 씻고 와. 이틀 연속 잠자리를 가지는 건 근래 드문 일이었다. 나는 남은 커피를 마저 마셨다. 가볍게 샤워를 하고 침실로 들어갔다. 관계는 길지 않았고, 남편은 이내 잠이 들었다. 나는, 잠이 오지 않았다. 그럼 됐다……, 라. 나는 벌떡 일어났다.

그릇장에서 그 접시를 꺼냈다. 신문지로 둘둘 말았다. 얼핏 보기엔 신문 뭉치처럼 보였다. 집을 나섰다. 광장은 어둑했다. 유리 접시를 싼 신문 뭉치를 종이 재활용 수거함에 넣었다. 비가 온 뒤여서 공기가 매서웠다. 제대로 추워질 모양이었다. 고개를 들지 않고 서둘러 집으로 돌아왔다. 코끝이 시렸다.

손을 깨끗이 씻고 컴퓨터 앞에 앉았다. 블로그를 열어 일기를 썼다. '우산을 쓴 아침에 반갑게 인사를 나눴던 이가, 비가 갠 오후에 죽었다.' 슬프고 음산한 노래들로 배경음악을 바꿨다. 오늘 올라온 글들에 일일이 답글을 다는 사이, 오늘 일기에도 댓글이 달리기 시작했다. 모두 나를 위로하는 글들이었다. 나는 조금만 슬퍼하겠습니다, 라고 적었다. 마지막으로 남편의 메일함을 열어보았다. 스팸 메일만 보였다. 엄마— 민서가 잠결에 나를 찾았다. 컴퓨터를 끄고 서재불을 껐다. 발바닥이 따끔했다.

어둑한 집 안에 가만히 서 있었다. 남편이 낮게 코 고는 소리, 아이의 고른 숨소리가 들렸다. 집 안의 따스한 공기가 더없이 안락했다. 하루가 끝났다.

해설

전전반측, 반전의 윤리

김나영
(문학평론가)

가설(假說) 되는 가정(家庭)

피와 땀과 젖, 욕설과 발길질, 유기와 방치의 시간. 이 명사들은 의미상 복수형이다. 모든 얼룩과 폭력과 고통도 정관사로는 수식할 수 없기 때문이다. 이러한 얼룩과 폭력과 고통은 어떤 삶을 은폐하고 유기하고 방치하여 고립시키고 또 다른 삶으로 건너간다. 이것들은 김이설의 소설집에서 그 면면을 장악하고 있는 어둡고 습하고 비린 느낌으로 형용되기도 한다. 앞서 출간된 『나쁜 피』(2009, 민음사)에서 역시 소설의 한가운데에는 검게 오염된 하천이 흐른다. 하천 '이쪽의 삶'은 무자비한 폭력과 가난이 사람을 지배하고, 심지어 그 삶의 구도는 '나'의 의지와는 무관하게 대물림된다. 사람의 터전을 명백히 이분하며, 혹은 그저 흐르며 거기 있을 뿐인 하천은 레테의 강처럼 살아서는 끝내 건너갈 수 없다. 역시 이에 조건반사적으로 '나'가 살아 있는 한 결코 도달할 수 없는 곳인 '저쪽의 삶'은 무조건 빛난다. 이것은 현재까지 김이설의 소설이 일관되게 추구하는 방식이다. 삶의 어두운 면을 부각해서, 혹은 어두운 삶을 조형해서 본래의 삶의 조건에 결코 가시화할 수 없는 빛을 추가하는 것. 그렇기 때문에 김이설의 소설은 주로 불륜한 요소들을 삶의 소재로 채택한다. 비의지적인 인물이 도덕적으로 타락하면서 일련의 사건을 저지르고, 불길한 사건의 연속이 시공간적인 배경이 된다.

그러한 삶의 양태들이 우리로 하여금 불쾌한 기분과 욕지기를 유발할 수 있다. 그런 반사적인 반응은 우리의 일상이 온기와 향기만으로 채워져 있지 않음을 반증한다. 정도의 차이는 있겠지만 병들고 찌든 삶의 단면들에 대한 우리의 거부 반응은 오히려 그에 대한 모종의 공유와 공감에서 비롯될 것이다. 돌연 우리에게 기괴하고 섬뜩한 느낌을 주어 우리의 삶에 일종의 거리감을 유발시킴에도 불구하고 일상의 있음 직한 이야기로 수용되는 소설의 속성이 이미 그러하며, 그 과정에서 낯섦은 낯익은 것을 전제로 해서만 유발된다. 김이설의 소설은 새삼스럽게도 이 같은 소설의 원리에 충실하면서, 우리의 삶은 그다지 아름답지도, 한없이 추하지도 않다는 역시 새삼스러운 발견을 유도하는 듯하다. 하지만 이로써 김이설의 소설에 형상화된 삶과 그 속에 들끓고 있는 저 얼룩과 폭력과 고통의 이유까지를 짐작할 수는 없다.

당연한 말이지만 어떤 삶도 활자화된, 형상화된, 고정된 형태로는 완전히 말해질 수 없다. 삶은 현재 진행형으로서의 '살다'이며, 이 두 글자의 흐름 속에 허우적대는 '사람'을 건져 올리는 과정을 포함한다. 감히 단언하건대, 김이설은 미적 전위나 형식적 완결의 성취를 포기하면서도 날것 그대로의 삶을 파고들려는 의지를 보여준다. 김이설의 소설을 관통하고 있는 하나의 가정(假定)이 있다면, '삶은 고통스럽고 그 이유는 나의 삶이 남의 삶과 연계되어 있기 때문이다.' 이 단순하고도 예리한 가정은 모든 개별적인 삶이 오직 개인의 것만은 아니라는 표층에서부터, 소란스러운 한 생의 진원으로, 개인의 삶에서 떼어놓을 수 없는 삶의 심층까지를 파고든다.

김이설의 소설이 대부분 가정(家庭)을 기반으로 하고 있는 이유가 여기에 있다. 가족은 '나'의 기원이자 벗어날 수 없는 근원이다. 개별성을 침해하는 또 다른 개별성의 상징으로서 가족은 김이설의 소설에서 얼핏 개인적인 삶의 극히 일부를 차지하는 것처럼 (속여) 보이면서도, 꾸준히 개인의 삶의 전부를 뒤흔드는 전제 조건이다. 김이설의 소설들에서 삶의 '악무한'을 초래하는 힘의 환유로서 가정은 너무도 손쉽게 와해되고 다시금 더 온건히 구축되어 개인을 구속한다. 가령 편모슬하에서 역에 거처하는 소녀는 노숙자들과의 관계를 통해 아이를 낳아 입양기관에 보낸다(「열세 살」). 바람난 친모에 의해 고속도로 휴게소에 버려진 소녀는 갓길에서 만난 트럭 운전사를 아빠라고 부르고, 그와의 관계에서 아이를 낳는다(「순애보」). 어떤 딸은 아빠의 빚을 갚기 위해 가족이 뿔뿔이 흩어져 살아가는 가운데 대리모를 자청하여 남의 수정란을 제 자궁에 착상시키고(「엄마들」), 또 어떤 아내는 남편과 아이를 사고로 잃은 후에 남편의 형과 동거하면서 이웃의 딸을 보살핀다(「오늘처럼 고요히」). 심지어 병으로 아이를 가질 수 없게 되자 남편에게 헤어짐을 통보하는 아내도 있다(「환상통」). '나'의 삶이 오직 개인의 것이라면, 그렇대도 '나'의 삶이 저토록 난잡하고 구차할 텐가. 김이설의 소설은 왜 살아갈수록 상처투성이가 되는지를 말하기 위해 다소 위악적인 방식을 취한다. 가장 은밀하고도 친밀한 집단으로 여겨지는 가정이 소설에 가설(假設)될 때는 대개 형용의 가면은 들통 나기 마련이다. 김이설의 소설은 그렇게 기존의 소설에서 이미 발가벗겨진 가정의 맨몸을 한 번 더 공격한다. 그리하여 핏줄마저 제거된 듯 보이는, 단순한 관계체로서의 가정은 한 삶의 환유로서 여러 삶들의 연쇄를 내장한다.

위문 없는 위로

본격적으로 김이설의 소설을 읽기 전에 우리는 어떤 인상(印象)에 대해서 합의할 필요가 있다. 김이설의 소설을 읽어나가다 보면, 작가의 습관인지, 혹은 의도한 서술인지 모를 문장을 맞닥뜨리게 된다. 문장과 마주친다는 표현은 과장이 아니다. 김이설의 소설들에는 실로 여러 번, 독자들이 의식할 만큼의, 그러나 빈도를 따질 정도는 아닌, 딱 그만큼 반복되는 문장들이 있다. 설사 이것이 우리를 무의미의 심연으로 빠뜨리는 함정이라 할지라도, 우선은 기꺼이 빠질 각오를 해야 한다. 우리 역시 이 반복을 체화하지 않으면 김이설의 소설을 제대로 읽을 수가 없다. 한 작가의 (비)의도된 문장은 주제에 직결되기도 하기 때문이다. 그러니까 소설에서 반복되는 문장은 작가가 무엇을 말하고자 하는지를 대신 말해준다. 우리가 마주칠, 김이설 소설로 들어가는 그 대문(代文)은 두 개이다. 하나의 문장: "괜찮아." 또 하나의 문장: "공평하다고 생각했다."

첫번째 문을 통과해보자. 김이설의 소설에서 이 문장은 괜찮지 않은 상황에 처한 이(A)가 자신을 걱정해주는 다른 이(B)에게가 아닌 그 반대의 방향으로 발설되며, 의문형이 아닌 평서형으로 진술된다는 점이 중요하다. 일반적인 경우라면 B가 A에게 '괜찮아?' 하고 묻고 A가 B에게 '괜찮아' 하고 대답한다. 이때 A가 말하는 평서형 진술문으로서 '괜찮아'는 B의 위문에 대한 감사와 염려에 대한 거절을 동시에 표하는 말이다. 하지만 보통 이와 같은 대화가 이뤄지는 상황은 대화자의 주관이나 심리에 크게 좌우되기 때문에 말의 표면적인

의미는 그다지 중요하지 않다. '정말로' 괜찮다고 한들 진심은 말로써 밝혀지지 않기 때문이다. 하물며 김이설 소설의 경우라면 좀더 심각하다. 언급했듯이 김이설의 소설에서 B가 A에게 위문하는 방식은 의문형이 아닌 단정적인 어조의 평서형이다. A가 처한 상황에 대한 B의 단호한 태도는 현재 진행형인 고통을 중단시키기는커녕 그 고통이 계속 진행되어도 무방하다는 어감으로 오해될 수도 있다. 표면적으로는 감춰져 있는, '괜찮을 것'이라는 미래형 조건문에 깃든 애정은 순식간에 불손한, 혹은 무심한 태도로 변질된다. 이와 같은 오해는 타인의 고통을 단편적으로 파악하는 데서 유발된다. 고통에는 그 고통을 발생하게 한 직접적인 원인보다 그 원인이 자의와 자력에 의해 해소되지 않는 데서 오는 절망이 더 크게 내장되어 있다. 김이설의 소설에서 B는 A가 겪는 고통의 표면만을 어루만지듯, '(앞으로는 다 잘될 거야), 괜찮아'라고 말한다. 이 경우에, 저 말은 변함없이 타인을 고통스럽게 하는 근원을 오히려 멸시하는 것으로 오해됨으로써 원래의 의도인 위로의 의미를 갖는 데 실패한다.

김이설의 소설에서 B는 이 진실을 모르지 않는다. 일면 자기중심적이고 또한 지나치게 천진난만해 보이는 저 말은 겉보기에는 A에게 하는 말 같지만, 사실은 B 자신에게 하는 자조적인 말이기 때문이다. 그러니까 김이설의 소설에서 '괜찮아'는 타인의 고통 앞에서 자기를 위로하려는 자의 말이다.

"남자 친구 없니?"

마치 아무 일도 없었다는 듯이 여자가 물었다. **과거에 대한 질문은 자신의 고백을 위한 전제이다. 여자는 제 얘기를 하고 싶은 것일까.** 적어도 소란에 대한 변명을 하고 싶은지도 모를 일이었다. 독주의 향이 여자의 호흡에 섞여 있었다.

"헤어졌어요."

"사랑했니?"

여자가 낄낄거렸다. **사랑이 뭐 대수니? 그치?** 여자가 허리를 젖히며 자지러지게 웃어댔다. 나는 그를 떠올렸지만 얼굴조차 기억나지 않았다. 육 년을 만났던 남자의 얼굴이 헤어진 지 반년 만에 새하얗게 지워져 있었다. 다행히, 사랑하지 않은 모양이었다.

"괜찮아. 또 시작하면 돼. 그럼, 괜찮아, 괜찮아."

잠든 여자의 바짝 말라 휠 것 같은 팔다리가 힘없이 늘어져 있었다. 가는 손가락의 진주 반지가 유난히 커 보였다. 더 이상 여자의 전화는 울리지 않았다. **무엇이든 다시 시작할 수 있을까. 아무래도 그건 나의 이야기는 되지 않을 것이었다.**
(p. 53, 강조는 인용자)

「엄마들」의 일부이다. 여기서 A를 '나'로 B를 '여자'로 두었을 때, 저 "괜찮아"의 의미와 의도가 어떻게 왜곡되고, 전달되는 데 실패하는지를 구체적으로 확인할 수 있다. 이 이야기에서 고통을 겪는 이는 A와 B 모두이다. A는 빚을 갚기 위해서 전혀 모르는 이들의 수정란을 제 자궁에서 키우며, 그 때문에 남자 친구와 헤어지고 가난과 아픔에 허덕이는 가족들조차 직접 만나지 못하고 있다. B는 남편과는 법적인 부부 관계만을 유지하면서 외도를 통해 사랑을 찾아 헤맨다. 그렇지만 저 상황의 화제인 "사랑"에 국한시켜 본다면 "남자 친구"와 "헤어졌"다고, 사랑의 상실을 고백한 A가 고통의 당사자이다. B는 A의 실연에 대한 전후 사정을 모르는 채, 그럼에도 단호하게 '괜찮아'라고 반복해서 위로한다. 이 위로가 A에게는 조금의 위안도 되지 않았음은, "그건 나의 이야기는 되지 않을 것"이라는 A의 말에서 알 수 있다. 또한 애초에 A가 짐작했듯이, B는 "제 얘기를 하고 싶었던 것"임이 밝혀진다. 인용문 이후의 장면에서 B는 A에게 자신이 남편 몰래 만났던 애인과 "끝나버렸"다고 고백하기 때문이다. 결국 저 B의 A를 향한 위문과 확인("사랑이 뭐 대수니? 그치?")은 자문자답의 형태로서("그럼, 괜찮아, 괜찮아.") 자신을 토닥이는 자조적 위로가 된다.

이외에도 「열세 살」의 '나'가 '담요 아저씨'에게 하는 말("괜찮아, 아저씨. 괜찮아, 내가 비밀로 해줄게.")이나 「환상통」의 '나'가 '엄마'에게 하는 말("괜찮아, 엄마. 참지 마, 참지 말고 다 쏟아내.") 역시 위의 경우와 다르지 않다. 「열세 살」

에서 '나'는 살아가는 데 모르는 게 없다고 자신하지만 여전히 어린아이에 불과한 "열세 살"이다. '나'는 역에 노숙을 하면서 비슷한 처지의 아저씨들에게 돈을 받고 관계를 갖는데, 그 가운데 '담요 아저씨'는 평소와는 달리 "내 앞에서만큼은 아가가 되어" 울기 때문에 '나'는 아저씨에게 저처럼 말한다. 겉보기에는 아저씨의 특이한 행동을 아기 같다고 보는 '나'의 태도가 순수한 위로를 해내는 것 같지만 저 말을 하는 '나'의 속마음은 다르다. 그 관계가 들통 나는 것이 두려운 '나'에게 저 말은 정작 자기를 안심시키는 역할("비밀로 해줄게")을 한다. 「환상통」에서 "항암 치료 중"인 엄마가 위액과 신음을 토하면서 고통스러워할 때 '나'는 저처럼 격려한다. "엄마는 내 눈을 마주 보지 못했다"는 이후의 엄마의 태도를 통해 짐작되는 것은 신체적인 고통보다는 정신적인 고통이 더하다는 점이다. 그러므로 "참지 말고 다 쏟아내"는 엄마의 고통의 지점이나 정도를 배려한 것이라기보다, 3년 동안 나의 투병을 간호했던 엄마에 대한 죄책감과 동질감에 근거한 서러움을 분출하려는 자신을 향한 말에 더 가까워 보인다. 이렇게 이들의 위로("괜찮아")는 타인에 대한 몰이해를 전제로 한 나머지 지나치게 천진난만하거나 거칠어서 오히려 타인의 고통을 부추기는 꼴로 오해될 수도 있으며, 동시에 고통스러워하는 타인과 연계된 자신의 삶에 은닉된 고통을 환기하는 자조적인 역할을 한다.

반면에 이렇게 고백하는 경우도 있다. 「환상통」에서 암 말기 환자인 '엄마'가 '나'에게 "억울하지 않니?"라고 묻자 '나'는 속으로 이렇게 생각한다. "암에 걸린 것도 억울할 일은 아니었다. 누구라도 걸릴 수 있는 병이니까. 나는 그저 무수한 암 환자 중에 한 명일 뿐이었다. 내 평생에 아이가 없는 것도 불운일 뿐, 억울한 일은 아니라고 여겼다. 아니, 그렇게 자위해야 했다." 이러한 '나'의 고백을 통해 우리가 짐작할 수 있는 것은 고통을 한 번 경험한 사람은 이미, 항상 그 고통을 체험하는 중이라는 점뿐이다. 그러므로 자조 섞인 고백이라든가 신경증자의 증상으로도 보이는 '괜찮아'는 체험했고, 체험 중이고, 추체험하는 고통에 대한 무수한 '나'들의 자위이다.

법칙 없는 심판

그렇다면 김이설의 소설에서 '괜찮아'라고 말하는 이는 과연 타인의 고통보다 자신의 고통에 더 민감하다고 말할 수 있는가. 이제 두번째 문을 통과해볼 차례다.

―혜경이를 며칠만 봐줘.
―내가 왜?
―오늘이, 말했던 그날이야.

오래전 혜경 엄마는 나의 좋은 이웃이었다. 훌륭한 친구였으며 기꺼이 산파가 되기도 했다. 어느 오래전에는 나를 노래방으로 이끌기도 했으며, 가지 말아야 할 곳으로 가는 나를 말리지 않은 사람이기도 했다. 혜경 엄마가 나를 만류했다고 해서 달라질 것은 없었다. 그래도 나는 혜경 엄마를 원망했다. 끊임없이 혜경 엄마가 불행해지기를 바랐다. **그래야 공평하다고 생각했다.** 나는 혜경 엄마에게 가지 않았다. (pp. 143~44, 강조는 인용자)

「오늘처럼 고요히」의 한 장면이다. '나'는 남편과 아이를 한꺼번에 앗아간 화재 사고 당시 '혜경 엄마'와 같이 노래방 도우미 일을 했다. 가족을 잃은 충격에 더한 죄책감은 '나'의 삶을 무기력하게 만든다. '나'는 빚을 대신 갚아준 남편의 친형인 '병운'에게 "나는 몸뚱이밖에 없어요"라고 말하고, "그걸로 갚아"라고 답하는 그와 동거한다. '나'는 사람들의 괄시도 대수롭지 않게 여길뿐더러 "아무것도 먹지 않고, 아무것도 하지 않"으면서 무감하게 산다. 그런 와중에 '나'는 '혜경 엄마'의 느닷없는 부탁을 받게 된다. '혜경 엄마'는 "빚을 갚아준다길래 착한 남잔 줄 알"고 동거한 남자가 "아이를 괴롭히는 건 도저히 참을 수가 없"다며 "그날" 아이를 맡아달라고 말한다. 인용문 이후의 사건으로 보아 '그날'은 '혜경 엄마'가 "남편을 죽이"기로 계획된 날이다. '나'는 결국 '혜경'이 비극적인 사건의 전말을 목격한 후에야 그 부탁을 들어주게 된다.

'나'와 '혜경 엄마'의 삶은 다른 인물의 것이라 하기에는 너무도 유사하다. '나'는 아이를 잃고 '혜경'과 살게 되고, '혜경 엄마'는 '혜경'을 살리고 죽게 된다. 빚을 대신 갚아준 남자와 동거하게 된 것도 피차 마찬가지이다. 이는 '나'가 가족을 잃은 고통의 원인과 책임을 '혜경 엄마'에게 전가하는 이유와 연관된다. 인용문에서 "혜경 엄마가 나를 만류했다고 해서 달라질 것은 없었다"는 '나'의 고백은 "그래도 나는 혜경 엄마를 원망했"으며 그녀가 "불행해지길 바랐다"는 술회와 상충되면서 '나'에게 깃들어 있는 형용모순적인 감정을 짐작하게 한다. '나'는 남편과 아이의 죽음 이후에 자신과 비슷한 '혜경 엄마'의 삶에 자신을 투사한다. 그녀에게 자신의 죄를 덧씌우고 그녀가 불행하기를 바라는 마음으로 자신의 죄책감을 드러내는 동시에 자신의 죄에서 벗어나고자 하는 것이다. 이 이중의 의지를 지시하는 문장이 바로 "공평하다고 생각했다"이다. 이렇게 불행의 정도는 자신을 벌하고자 하는 마음과 보호하려는 마음을 저울질하는 가운데 측정된다. 여기서 앞서 보았던 "괜찮아"의 자위적 역할과 "공평하다고 생각했다"의 중의적 의지의 연관이 드러난다. 즉 사람들은 언제나 자신의 불행에 훨씬 민감해 보이지만 그것은 타인의 불행에 무감해서가 아니다. 언제든 사람들이 자신의 불행을 감각할 때에는 타인의 불행을 전제로 하고 있다는 것을 두번째 문장은 알려준다.

「열세 살」에서도 '나'는 "말을 하고 나니 어쩐지 엄마와 공평해진 것 같았다"고 생각한다. 이것은 '나'가 어떤 경우에도 침묵하라 했던 '엄마'의 당부를 처음으로 의식하는 순간이다. 실상 "나는 엄마 앞에서 고개를 끄덕이며 한 약속을 그날 이후로 지키지 않"고 "엄마만 사라지면 나는 제멋대로 떠들었고, 노래도 부르고, 욕도 했"지만 약속을 어긴 것에 대한 자의식을 전혀 갖지 않는다. 그러던 어느 날, '엄마'가 약속된 시각에 돌아오지 않자 오갈 데 없는 '나'는 낯선 남자의 방으로 가서 잠을 자게 되면서 비로소 '공평하다고 생각한다.' 다시 말해 이 발언의 순간은 약속이라는 매개를 통해 '엄마'의 속뜻을 제대로 의식하는 순간인 동시에 '나'에게 불행이 형성되는 순간이다. "반짝이 스타킹"을 원하면서도 그저 바라만 보던 '나'는 이날 이후 "반짝이 스타킹을 살 수 있을 거란 기대"를 가지게 된다. 이 기대는 돈을 주는 남자들과 몸을 섞고 아이를 갖게 되며, '엄마'에게 말하지 못한 채 홀로 미혼모 시설에서 아이를 낳게 되고, 좋아했던 남자의 배신을 경험하는 불행한 일들로 이어진다. 이렇게 열세 살 소녀의 경우에도 어김없이 불행은 타인에 대한 과도한 자의식에서 비롯된다.

이렇게 김이설의 소설에서 '괜찮아'에 함의된 자기위로의 속성은 '공평하다고 생각했다'에 함의된 일종의 자기처벌이라는 상반된 의지와 만난다. 이것은 대문을 열고 들어가는 일이 곧 대문을 닫고 나오게 되는 반전의 형국이다. 그러므로 '나'와 타인을 두고 하는 저울질은 끊임없이 계속되는데, '나'들이 그곳에서 '발견'하는 것은 엄연한 불행의 (불)균등이 아닌,

어느 찰나의 행(幸)이다. 이 역설적인 감각은 김이설의 소설에서 '공짜는 없다'와 같은 관용적 표현으로 서술된다. 가령 "공평하다고 생각하자. 앞일은 누구도 예상할 수 없다. 행이든 불이든, 그건 개인의 능력으로 선택할 수 있는 일이 아니다. 그럼 정말 공평한 것일까"와 "세상에 공짜는 없다. 그러니 공평하다. 공평하지 못한 건 그저 운명뿐이지 않은가"는 한 인물의 의심이다. 전자는 '모든 게 운명적이기 때문에 공평하다'로, 후자는 '운명을 제외한 모든 것이 공평하다'로 요약될 수 있다. 두 견해는 서로 상충되는 듯 보이지만 사실은 하나의 의문으로 통한다. 즉, 두 견해에서 해소될 수 없는 축은 '운명은 공짜인가'라는 물음이다. 이것은 곧장 삶에 대한 물음으로 이어진다. 김이설의 소설에서 '나'들이 그토록 고통과 불행 속에서 허덕이는 이유는 다만 살아가기 위해서이다. 그들이 자신의 운명을 공짜로 주어진 것이라 여긴다면, 그리하여 단지 수용하고 순응한다면 그렇게 자주 '괜찮아'와 '공평하다'는 말을 남발할 수 있을까. 그 말들에서 살아 있는 것들의 살아가려는 의지가 엿보이지 않는가. 제대로 살아 있음을 확인하기 위해서 "오디션"을 보는 행위는 그렇게 끊임없이 타인의 삶에 겨누어진 모든 '나'들의 삶의 은유이다. 어쩔 수 없는, 운명처럼 멈출 수 없는 저울질은 '나'들을 각자 불행하게 하지만 때마다 저울에 올려놓는 무게는 공짜가 아닌, 바로 제 삶의 증거라는 점에서 '나'들은 똑같이 제 무게의 기울기에 민감하다. 이렇게 저마다 자발적으로 불행을 견주어 보려는 의지가 어떤 이해 불가능한 상황에서도 "다행이다"라고 말할 수 있는 역설의 원인일 것이다.

침묵, 침묵의 말

역설은 말할 수 없는 말이고, 말할 수 없는 것을 말하는 말이며, 말하는 것이 없는 말이다. 그래서일까. 불행을 통해서 삶을 말하려 하는 김이설의 소설에는 침묵하는 이들이 다양하고 침묵의 현장이 산재하고 침묵의 시간이 잦다. 침묵은 말이 없는, 정적이 흐르는, 비밀을 지키는, 진행되던 일이 멈추는 상태를 의미한다. 그러므로 침묵이 발생하는 이유는 자의와 타의로 명확히 구별할 수 없다. 마땅히 할 말이 없을 때나 함묵하기를 강요받았을 때나 말이 없는 상태임은 같으며, 말이 없을 때나 말 이외의 소리가 없을 때나 말을 하다가 중단할 때 정적이 흐르기는 마찬가지이다. 침묵은 자발적인 것이거나, 다른 무엇에 의해 유발된 것이거나, 침묵에서 침묵으로 이어진 것일 뿐이다. 그러므로 침묵의 정의나 양태는 그다지 중요한 게 아닐 수 있다. 그 정도는 명확히 구별되지 않지만 나와 타자의 의도가 동시에 개입해 만드는 상태나 상황이 침묵 외에 또 있을까. 그런 점에서 침묵은 나와 타자가 만드는 일종의 공감이다.

그러므로 앞서 침묵의 여러 상태 중에서 '비밀을 지키는'

것에 주목해볼 필요가 있겠다. 「열세 살」에는 '나'에게 "무슨 일이 있어도 아무 말도 하지 마라. 누가 무엇을 물어봐도, 절대 말해서는 안 돼. 아무 소리도 내면 안 된다"고 "침묵을 가르치"는 "엄마"가 있다. 당부의 행위에 대해서는 '나'의 불행을 이야기하기 위해 잠깐 언급했었지만 여기서 중요한 것은 당부의 내용이다. 엄마의 당부를 보면 '나'가 지켜야 하는 침묵에는 조건이 없다. "무슨 일" "누가 무엇"과 같은 조건도 뒤에 따라붙는 "절대" "아무"와 같은 강한 부정의 표지들로 인해 무조건적인 침묵을 강조하는 역할을 한다. 따라서 함구해야 하는 내용은 '나'가 말할 수 있는 전부이며, 이 금지는 '나'로 하여금 말을 못하는 사람의 가식을 삶의 형식으로 취하게 한다. 이것은 침묵을 통해 엄마와 나 사이에 지켜야 할 비밀이 이미 형성되어 있는 내용으로서의 삶이 아니라, 앞으로 그들이 만들어나갈 형식으로서의 삶이라는 것을 의미한다. 엄마는 나에게 침묵을 가르치는 동시에 어떤 내용으로도 채울 수 없는 삶의 예측 불가능성을 암시했을지도 모른다. 그리하여 '나'가 침묵의 금기를 깨고 발설하는 것들이 곧장 '나'의 삶의 일부분이 된다는 것은 끝내 엄마와의 사이에 감추어진 말이 된다.

비밀을 공유하는 자들 사이를 흐르는 침묵은 때로 스스로 비밀을 만들어내기도 한다. 침묵이 또 하나의 비밀이 되는 것이다. 예를 들어 다음과 같은 부분들을 보자.

선험자들은 초산모에게 산고에 대해서 알려주지 않는다. 그 절대적 고통에 대해서 함묵한다. 그것은 경험으로만 얻을 수 있기 때문이다. 어쩌면 언어로 표현될 수 있는 것이 아니기 때문일 것이다. (p. 64)

혜경이처럼 나도 입을 다물었다. 병운과 몸을 섞을 때도 소리 내지 않았다. 병운은 입을 열라고, 말을 하라고 아무 때나 윽박질렀다. 내 입술이 더 굳건하게 붙을수록 더 세게 때렸다. 욕설은 두말할 나위가 없었다. 그래도 나는 입을 열지 않았다. 병운의 고함이 없으면 집은 무거운 침묵으로 가라앉았다. 병운은 지치지 않았다. 혜경이는 다시 입을 닫았고 나도 고집스럽게 입을 앙다물었다. 한마디도 하지 않으니 혜경이를 이해할 수 있을 것 같았다. 그래서 나도 집을 나섰다. (p. 154)

인용한 두 장면 모두 자발적인 함구의 예이며, 이를 통해서 형성되는 비밀을 보여준다. 앞의 경우에서는 "산고"의 고통을 말한다. 그것이 "절대적"이고 "경험으로만 얻을 수 있"으며 "어쩌면 언어로 표현될 수" 없는 것인 이유는 그 정도가 극한에 가까운 고통이기 때문이기도 하겠지만, 무엇보다도 철저히 개인의 고통이기 때문이다. 여기서 비밀은 개인의 몸에서 형성된다. 서로 다른 몸으로 역시 서로 다른 몸을 출산

하는 고통은 서로 다를 수밖에 없다. 이렇게 산고에 대해서 함구하는 이유는 다른 이의 고통에 대해서 "함묵"해야 한다는 이유이기도 하다. 뒤의 경우에서는 고통에 대한 "이해"를 말한다. '혜경'은 엄마가 데려온 양부에게 괴롭힘을 당하고, 참다못한 엄마가 양부를 살해하고 자살하는 장면을 목격한 아이이다. '나'는 오갈 데 없는 '혜경'을 데려와 보살피려 하지만 '나'와 동거하는 '병운'마저 '혜경'을 수시로 범한다. 그런 '혜경'은 '나'의 앞에서 "입을 다물" 뿐이다. 이런 내력을 가진 아이의 속내를 '나'는 똑같이 함구함으로써 "이해할 수 있을 것" 같다고 말한다. 여기서 형성되는 것은 공유된 비밀로서의 '이해'가 아닌, '나'만의 오해이다. 누구도 타인의 고통에 대해서 이해할 수는 없지만, 이해를 시도할 때 발생하는 무수한 오해 가운데 타인과 '나'의 모종의 비밀이 형성된다. 그것은 곧 타인의 고통에 대해서 다만 함묵함으로써, 이해라는 고통을 경험하려는 '나'의 의지이다.

대개의 경우 비밀 이후에 침묵이 발생한다면 김이설 소설의 경우는 그 순서를 뒤집는다. 김이설의 소설에서 침묵은 비밀을 만들고 그 비밀을 보살피는 마음의 표현이다. 그 무엇도 발설하지 않는 표현으로 발설된 마음은 또 다른 비밀을 만들고 그 비밀은 우리의 삶에 말할 수 없는 것이 있음을 증명한다. 다시 처음의 침묵으로 돌아와 보면 그 근원에 말할 수 없는 비밀이라는 역설이 있다. 대개의 비밀은 발설될 가능성을 포함하기에 비밀의 지위에 놓일 수 있지만, 김이설 소설에서의 비밀은 그것을 발설할 능력이 누구에게도 주어지지 않은 채로 있다는 점에서 역설적이다. 진실로 누구도 말할 수 없는 것이 있다. 아이를 낳는 고통을 누가 말할 수 있을 것이며, 한 지붕 아래에 사는 가족 내 성폭행에 무방비 상태로 노출된 고통을 어떻게 말할 수 있을 것인가. 「열세 살」에서 소설의 서두와 말미에 한 번씩 발생하는 침묵 이후에 똑같이 "눈을 감는" 행위가 뒤따른다. 김이설의 소설에서 종종 문자 그대로 등장하는 길고 짧은 침묵의 정체는 이를 테면 차마 눈뜨고 볼 수 없는 사실에 대해서는 말할 수도 없다는 진실이다.

그런 점에서 「손」은 주목할 만한 작품이다. 김이설의 소설집에 묶인 여덟 편의 단편 중에 유일하게 화자가 남자이며, 가족의 안부전화나 집으로 불러들인 여자와의 대화가 단 한 번 서술되는 것을 제외하면 상황들은 대개 침묵으로 일관된다는 점도 흥미롭지만, 무엇보다도 침묵을 다른 방식으로 조명한다는 점에서 특별하다. 백수인 남자는 매형의 해외 파견으로 인해 비워진 누나의 43평 아파트에서 산다. "메일 확인, 기사 검색, 다운 받은 영화를 보고, 온라인 게임 후에 구직 사이트를 뒤적이"다가 "다시 채팅이나 게임을 반복하는 것"이 남자의 "일반적인 하루의 일과"이다. 그러던 어느 날, 남자는 돌연 섬뜩한 "소리" 그리고 "소리의 근원"과 마주친다. 그것은 실상 현관문의 "우유 구멍"이 열리고 닫힐 때 나는

'소리'와 "200밀리리터 우유 두 개"이지만, 남자에게 그 일상적인 사실은 비일상적인 사건이 된다.

김이설의 소설들에서 대개 날 선 사건이 인물을 제압하였다면 이 소설에서는 날 선 인물이 사건을 제기한다. 자신에게 주어진 사건을 일상처럼 여기던 인물들과는 달리, 남자는 평범한 일상을 특별한 사건으로 여긴다. "소리가 균열을 만든 것은 예정된 우연"이라고 한 남자의 말은 남자가 "내가 할 일이란 그저 사는 일뿐이"라고 무기력을 가장하면서도 사실은 열중해서 침묵했을지도, 혹은 침묵을 견디고 있었을지도 모른다고 추측하게 한다. 자신의 일상을 지배하는 침묵을 의식하지 않았더라면, '소리'는 아무렇지 않게 의식의 바깥으로 밀려났을 것이다. 그러므로 남자가 '소리'와 마주치게 된 일이나 그로부터 생활을 각성하게 된 일은 결코 무심결에 겪게 된 수동적인 체험이 아니다. 남자는 능동적으로 보이지 않는 '소리'를 하나의 사건으로 받아들임으로써 새벽에 깨어 있는 일은, 그러다 우유가 배달되는 것을 목격하는 것은 누구나 경험할 수 있는 일이라는 상식을 자발적으로 간과하고 자신의 무미건조한 일상에 반전을 제기한다. 그리하여 남자는 그 '소리'를 '손'으로 바꾸어 생각한다. 비가시적인 '소리'를 가시적인 '손'으로 치환하는 것은 청각을 시각으로, 그것을 다시 촉각으로 전이시키면서 남자의 자발적인 체험을 확장시키는 일이기도 하다. 남자는 우유 배달원의 '손'을 관찰하고 사진으로 기록하며, 우유 구멍으로 들어온 '손'을 느닷없이 잡거나 '손'을 찍은 사진을 문 바깥에 두기도 한다. 모든 것을 온라인으로 주문하던 남자는 자신이 찍은 사진을 '손'이 가져갔는지를 확인하기 위해서 마침내 바깥으로 향하는 문을 연다.

   나는 맨발로 문밖으로 나갔다. 사진 묶음은 없었다. 나는 문을 닫았다. 복도의 센서 등이 곧 꺼졌다. 나는 어둠과 정적 속에 우두커니 서 있었다. 늘 안에만 있던 내가 바깥에 있었다. 내가 손이 되는 것이었다.
   나는 우유 구멍 앞에 쭈그려 앉았다. 뚜껑을 열었다. 열려진 구멍으로 집 안의 불빛이 설핏 보였다. 나는 내 손을 구멍 속으로 천천히 집어넣었다. 금속성의 구멍 표면에 손목이 닿자 갑자기 소름이 돋았다. 손을 다 내밀자, 번쩍이는 검에 손목이 잘려 나갔다. 붉은 피가 사방으로 튀었다. 나는 두 눈을 꾹 감고 조금 더 깊숙이 팔을 뻗었다. 후욱, 화염이 내 손목을 휘감았다. 나는 이를 악물고 손가락 다섯 개를 차례대로 펼쳤다. 손등 위로 초록색 점액이 뚝뚝 떨어지고, 손가락 사이로 엉겨 붙었다. 온몸이 부들부들 떨렸다. 손은 매일 이 고통을 참아왔다는 것인가. 검도, 화염도, 괴물도 사라져 드디어 조용해졌다. 나는 천천히 손을 빼고 집 안으로 들어왔다. 그리고 내 손을 살펴보았다. (pp. 180~81)

남자는 잊고 있던 모종의 관계를 사유하게 된다. 인용문에서 남자는 '손'처럼 우유 구멍에 '손'을 넣어봄으로써 '손'을 '온몸'으로 체험한다. 이때 컴퓨터 게임의 장면 속으로 들어간 것 같은 남자의 감각은 타인의 삶을 이해하는, 혹은 타인의 삶과 만나는 일은 끔찍한 고통과 희생이 수반되는 것이면서 동시에 일종의 가상일 수밖에 없음을 보여준다. 그렇게 일방적인 교감은 망상과도 같지만, 중요한 것은 이러한 감각적 경험 이후에 있다. 남자는 자신을 새삼 살펴보게 되는데, 이러한 자기반성은 '손'을 찍으려던 카메라로 거울에 비친 자신을 찍는 행위로 이어지고, 그 사진 속에서 플래시 빛에 가려 사라진 자신을 발견한다. '소리'를 통해 일상에 불쑥 개입한 '손'이 사건의 은유라면, 사진에 찍히지 않는 남자는 '소리'의 음화로서 침묵의 은유이다. 소설에서 "내 목소리를 잊은 채 나는 그렇게 살고 있다"는 남자의 마지막 말은 그 점에서 적절하다. 이렇게 침묵은 지금 살아 있는 삶 자체의 은유가 되기도 한다.

살아, 살게 하는

김이설의 소설에서 대부분의 화자가 여자인 이유는 한 사람으로서의 개별성을 침해(당)하는 또 다른 개별성을 은유하기에 여자의 몸이 적합하기 때문일지도 모른다. 소설 속 화자들이 겪는 통증은 주로 아이와 연관된 아랫배나 가슴에서 비롯되고, 그 통증은 비단 출산과 육아의 체험에 기댄 육체의 고통만을 지시하지 않는다. 하나의 몸이 다른 몸을 품음으로써 전혀 다른 존재가 되는 임신의 속성이야말로 타인의 삶과 연관된 개별적 삶의 은유이다. 「엄마들」에서 임신한 '나'의 "몸이 기억하는 습성이란 때론 무섭도록 지독했지만, 그 기억을 이기는 것 또한 몸의, 자궁의 본능이었다"는 고백은 자궁의 양면성을 통해 몸의 습성과 본능을 대비하는 동시에 삶에 깃든 아이러니를 드러낸다. 그렇게 임신한 몸은 "고통이 자연스러운 증상"이 되는 삶의 역설을 그대로 체화한다. 또한 「순애보」에서 '나'의 "가슴이 아프다"는 말이 갖는 중의성 역시 여성의 몸을 통해 발현되는 삶의 속성이다. 육체적인 가슴 통증과 고통스러운 기억이 결부됨으로써 그 기억에 연관한 심리적인 가슴 아픔이 발생하며, 그 아픔은 다시 육체의 일부인 가슴을 쓰다듬는 행동으로써 진정된다. 이렇게 김이설의 소설에서 삶은 곧 몸이 겪어내는 기억, 혹은 시간의 궤적이다. 따라서 개인들의 사소한 체험들은 추상적인 삶의 비의를 암시하는 구체적인 사실로 기능한다. 김이설의 소설 속 "엄마는 언제나 똑같은 말을 하"는데 그 이유가 이와 같은 맥락에서 흥미롭게 이해된다. 그 엄마들은 (나의) 체험에서 비롯된 습성이 곧 (너의) 삶의 본능과 직결된다고 말해주려는 우리들의 '엄마'이다.

이쯤에서 김이설의 소설에 역시 자주 쓰이는 두 문장을 불러내보자. 삶이 구체적인 몸들에 비유될 때, 혹은 그 반대의 경우에 그 삶을 아우르는 말들을 함축하는 문장이 있다. 먼저, "세상은 누가 말해주지 않아도 자연히 알게 되는 것들이 있기 마련이다." 우리의 직감은 때로 어떤 이성보다도 투철하게 삶을 관통한다. 그 느낌은 객관적인 지침과는 다른 층위에 놓일 만한 주관적인 몸의 언어이다. 이성이 마비될 정도로 고통스러운 현실 앞에서 찾아오는 졸음과 허기라는 그 언어는 우리에게 부지불식간의 안식을 건넨다. 그렇게 삶을 무너뜨릴 것 같은 고통 앞에서 직면하게 되는 것은 다시 우리의 삶을 지탱하는 몸이다. 저 문장의 이 같은 의미가 역설처럼 들리는 다음의 문장, "살아 있으면 어떻게든 살게 돼 있다"의 그것과 상통한다. 두 문장은 공통적으로 삶이라는 보편에 깃든 구체로서의 고유한 몸을 통과하고 있기 때문이다.

다시 처음의 이야기로 돌아가보자. 김이설의 소설은 삶에 대해서 말한다고 했고, 무엇보다도 타인의 삶과 연관하는 '나'의 삶을 보여준다고 했다. 그때 '나'의 삶이 타인의 그것과 무관할 수 없기 때문에 난잡하고 구차해진다고도, 살아갈수록 상처투성이가 된다고도 말했다. 그 가운데 '나'들은 차가운 면을 시켜놓고 뜨거운 육수를 마시거나, 믹스커피와 유기농 차 티백을 하나의 장바구니에 넣는다. 실상 그들에게 있어서 차가운 것과 뜨거운 것, 인스턴트와 유기농의 구분은 무의미해 보인다. 대립되는 성질의 것들을 아무렇지 않게 한데

섞어놓는 일종의 역설(逆說)로 그들이 역설(力說)하는 것은, 삶이 유지되는 것은 그 삶을 지속하려는 것과 단절하려는 것이 함께 있기에 가능하다는 점이다. 결국 '나'를 살아가게 하는 원동력은 "묵묵히 참아내는 것이 잘 사는 것인지"를 반복해서 의심하게 하는, 자기위안과 자기처벌을 유발하는 타인들의 삶이다. 김이설의 소설은 이렇게 수많은 '나'들의 삶을 통과하며 처음의 가정(假定)과 만나는, 단 하나의 반전을 향해 쓰인다. 그리하여 김이설의 소설을 통과한 우리에게 있어서 '삶은 살아가는 것이다'라는 논리적인 명제는 '살아가는 것이 삶이다'라는 윤리적인 명제로 거듭난다.

작가의 말

 문득, 소설 속 인물들의 운명에 대해서 생각했다. 비로소 그들에게 미안하다. 그들을 위해 오늘 밤도 깨어 소설을 쓴다.

 책에 실린 소설들은 모두 식탁에서 썼다. 노트북에는 아이들이 쫑알거리다가 튄 밥풀이, 내가 실수로 흘린 김칫국물이나 커피 얼룩이 묻어 있곤 했다. 밥을 하다가, 아이에게 젖을 먹이다가, 때로는 멀리 사는 친구와 전화 통화를 하면서도 문장을 만들었다. 그게 싫지 않았다. 소설을 쓰는 것이 나의 생활이듯, 나의 소설도 생활과 가까운 곳에 있으면 좋겠다. 그것이 나의 운명이고, 내 소설의 운명이면 좋겠다.
 첫 책이 될 줄 알았는데 두번째 책이 되었다. 운명도 변하는 모양. 그래도 첫 소설집이니 나에게는 애틋하다. 설어 더 애틋하다.

김이설,이라는 이름도 설기는 마찬가지. 김이설로 인사하는 자리와 지면도 여전히 설다. 김이설은 소설 쓰는 사람의 이름이기 때문이다. 어쩐지 두 눈에 힘이 들어가고, 허리가 꼿꼿해진다. 소설이라는 단어 앞에서 나는 아직도 경직한다. 고백하자면, 앞으로도 계속 그러고 싶다. 소설 앞에서 긴장하고, 소설 앞에서 두 눈 부릅뜨고, 소설 앞에서 경건해지고 싶다. 단 한순간도 내가 소설 쓰는 사람이라는 사실을 잊지 않고 살겠다.

제목, '아무도 말하지 않는 것들'은 원래 '누구나 알지만 아무도 말하지 않는 것들'이었다는 것을 밝힌다. 지난한 습작 시절, 어떤 소설을 쓰고 싶으냐는 물음에 스스로 찾은 답이었다. 지금껏 잊지 않았다. 앞으로도 잊지 않을 것이다.

누구도 억지로 떠밀지 않았다. 내 스스로 가겠다고 나선 길이다. 그러니 끝까지 그 선택의 책임을 지겠다는 다짐을 한다. 서툰 책을 품에 안고, 첫 마음으로 다시 다짐한다.

가족들이 제일 고단했다. 부적절한 가족이 등장하는 소설들 때문에 내 가족들이 의심을 받았다. 죄송해요. 그럼에도 불구하고 묵묵히 안아주신 부모님, 이해해주신 대구 부모님,

고맙습니다(아버님, 어서 쾌차하세요). 아내의 마감 히스테리를 굳건히 잘 버텨주는 당신. 고마워요, 용재 씨. 소설 쓰는 엄마의 딸로 태어난 것을 의젓하게 잘 적응하는 희원, 효명. 고맙다. 아프지 말자. 가족에게 부끄럽지 않은 소설을 쓰겠다던 맨 처음 약속을 지키기 위해, 이 악물겠다.

늘 한결같은 마음으로 도와준 근혜 씨에게도 큰 감사를 전한다. 근혜 씨의 응원이 씩씩한 김이설로 살 수 있게 했다. 해설을 써주신 김나영 선생님에게는 두 손 꼭 잡고 감사의 인사를 드리고 싶다. 더불어, 거친 소설들에게 '문지의 책'이라는 엄청난 운명을 만들어준 문학과지성사에게 고개 숙여 감사를 전한다. 고맙습니다.

단 한 번도 내치지 않고 내 소설들을 읽어준 손정혜와 윤희주에게는 특별한 애정을 담아 감사를 표현한다. 처음 만났던 98년부터 지금 이 순간까지, 변함없는 당신들 덕분에 김이설을 살아 있게 했다. 늘 그 자리에 있어주어 고맙다. 이 책을 당신들에게 바친다.

2010년 3월
김이설

수록 작품 발표 지면

열세 살 2006년 서울신문 신춘문예
엄마들 2006년 대전일보 신춘문예
순애보 『현대문학』 2006년 4월호
환상통 『한국소설』 2006년 5월호
오늘처럼 고요히 『문학과사회』 2007년 겨울호
손 『계간문예』 2008년 봄호(발표 당시 제목 「소리」)
막 『문학동네』 2008년 겨울호
하루 『한국문학』 2009년 겨울호